第四届《安徽古籍叢書》編審委員會

主任委員

黄德寬

副主任委員

諸偉奇　丁　放　彭君華

委員（按姓氏筆畫順序）

卞　利　方錫球　牛繼清　王啓才

吴先伍　施立業　胡傳志　紀健生

陳　林　張玉才　曹小雲　曹天生

程德和　楊　軍　楊應芹　趙國華

鮑　恒　樊嘉禄

安徽古籍叢書萃編

識小録　寸陰叢録

清・姚瑩　撰　黄季耕　點校

黄山書社

图书在版编目(CIP)数据

识小录 寸阴丛录 / (清) 姚莹撰；黄季耕点校. —合肥：黄山书社, 2014.1
(安徽古籍丛书萃编)
ISBN 978-7-5461-4271-5

Ⅰ. ①识… Ⅱ. ①姚… ②黄… Ⅲ. ①随笔-作品集-中国-清代
Ⅳ. ①I264.9

中国版本图书馆 CIP 数据核字(2014)第 006178 号

识小录 寸阴丛录

出 版 人　任耕耘
策　　划　任耕耘 赵国华 汤吟菲
执行策划　汤吟菲 徐娟娟
责任编辑　赵国华 徐娟娟 范丽娜

装帧设计　未　氓
责任印制　戚　帅

出版发行　时代出版传媒股份有限公司(http://www.pressmart.com)
黄山书社(http://www.hspress.cn)
官方直营书店(http://hsssbook.taobao.com)
营销部电话:0551-63533762　63533768
(合肥市政务文化新区翡翠路 1118 号出版传媒广场 7 层　邮编:230071)
经　　销　新华书店
印　　制　安徽联众印刷有限公司

开本　880×1230　1/32　　印张　10.75　　字数　250 千字
版次　2014 年 9 月第 1 版　　2014 年 9 月第 1 次印刷
书号　978-7-5461-4271-5　　定价　120.00 元

序

黃德寬

值此《安徽古籍叢書萃編》編輯出版之際，欣逢新時期安徽古籍整理出版工作步入而立之年！三十年來安徽的古籍整理出版工作，很值得認真地進行一番回顧總結。

一九八一年，中共中央發布《關於整理我國古籍的指示》，成立了以李一氓同志爲組長的國家古籍整理出版規劃領導小組，正式拉開了新時期古籍整理出版工作的序幕。一九八四年，中共安徽省委決定建立安徽省古籍整理出版領導小組，由時任省人大常委會副主任魏心一同志挂帥，聯合了省新聞出版局等政府部門和安徽大學等高等院校、研究單位，正式啓動安徽省古籍整理出版工作。同年，安徽專業古籍出版單位黃山書社也宣告成立。安徽古籍整理出版工作由此翻開了嶄新的一頁。

三十年間，安徽省古籍整理出版工作堅持初衷，克服困難，在政府部門的支持和社會賢達的關心下，經過學者們的艱辛努力，取得了豐碩成果，其最有代表性的成果就是《安徽古籍叢書》的編纂出版。

《安徽古籍叢書》凝結了當代安徽傳統文化研究領域衆多學者與專家的心血和汗水。以吴孟復先生爲代表，組成《安徽古籍叢書》第一届編審委員會，賡續安徽先哲編刊地方叢書盛業，梳理文獻綫索，擬訂叢書子目，擘劃編纂體例。遵循嚴格的學術規範，《安徽古籍叢書》自一九八九年三月刊出第一種——《舊聞隨筆》，截至二〇一三年底，連同修訂再版，出版已突破百種，成爲我國當代古籍整理一個有影響力的品牌。

收入《安徽古籍叢書》的各類古籍，既有朱熹、戴震、俞正燮、凌廷堪、程瑶田、黄生、包世臣、楊仁山、吴汝綸等學術巨擘的著作，也有張孝祥、錢澄之、方苞、方文、施愚山、姚鼐、吴敬梓等文學名家的作品；此外，包拯、朱升、朱元璋、阮大鋮、姚瑩、方孝標、劉銘傳等皖籍著名歷史人物的著述也盡在其中。正是因爲歷代賢哲創造的精神財富，使得《安徽古籍叢書》一經出版即蜚聲海内外，産生了廣泛的社會影響。李一氓同志曾經撰文，欣喜地表示：

『現在有一個好現象，安徽要編印新的《安徽叢書》。』當代著名學者金克木、胡道静、張岱年、程千帆等先生稱道『這是安徽文化事業的一項盛舉』。法國漢學家戴廷傑也對《安徽古籍叢書》堅持嚴格的學術規範稱賞不已。

《安徽古籍叢書》的順利編輯出版，還因爲改革開放帶來的時代機遇。改革開放三十多年來，我國經濟文化繁榮昌盛，使得《安徽古籍叢書》能够得到有關方面的財力支持。上個世紀八十年代，《安徽古籍叢書》編纂在發軔之時，就不斷有項目入選國家古籍整理出版規劃，得到國家各方面的有力支持。最新公布的《二〇一一—二〇二〇年國家古籍整理出版規劃》中，包括《方以智全書》在内的新列《安徽古籍叢書》項目品種就多達四十八種。安徽古籍的整理編纂工作，正是在改革開放的大背景下，在全國古籍整理出版工作的大格局中，取得了突出的成就并展現着美好的未來。

《安徽古籍叢書》的編纂出版，安徽大學『省古籍整理出版辦公室』發揮了重要作用。古籍辦的同志們長期堅守在古籍整理出版崗位，甘於清苦，默默奉獻，辛勤耕耘，爲《安徽古籍叢書》的編纂和安徽古籍整理出版工作做出了突出的貢獻。二〇一〇年，在『全國專業古籍出版社社長年會暨全國優秀古籍圖書評獎會』上，時任國家新聞出版總署副署長鄔書林同志作題爲《無愧歷史 珍惜時代 出好精品》的講話，指出：『安徽是堅持地方古籍整理工作最好的省份。不少地方古籍辦幾乎都撤了，或名存實亡，安徽則堅持不輟，并做了大量工作。』

黨的『十八大』從戰略層面提出扎實推進社會主義文化强國建設，豐富人民精神文化生活，『建設優秀傳統文化傳承體系，弘揚中華優秀傳統文化』。《安徽古籍叢書》立足鄉邦文獻的整理編纂，因應了國家文化建設的宏偉規劃，是文化强省乃至文化强國建設事業的題中應有之義。這項事業遠非一兩代人所能完成，正如一九八一年中央三十七號文件所指出的，『整理古籍是一件大事，得搞上百年』。

《安徽古籍叢書》煌煌巨制，結構開放，歷時久遠。回顧過去，出版較早的圖書有些已經絶版；叢書版式、裝幀也屢經變更。爲適應集中展示、收藏和研究的需要，對已經出版的《安徽古籍叢書》進行階段性的集中梳理，適當遴選，統一版式，影印出版本套叢書是十分必要的。

作爲首套《安徽古籍叢書》選編本，我們希望通過這套書的出版發行，能使更多的讀者瞭解、認識和利用好《安徽古籍叢書》，有更多的皖籍、非皖籍專家學者參與到安徽地方歷史文獻的研究整理工作中來，讓《安徽古籍叢書》在未來不斷發展壯大。這是我們在新時期安徽古籍整理出版事業三十年之際的殷殷屬望！

二〇一四年六月

凡例

一、本編從二〇一〇年（包括二〇一〇年）以前出版的《安徽古籍叢書》中選取文獻資料價值大、校點整理質量上乘、學界仍有需求的圖書進行重印。

二、二〇一〇年以後出版者因市場上新書尚多，此次不復列入。早期所版《文學研究法》《舊聞隨筆》《桐城文學淵源考・撰述考》《桐城耆舊傳》《爾雅翼》等雖均爲叢書的中堅，因已有修訂新版，此次亦不復列入。《安徽古籍叢書附輯》整體不予列入。

三、所選圖書按初版時間先後順序編排。

四、采用原版掃描影印，不重新録排，儘量保存原書面貌。原書頁眉中的明顯編輯錯誤，逕改不出校；《竇山公家議校注》《康輶紀行 東槎紀略》兩種原書無頁眉，現統一補加。

五、重新設計製作封面，統一規格、工藝。一律采用大三十二開本，精裝。《説文假借義證》一書原版爲十六開，一個頁面放兩個中國頁，此次按統一開本重新排版，一個頁面放半個中國頁。

并新附《説文假借義證索引》於該書書末，以方便讀者檢索。《毛詩後箋》《吴汝綸全集》《田間詩學》《説文假借義證》等原書規模較大，爲方便讀者閱讀，現重新分册。另，《竇山公家議校注》保留原書西式裝訂方式。

六、收録叢書文獻由於各種原因，還存在這樣那樣的不足，請讀者批評指正。

第四届《安徽古籍叢書》編審委員會

二〇一四年六月

安徽古籍叢書

識小録　寸陰叢録

〔清〕姚瑩・撰　黄季耕・點校

丛书常务编辑·诸伟奇　杨应芹
责 任 编 辑·江　草
装 帧 设 计·宋子龙

安徽古籍丛书

识小录　寸阴丛录

〔清〕姚　莹　撰　　黄季耕　点校
吴孟复　傅玉璋　审订

安徽省古籍整理出版规划委员会办公室编
黄山书社出版　　（合肥市金寨路283号）
安徽新华书店经销　安徽新华印刷厂印刷
开本：850×1168　1/32　印张：10.75　字数：232,000
1991年10月第1版　　1991年10月第1次印刷
印数：00001—2000

ISBN7-80535-183-x/G·76　定价5.95元

安徽省古籍整理出版規劃委員會

顧　問　張愷帆●　丁繼哲　王惠鵬　光仁洪　杜維佑　李天敏　李廣濤　胡　坦　胡雲龍
　　　　侯　永　崔劍曉　陶若存　張立一　傅大章　鄭淮舟　鄭　鋭　潘鍔鐔

主　任　魏心一

副主任　陶有法　蔡德麟

委　員　吴孟復　金隆德　祖保泉　鹿世金　賈文昭　黎　洪　劉景龍

安徽省古籍整理出版基金會

理事長　崔劍曉

副理事長　丁繼哲　杜維佑　胡　坦　潘鍔鐔

秘書長　朱　揚　汪慎琳

理　事　田照臨　李庭榮　李炳忠　吴存心　汪石滿　沈基政　馬素英　孫智林　陳昌茂
　　　　陶顯斌　張其果　張金環　張振明　張繼忠　萬洪翹　鈕　漣　鄭英保　潘培咸

安徽古籍叢書編審委員會

學術顧問　王子野　吴小如　吴作人　吴組緗　周一良　周紹良　金克木　宛敏灝
　　　　　胡道静　殷焕先　張滌華　舒　蕪　蔣元卿

主任委員　吴孟復

副主任委員　金隆德　施培毅　祖保泉　賈文昭

委　員　朱一清　朱世力　汪福潤　沙宗復　徐凌雲　殷呈祥　孫文光　梁垣祥
　　　　傅玉璋　劉學鍇

●以下按姓氏筆畫排列

安徽古籍叢書編印緣起

偉大祖國，歷史悠久，典籍豐富。我省地處南北之交，學術尤擅其盛。數千年來，哲學、史學、文學、藝術、語言、科技，作者輩出，著述如林，或自名一家，或蔚然成派，多爲中華民族文化之菁華，有裨於社會主義文化之建設。允宜及時整理，以廣流傳。

粵自明清，以至近世，南北郡邑已有涇川叢書、龍眠叢書、貴池先哲遺書、南陵叢書諸刻。一九三一年，復有安徽叢書之編印，所收皆皖人著作，分期影印。出至第六期，以抗戰軍興而中止。盛業未竟，論者惜之。

今者，中央倡導整理古籍，我省領導對此尤爲關心。省古籍整理出版規劃委員會幾經商討，決定編印安徽古籍叢書。最其體例，約有數端：一、所收皆爲歷代皖人著作。地域，以現行省區爲准。時間，一般以成書於「五四」之前爲限。内容，以文、史、哲爲主。二、整理方式：包括輯、校、標點或註釋，尤注意於稿本、稀見本之搜輯與傳布。校勘，力求採用善本爲底本，校以他書，或加補輯、編次。標點，採用新式標點。註釋，務求精確，但不作煩瑣考證。整理中，盡量吸收國内外研究的新成果。三、先秦、兩漢著作及文字、訓詁之書，皆用繁體字；其餘則多用簡體字。版皆竪排，以期一律。四、凡熱心於本叢書編印及捐資助刊者，得於書内題名。

安徽古籍叢書編審委員會

一九八九年七月

目次

卷二……三二

卷三……六五

卷四

卷五

卷六

寸阴丛录……二一三

卷二

序

吴孟复

古人读书随笔之类，对吾人之研究文史，甚有裨益。忆昔在中学读书时，段熙仲先生为言洪迈之《容斋随笔》。家中架上恰有此书。取而读之，虽似懂非懂，然眼界随之开阔，知识随之增多。如由其中所言《公羊传》之「门焉」、「闺焉」，知其名词作动词用；又由其中所言陶诗之「形夭无千岁」乃「刑天舞干戚」之讹，知读书要讲校雠；由其所引李清照《金石录序》，知有赵、李其人其事与「金石之学」；由「俗语有出」条中所言之「慌」字，「搽」字，正与吾乡口语相合，知方言与古音义之关系。当然，这些认识，有的是后来才理解的，但当时如不读之，则后来也就想不到它。至于典章制度之沿革，学术流别之异同，文人学者之逸事，有他书所不载，或虽言之而不详者，随笔的作用，就更为明显。

现在，从事教育之同志，皆知发展智力，拓宽知识面与培养治学能力之重要性。此信然矣！然我认为：欲达此境，方法之一，即在多读前人之随笔，使其于趣味盎然之中，日积月累，见闻以广，知识以多，智力以开，能力以强。否则，堆案盈箱之「知识辞典」，「治学语录」读之难尽，尽之难记，记之难用，适足以损害智力而已。

盖学术虽各有专门，而治学所用之知识与方法，则不可限以一端。如语言、文学各有专门，其中尚有各种分支科学与边缘学科，派衍流分，愈分愈细，此为人所习知，不待细述。然在研究某一字义时，或用文字学，或用金石学，或用古音与方言，或征之其他古书，固非训诂学之所尽也。至研究古代文学中某一具体问题，其问题或发生于理论方面，或发生于史实方面，或发生于书之版本或字之音义等，苟无多方面之知识，即无由发现问题之所在，更无由曲证旁通，并用以解决问题。有的同志只读本学科之书，只要观现成之结论，而视随笔一类书之不切于用，其然，岂其然乎？而况为学之道犹不止于文字之训诂及事实之考证而已也。

清初，刘献廷《广阳杂记》中云：

为学须开拓其心胸，务令识见广阔，为第一义；次则于古今兴衰沿革礼乐兵农之故，一一淹贯，心知其事，庶不愧于读书。若夫寻章摘句，一技一能，所谓雕虫之技，壮夫始为者也。

献廷与方苞皆为王源之友。方苞《望溪集》中亦多论兵农之所宜兴宜革。盖清初诸老鉴于明代讲理学者之空疏，转而以经世致用为志。顾亭林首标「博学于文」之旨，以为「经学即理学」，于考订文字、音韵之同时，讲求天下郡国之利病。而颜元则侧重于躬行实践，益以礼乐兵农为务。方苞之不薄朱熹与顾相同；而学以致用则与颜、李未尝异趋。观李塨《王昆绳传》，目方苞为颜学之传人，岂偶然哉？

乾嘉以后，「学趋专门」（王国维《沈乙庵先生七十寿序》），文字、音韵、天文、算术，各为专科益加条理(即所谓「博征于文，约守其例」)；然二三大师之外，或亦趋于烦琐，无复清初诸老之心胸识见，因而难免于雕虫之讥。桐城之学，颇异于考订；然则，姚以下亦未能如方苞学问之笃实，前人讥其「以空议相演」，平心论之，实亦中桐城末流之病。盖识见之不广，沿革之不明，兵农之不知，则所谓「言之有物」者，复何有哉？

窃尝思之：戴震《与郑用牧书》言：为学之道有三：曰义理，曰度数，曰词章。世多以度数与考据等为一谈，往往误解戴君本意。度数者何？盖即刘献廷所谓：「古今兴衰沿革礼乐兵农之故」，而天文、算学、物理亦自在其中。有度(法)可考，有数可据，故亦可谓之考据。故戴《与姚姬传书》，又以义理、考据、词章并举。明乎度数与考据之同，斯可以言实学，言致用，其言方为有物之言。不然，烦琐之考订与空议之相演，其为言之无物则一，是亦何异于明代「空疎之学」哉？

姚石甫先生生当鸦片战争前后。当时，仁人志士凛于民族危亡，亟谋挽救，学术风气，为之一变。先生与林则徐、龚自珍、魏源、张穆实开风气之先。魏、龚讲「公羊学」，以微言大义，变烦琐考证，而归之于经世；张穆等研究西北地理，亦出于时势之需；先生与林公力主抗战，声应气求，以议论、功业，尤为人望所归。林公既为投降派所中伤，谪戍新疆；先生坚守台湾，屡次击退侵略者，亦反被贬官入蜀，居于康定。其《识小录》、《寸阴丛录》两书，即先生谪官康定时所作之读书随笔。

两书内容，旁及经、史、子、集四部，然博而不杂。其中言旗制，言形势，言通商，言兵额，言财赋，言漕运，皆兵农之要务，其详于西北地理及宗教关系，亦由当时事势使然；其论述历史人物与记载时人行事，亦皆有关时政，意取借鉴。诚刘君所谓「古今兴衰沿革礼乐兵农之故」，亦戴君所言「度数」之实。惟其博洽多闻，详审得失，然后心胸开阔，识见高远。先生书中亦言：

学者先以多闻为贵……盖其闻见广，故局量大，然识高故鉴裁精，惟宏故通，惟明故辨。

斯诚深造有得之言。所谓「识小」，正是亭林「博学于文」之意，与魏、林、张诸公同其趋向。而先生爱国之深心，反帝之远虑，亦于是乎可见。其训释古书，如解说《论语》之「食不厌精」，以「厌」为「餍」，明孔子之不以饮食为意，其说「可也简」，订朱熹《集注》之误，斥理学家之苛于责人，不仅在学术上兼采汉宋，且亦见其志气与心胸。至于评述诗文，纪录琐故，若记张煌言之《枞阳谣》，载桐城之禁书，亦皆有裨于文献之征。其谈及音韵、目录，就后之以此专门名家者视之，虽若有欠于详审，然先生以晚岁向学，犹能措意于斯，较之亭林所云「以无耻之人，谈空疏之学」者，固不同也。

先生为姚姬传之高第弟子，故世亦以「桐城派」作家目之。吾尝论「桐城理学」始于方学渐，为「泰州学派」中之一人（见黄宗羲《明儒学案》）；而方苞之学本于颜、李为近。先生之欲合义理、考据、词章，说本姚氏；而究心兵农，则更与方望溪之旨意相同。盖「理学之祸」在于「议论愦愦」，「头脑冬烘」，对「治财赋者则目为聚敛，开阃扞边者则目为粗才，读书作文则以为玩物丧志，留心吏事者则斥为刀笔舞文」，「驯至万事不理，丧身亡国」（引自《宋稗类钞》）。试以石甫先生此书相较，显然与理学家之议论殊趋，即方苞亦何尝如此？而世之评论「桐城文」者辄以与理学并论，岂其然哉！

此种读书笔记，有助于增益见闻，有补于开拓眼界，这在本文开头已曾言之。至此两书之可以见近代学术思想之变化，仁人志士之用心，则又非《容斋随笔》之可比。石甫先生当时还写有《康輶纪行》等书，已由徐寿凯同志校点出版；此外，先生还著有《葛玛兰厅志》、《英俄构兵记》、《岛夷图志》、《海运纪略后编》、《俄罗斯方域》等书，皆足见先生治学之思想，尚有待于整理。

此两本是黄季耕同志校点的。季耕同志绩学能文，久有美誉。曾选《安徽历代诗选》，又曾为石甫先生之《论诗绝句六十首》作注，搜讨之勤，选注之佳，人所共见。今又以数年之力，点此两书。惟此两书内容广博，且成于僻远之地，引用古语，每凭记忆，因而校点之难度尤大。季耕同志悉心比勘，细意推求，不特校其文辞，抑且审其辞气。通过标点，达到了句读惬当，层次清晰，使难懂者变为易懂，信足为作者之功臣、读者之良友。

前人谓：「注释之难，较古之作者尤难」，又谓「学识如何观点书」。盖注书既难，点书亦复不易。惟知其难而不敢掉以轻心，且济之以学识，乃能有功于前人，有益于后学。季耕同志点校既毕，我幸得先读为快，爰书数语，以为介绍。

识小录

弁言

姚子石甫，少时读书艰苦，邃诣论辩，考核疏记必勤，岁月积累，成四、五十卷。尝以假人，亡其八、九，余稿无几，久扃箧衍。今乃举示方海。观其论辩精卓，多洽于人心，考核明审，咸得其要领，耽玩不释，校而存之。

方海尝见姜坞、惜抱两先生皆有读书之记，探赜洞微，奥篇鳞集，墨、庄自署，学殖斯贻。石甫奉高曾之规矩，通九流之条贯，循途既捷，所获益多，且为亭林、义门之亚匹。坠简弗收，惜旃崖略？就所见存，而甲乙之。大者可以正人心，明学术；次亦足以广异闻，纪掌故，虽单辞孤证，义皆绍开，岂可以是戋戋不矜异哉！

凡人读书，皆求有得浅深多寡，时或不齐，其为有得，一也。肤受自安，乃倏得而倏失，萌芽有机，弗迎启之；触类甚微，弗引申之；一书终卷与未读同，一岁将尽难稽其业。子夏曰：「日知其所亡，月无忘其所能。」何以知之？何以无忘？敏求详说，道不外是。以姚子之善承先世，凡为子孙者宜勉力。以此书之辅益道术，凡为学士者宜劝也。

四部区分，析义从类，铅刊勿舍，即不必概名著述，而心志既通，蓄积斯足。立身端其本，挨物辨其方，游艺博其资，经世宏其量，皆有赖也。幸无忽焉！道光十三年四月，鄱阳陈方海。

伯游为余校出此编，藏笥久矣。其意欲以各条分编甲乙，既弁言其首矣。顾人事匆匆，未能整理，今始剞劂，将以就正海内，仍以伯游原订甲、乙字注各条下，故人之义，不敢没也。道光二十九年四月姚莹自记。

【说明】姚莹友人陈方海为其编《识小录》、《寸阴丛录》两书时，按四部区分，于每一条目下，分别标以甲、乙、丙、丁。姚莹「自记」付梓时，一仍其旧。今校点重刊，若按甲乙次第，重新组合，颇多不便；且原编以四部区分亦未尽当。故悉删之。

识小录 卷一

读书大义

盈天地间皆道也。有器，有数，有理。何谓器？典章、制度、文物，诸灿然者是矣。何谓数？二气、五行、十日、四时之迭运，长短、大小、高下、清浊、厚薄之不齐，凡诸错然者是。何谓理？天之所以刚健，地之所以柔顺，人之所以灵贵，物之所以蠢贱，三纲之所以立，五常之所以顺，凡诸事之所以然者是矣。

器统于数，数统于理。明乎理者可变其数以制器，局于器者或昧其数以害理。虽然，理不易明也，托诸空言，不若见诸行事，舍器与数，则愚者无以为信；而人自以意为理，异端邪说之患又生。圣人虑焉，故修《六经》，载古圣贤之行事与礼乐制度之迹，使观其制度、行事，先王之道可知也。而其大经大法，所以制作行事之本，则器、数所不能尽，非深明乎道德仁义之微与身心性命之极者，乌足以知之？故大人之学，始于致知、格物，终于治国、平天下。《中庸》之教，始于率性修道，终于无声无臭，广大精微，一以贯通，岂拘拘习制度、考行事者所能测其故哉！《大学》、《中庸》者，《六经》之橐橐；礼乐器数者，《六经》之宝藏。而《论语》者，《大学》、《中庸》之锁钥也，故详于理而略于器数。非略之也，以为明乎此然后见先王器数之美，或不备即有废兴焉可也，此圣贤之微义也。世儒言理者，或指器数为糠粃；而好器数者，又讥空理之无据，胥失之矣。

朱子之学先博后约

《论语》曰：「君子博学于文。」又曰：「多闻择其善者而从之，多见而识之。」《中庸》曰：「博学之，审问之。」孔子之门，身通六艺者七十二人。可见学者先以多闻为贵。朱子生平博闻强识，无书不读，自天文、地理、诸子百家之言，无不精通大义。盖其闻见广，故局量大；器识高，故裁鉴精；惟宏故通，惟明故辨也。人但见其表章《六经》「四子」，于典章、名物训故不甚凿凿，遂疑其空疏，是未尝读《朱子全集》者。特人之精力有所专注以成名，则余事不能兼尽其至耳。夫典章、名物、训诂，此汉、唐诸儒之所长也。其精力尽于此，故「天人」、「性命」之理，圣贤精微之蕴，莫能明焉，然不可谓其一无所得也。朱子精力专在「天人」「性命」之理，圣贤精微之蕴；而于古今治乱兴亡之迹、人物是非臧否之实，尤详考而熟悉之。至于天文、地理，「九流」、「二氏」，诗文、词赋、杂技小数，无一物一事不推求而得其义。若典章、名物、训诂，特其学问中之一事耳，又未尝不孜孜考索，徵实辨谬，以求其确当也。此其通材宏智、博学多能亦岂汉、唐诸儒所及？若其生平出处，言行中正醇粹，无不可以示天下而为万世之法，盖孔子以后一人而已。

阙里

阎百诗《四书释地》：辨汉以前无阙里之名，东汉后始盛称之。盖因鲁恭王徙鲁，于孔子所居之里造宫室，有双阙焉，人因名孔子居曰阙里。引《水经注》「孔庙在东南有双石阙，即灵光之南阙」为征。始以为《家语》之讹，继见别本《家语》，「阙里」作「闾里」，又以为后人之误。

余按：《家语》作「阙里」者不误，阎氏之说亦未详也。盖阙里一地，孔庙一地，孔墓一地，恭王双阙又一地，各自相去，向皆混而一之，咸被以「阙里」之名，所以误耳。当时，阙里在泗水之北，孔墓在泗水之上，鲁城在泗水之南。孔庙本孔子故宅，其地名曲阜，在鲁城之南。若恭王石阙，则又在孔子故宅之南。石阙距阙里已二十余里，不相涉也。《水经注》所载了了，阎氏自未细考耳。按《水经注》云：「夫子教于洙、泗之间，今于城北二水之中，即夫子领徒之所也。」《从征记》曰：「洙、泗二水交于鲁城东北十七里。阙里背洙面泗，南北百二十步，东西六十步，四门各有石阃。北门去洙水百余步。后汉初，阙里荆棘自辟，从讲堂至九里。鲍永为相，因修飨祠以诛鲁贼彭丰等，郭缘生言泗水在城南，非也。」据此，是阙里在鲁城东北十七里，为孔子教弟子之所，当时四门犹有石阃，当不误也。《水经注》又云：「《史记》、《冢记》，王隐《地道记》咸言葬孔子于鲁城北泗水上，今泗水南有夫子冢。谯周云：孔子死后，鲁人就冢次而居者百有余家，（谯周说本《史记》）命曰孔里。《孔从子》曰：夫子墓茔方一里（《史记》云孔子冢大一顷）在鲁城北六里泗水上」。据此，是孔墓在阙里之南，泗水之上，鲁城之北，当时自名孔里，亦非阙里。《水经注》又云：「高门（高门，即鲁城南门。《春秋・僖公十二年》：『新作南门』。杜预曰：『本名稷门，僖公更高大之，今犹不与诸门同，改名高门也』。余按：《史记》齐人以女乐文马遗鲁，陈于鲁城南高门外是也。）一里余，道西有道儿君碑，是鲁相陈君立，昔曾参居此，枭不入。郭县即曲阜之地，阜上有季氏宅，宅有武子台，台南四里许则孔庙，即夫子之故宅也。宅大一顷，（与《孔丛子》异，未知孰是？）所居之堂后世以为庙，（《史记》故所居堂，弟子居内，后世因庙。）」据此，是孔庙乃夫子所居，非教弟子之所。高门为鲁城南门，曲阜地在高门一里余，上有武子台，而孔子所居又去台南四里，距城北之阙里已二十二里矣。且如所言，曲阜乃曾子所居耳，非孔子也。世以孔子居曲阜者亦误。《水经注》又云：「孔庙东南五百步有双石阙，即灵光之南阙。」然则，此二石阙去孔庙又五百步，去阙里益远矣。安得以此石阙当阙里之讹耶？

世以孔庙与教弟子之所，均被以阙里之名，致淆混莫辨，非独《阙里志》之谬也，其失自《括地志》始。按《史记正义》引《括地志》云：兖州曲阜县鲁城西南三里有阙里，中有孔子宅，宅中有庙。伍缉之《从征记》云：阙里背洙而泗，即此也。以孔子宅为阙里，盖自此始。《正义》又误引《从征》之文征之，故有「孔子生在陬，长徙曲阜，仍号阙里」之说。孔子生地本陬邑之昌平乡，并非阙里，世盖又因《舆地志》之说而误耳。（《舆地志》云：陬城西界阙里，有尼邱山。）

学而时习之

此为已能从学而有得者言也。学人之病：贪多骛广者，锐进而求速，未免月忘其所能；懈惰白画者，甫进而中废，亦安能日知其所亡？惟「温故」乃可以「知新」。新者得之自然，故者无所忘失，此「时习」所以为学人之首事也。苟未能有得，则但可言「学」，不得云「习」；言「习」则有熟习、娴习之意矣。人惟学无所得，故每见勤苦而不觉其甘；乃至有得，久而不忘，则熟极巧生，妙味自出，乃不图为学之至于斯也，能无说乎？

朱子谓：学者当先问所学何事。余谓有弟子之学，自洒扫应对，入孝出弟，谨信爱亲，以至《诗》《书》六艺之文是也。有大人之学，明德、新民，止于至善是也。此君子之学也。有名法之学，急功近利，为一切富强之计是也。有训诂之学，析文破义，字栉句比，而略于道理之安、是非之实是也。有辞章之学，涉猎经史，獭祭典故，排声韵，妃黄白，淫侈新奇，专为悦目骇心之作是也。有象数之学，自天文、历律，占候、推步，以至医卜、方技之流是也。此四者善而用之，皆君子所不废。一不善而悖于君子之道，则足以取一身之名利，而害天下之人心，君子、小人之间者也。惟小人无学，而常遁于四者之中，未有学人而甘处小人者。及其为之而不自觉，则恒以四者为藏身之术，此「四子书」中，所以自「弟子之学」「大人之学」以外，无余学也。

人不知而不愠

古之学者为己，今之学者为人。为己者，如富人之置产，滋生不已，至积千累万，惟深藏而用之。曰：「此我之有也，人乌得而与知乎？」如此久之，虽外露有不容掩者，而其守之于内则已固矣。为人者，如荡子之破家，锦绣珠玉，日陈于外，以夸示于人，惟恐人笑其贫也。即非己有，亦假取而欺人，曰：「我之富若是，奈何不知？」如此，虽旁观艳羡不起盗心，而其耗竭于内必已多矣。人于财货，身外之物，颇多以为己，而不求人知者；独于学问，身内之事，莫不以为人，而惟恐人之不知，可谓惑矣。

亦足以发

余按：「发」，发挥也。《易》曰：「六爻发挥，旁通情也。」又曰：「发于事业。」《中庸》曰：「发而皆中节。」《左传》曰：「声名以发之。」盖宣扬发见，而有畅生不已之美。颜子颖悟绝人，闻一知十。夫子与言不过一事，而默识心通，见诸言行者，已自旁引曲达。如木有根本，而畅茂发生，已自枝叶千万者然，此「发」字义也。孔注「发明大体」及集注「发明所言之理」，恐未亲切。

子奚不为政

金坛王氏曰：昭公为季孙意如所逐，薨于乾侯。六月癸亥，丧及坏隤。秋七月始葬于墓道南，不与鲁先君同兆。后孔子为司寇，始沟而合诸墓，是为昭公不得正其终。公之在乾侯也，二子务入，公衍及母弟宋从丧至。二子不得入，而宋先入，季孙必欲抑使听己，丧五日始得即位，非先君之命，而专听之于意如，是为定公不能正其始。自是为季孙所制不得有为，由其不孝、不友无政本矣。孔子不仕，而以孝友答或人之问，固非无意，此说美矣。余谓此责定公固当，而非夫子之意。他日语子路曰「必也正名乎？」使孔子出仕，于此必有整治乃可。正名之先则必讨季孙之罪，亦度其势不能，故不出耳。定公甫为季氏所立，即昭公之不合葬，二子之不得入，亦其力不能得之季氏，未必其本意也。圣人于此，不责季氏之不臣，而责定公之不孝友，舍大而罪小，舍臣而罪君，岂圣人之情也哉？

夷狄有君

春秋之世，大夫强横，弁髦公室，以至弑夺窜逐其君者，多在诸夏之国。如鲁三桓、晋六卿、卫之孙宁、齐之崔庆、宋之华父，皆诸夏大国也。当时夷狄，秦楚最大，而君尊臣卑，权不下移，未有衰弱若鲁、卫、齐、晋、宋之甚者也。夫子著《春秋》，历观二百四十二年行事，深有痛乎诸国之乱，曾不若秦楚，故叹夷狄之犹能有君，不至如诸夏之亡，盖伤之也。岂盛美中国而贱夷狄哉？古注言：中国礼义之盛，而夷狄无之，说非也。夫诸夏礼义之盛，以有君也，苟其亡君，又何礼义之有？而以夸夷狄之有君乎，为不通矣。

揖让而升下而饮

「揖让而升下而饮」七字为句。《集注》：「揖让而升」句断，「下而饮」三字句，误也。《大射礼》云：耦进「上射在左，并行。当阶，北面揖；及阶，揖。」升堂揖，「皆当其物北面揖，及物，揖。」此揖让而升也。射毕「北面揖，揖如升射」，此揖让而下也，此皆射时之升下也。及饮射爵之时，「胜者皆袒决遂，执张弓；不胜者皆袭，说决拾，却左手，右加弛弓于其上，遂以执弣。」「揖，如始升射，及阶，胜者先升；升堂，少右。不胜者进，北面坐取丰上之觯，立卒觯，坐奠于丰下。兴，揖，不胜先降。」此饮时之揖让而升下也。此章言争，故专以饮言，「下而饮」「而」字作「以」字解则明矣。如云：揖让而升下以饮耳。古注：「射于堂，升及下，皆揖让而相饮，亦不分明。邢疏为近。」先曾祖编修公云：《疏》亦同《礼记》郑注，以「揖让而升」下绝句，然此实七字为句耳，何烦句断乎？

杞宋不足徵

《论语》「杞宋不足徵」。包注云：「徵，成也。」盖本《释诂》文。「吾能徵之矣。」郑注云：「我不以礼成之者，以此二国之君文章贤才不足故也」。《礼记·中庸》郑注云：「徵，犹明也。吾能说夏礼，顾杞之君不足与明之也。」按郑氏注《礼》，以「徵」为「明」，而《论语》又用包说，自为异义者，郑《礼记》注云：「徵或作证」，故变说作「明」。虽二义俱通，要以训「明」为允。孔氏疏两用之，未免曲解。《集注》「徵，证也。」义则是而字非，「证」即「徵」字耳。

射不主皮

古注射、力二事，《集注》据《乡射记》文，以「为力」句解「不主皮」之义，二说不同。余按：当从古注。盖礼「射不主皮」，已有尚德不尚力之义矣。若用民之力为上、中、下之科，见于《周礼》，诚王者之政。春秋时徒役烦兴，不惜民力，一时弊政又有不止于尚力者。故圣人与「不主皮」之射，同慨为「古之道」。古注之义长矣。

不知其仁焉用佞

《集注》：「我虽未知仲弓之仁，然其不佞，乃所以为贤，不足以为病也。」此言夫子不许仲弓之仁，非也。孔门四科，仲弓列在德行，为颜、闵之亚。仲弓问仁，夫子告以「出门」、「使民」、「不欲」、「勿施」之语，广大精微，仅次颜子。他日至以「南面」许之，门人中莫能及也。不仁安能若是？意当时夫子，或尝许其仁，故或人疑其仁则然矣，而如不佞何？以不佞为惜，必非能以仁许仲弓者，不可与由、求同类也。此云「不知其仁」，即指上御人以口给者耳。盖谓彼世之工于佞者，徒逞口舌给辩御人，致屡为人憎恶而已，其中之仁，必有不可知者，亦焉用此佞为哉？语本一气，未说及仲弓以佞为不仁，则仁者不佞可见矣。与「巧言令色鲜矣仁」同意，「不知」即「鲜矣」之谓也。邢疏：言佞人既为人所憎恶，则不知其有仁德之人，复安用其佞耶？亦以「不知其仁」属佞者言，但语拙意晦耳。

吾斯之未能信

孔安国注：「仕进之道未能信者，未能究习。」按孔氏以「斯」字专指「仕进」之道，未免有用而无体，故朱子以「斯」字指此理而言，则兼治己、治人，皆在其中。然余谓尚不及郑注「善其治道之深」。「道」字，盖治身、出仕之道，各有其理。其事皆须一一究习。言道则理事兼该，言理则未能兼事。故《大学》兼明德、新民，则谓之道，不谓之理。《中庸》「率性而行」亦谓之道，不谓之理。盖天下颇有深明其理，而处事不得其当者，不可谓我明此理，不必问其事也。如一代有一代之典章，一国有一国之风俗，一时有一时之机势，事目繁多，须学究讲习之始得。漆雕开之意，指理与事，均未可知，只如郑注以「道」字尽之，岂不明白该括乎？

又按：《论语》所云「斯」字，皆必有所指，多承上言。如《礼用》章「斯为美」，「斯」字指「和」，《无谄》章「其斯之谓与」，「斯」字承上「贫而乐，富而好礼。」《异端》章「斯害也矣」，「斯」指「攻异端者。」《问谄》章「如示诸斯」，「斯」字上文无说，记者特补之云「指其掌。」《人之过也》章「斯知仁矣」，「斯」字指「有过之人。」《子谓子贱》章「斯焉取斯」，上「斯」指子贱，下「斯」指「君子」，如此之类，不可胜数。此章「斯」字明承上文「仕」字来，则指「出仕」而言自是，《正义》孔注未可遽非也。朱子兼治身、出仕而言，体用一贯，道理自然阔大，恐漆雕之意未必如此耳！

子曰始吾於人也

此承上节而来，即一时语耳，然其中自亦有间。盖上文既深责宰予矣，其语已毕，少顷因复叹曰云云，记者故加「子曰」二字以别之。至今犹可想见圣人责人，语不迫切，低徊叹惜之情状，不若后人之一气直尽，严厉无容，此正记者文章之妙。胡氏疑二字衍文，又疑非一日之言，失其意矣。

性与天道

朱子大儒，见理分明，澈上澈下，诸所发明，皆得圣贤不言之精义。但以解书文，或于语气轻重微有不合者，要不足为朱子病。盖其大义未有不尽善也。如子贡曰：「夫子之言性与天道，不可得而闻也。」朱子注云：「性者，人所受之天理。天道者，天理自然之本体。」此已将「性」与「天道」作两截说矣。又恐人误会「天」与「人」有二理，并用之云：「其实一理也。」此五字乃朱子晓后人之意，非子贡本旨也。余按：子贡本意自以「性」与「天道」为二，故言「性」复言「天道」。若子贡以为一理，则言性已足，「与天道」三字赘矣。窃疑子贡之意，以人所受于天之理为性，则仁、义、礼、智、信五常之本，及喜、怒、哀、乐未发之中，是也。其所谓「天道」，则指阴阳五行所以消息、生死之机，与夫四时之所以运行，万物之所以并育，世运升降、兴废、盛衰所以不齐之数，凡极深极奥，不可以人智窥测者皆是也。子贡就其不同者言之，故曰「性与天道。」朱子则穷究天人合一之原，就其同者言之，故曰「其实一理」，此足补子贡未及之义，而非子贡立言之本旨也。虽训诂章句之小病，然可见宋儒之善言理，于圣贤之言有所发明，不仅拘文字而已。学者会其意而观之，凡解文句自有文句之意，若求义理之极，则有不可滞死句下者。各以其意推求，庶乎有得，固不必强经就注，亦不可以传、注偶异，并其义理之美而非之也。盖古人作传明经，往往各有意见，不妨别出旨义。观孔子赞《易》，与文王、周公之义亦自不同，岂得谓圣人不善解《易》乎？正以别有发明为善耳。汉、晋人解书之善者，独一向秀注《庄》，能得言外之意。严君平解《老子》作《道德指归论》数万言，无一语依文解义者，是即孔子赞《易》之旨也。呜呼，是岂俗学小儒钻研训诂者所能识其宏意哉！

甚矣！读书之难，不可以一端尽也。子贡以为「性与天道，不可得闻」矣，然《论语》：「性相近也，习相远也。」又曰：「唯上知与下愚不移。」《系辞》云：「继之者善也，成之者性也，」「成性存存，道义之门。」又云：「穷理尽性，以至于命。」即《中庸》「天命之谓性，率性之谓道」，亦非圣人不能为是语，而「十传」赞《易》，其言阴阳消息之道备矣，恶在其不可得闻也。《论语》记「子不语怪，力，乱，神」矣，而《春秋》弑君作乱之事不绝书。《易》言「精气为物，游魂为变，是故知鬼神之情状。」《中庸》「鬼神为德」一章，《祭义》「宰我问鬼神」一章，圣人言之详矣。曷为其不语也？《论语》又记「子罕言利与命与仁」矣，利之言，见于《论语》者如「放于利而行多怨」，「小人喻于利」，「见利思义」，皆勉人不可为利，固不可云言利。若「道之将行也与，命也」，「不知命无以为君子也」，「君子居易以俟命」，《中庸》引《诗》「维天之命，于穆不已」，可谓言之深切著明。至「义」与「仁」则言之尤指不胜屈也。「罕言」之说，然乎？否乎？自《论语》有「不可得闻」及「不语」「罕言」之说，于是浅陋之徒皆以借口，于「性命」、「天道」、「鬼神」、「仁义」之说，率不究心，反以宋儒苦口讲说为多事，至宁为训诂、辞章之陋，盗名欺世以自为利，矢口妄说，不顾义理之安，使后生不学之徒惊其博而喜其新，终日言论，烦碎支离，无非务外之事，于圣贤所以立教垂世之苦心，竟毫不解其何谓矣！岂非读书之难，「不得于言」适以大误也哉？

可也简

《集注》：「可者，仅可而有所未尽之辞。」余意不然，圣人论人取大体而已。周末繁文太甚，本实俱亡，于时人君大抵纷纷烦碎为政，无复能知体要，夫子心非之而不敢明言，故屡发其意，如「为政以德」、「无为而治」等章是也。「简」者，不烦之谓。《书》曰：「简而严」，又曰：「简而无傲」，又曰：「临下以简」。帝王之道，莫不由此。是诚驭世之大法，非寻常小善一德之比也。虽不能至无为之盛，要可谓得人君之体矣。子桑伯子盖亦见及此意，故圣人以为「可」。可者，亦谓其可以南面也。「可也」绝句，「简」乃明其所以「可」之之善，固有取尔。仲弓因就简中别其不同，俨有「为政以德」及「恭己」气象，又不徒知大体而已。故夫子更深然之，不得谓许伯子之时有不足之意也。

人有大段可取，圣人即亟予之，所谓「乐道人之善也」。其人果能更进，自为圣人之所深嘉，然不尽以此相责也。如许子桑伯子及称林放与曾点，皆同此意。林放生平无可考，其能问及作礼之本，识见甚高，亦及门所罕见，故深嘉其所问之大。曾点狂者，见识高明；若其行事，则未免放矣。夫子特以其能见大意，故喟然深与之，岂暇遽计其放乎？设使有以点之放进者，夫子亦未必不以为过，若当时则见其狂、未见其放也。故圣人因事论事，有所取则不及所非，往往问一事而彼此答殊，论一人而前后说异，而要其予人之意常多，责人之意常少，此圣人之所以近人情，而为七十子所悦服也。自胡氏作《春秋传》有「责备贤者」之论，于是三代而下，自孔、颜、曾、孟外，无不负瑕含垢者，甚或舍其已著之美，而摘其未然之恶，于是儒者之论几于酷吏，此中人以下所不能服也。何怪其纷纷与吾儒为仇敌乎？殆非所谓「循循善诱」者矣！

外注《家语》记伯子不衣冠而处，夫子讥其欲同人道于牛马。余按：此语见《说苑·修文篇》云：「孔子见子桑伯子，子桑伯子不衣冠而处。弟子曰：『夫子何为见此人乎？』曰：『其质美而无文，吾欲说而文之。』孔子去，子桑伯子门人不悦，曰：『何为见孔子乎？』曰：『其质美而文繁，吾欲去其文。』故曰：文质修者谓之君子，有质而无文谓之易野。子桑伯子易野，欲同人道于牛马，故仲弓曰『太简。』」据此文，讥伯子「欲同人道于牛马」，乃刘向之言，非孔子语也。

解书人尚有一病，凡事必谓圣人所见高出贤者，诸为圣人所未及言，而贤者言之，则以为圣人意中本有是言，特引而不发耳。吾谓亦不尽然。盖圣人存心忠厚，语言浑朴，往往有余，而诸贤好学不欲自止，遂必抉摘分明。如「子使漆雕开仕」，自是见其可，仕而开意犹有未足，夫子悦之而止。与子贡论贫富，而子贡遂悟及《诗》之无穷。与子夏论绘事，而子夏因悟及礼之为后。此章言伯子之简，可以南面，而仲弓乃补出居敬之本，皆即圣人所言，引而伸之，触类而长之，不必皆出夫子之意中也。惟其多出意外，故有「起予」之叹。若颜子则不然，其心中旁通启悟不止一端，既不胜言，又能深信不疑，无事更问，惟「默而识之」，夫子所以叹其「非助我」也。夫教学相长之义，贤圣所同，圣人有所未及，而贤者及之，此无害为圣人之大，何必委曲回护耶？盖泰山不让土壤，河

海不择细流，圣人不弃迩言。观孔子生平无过，总是任过；后人不免有失，独不肯说失，相去不亦远哉！

颜子好学

颜子生平学术，全在「克己复礼」，至于「三月不违仁」，其效如此。乃孔子对哀公不及此，独称其「不迁怒、不贰过」二事，似乎不足尽其学。于是伊川恐人看浅颜子，因推入精深之处，可谓善言大贤矣。余谓圣人对君，无在不格其非心；但亦视其君之资质高下，以为言之深浅。盖世主惯于富贵矜骄之习，于吾儒之学若风马牛。一旦问及此，所谓「君之德也，民之福也」，是其心「如萌蘖之生」而已。徐为雨露以滋养之则受；若遽加以江河之溉，鲜不漂没而无存者。启沃之间，固非易易也。夫以富贵矜骄之人，一旦与为高深之论，乌能猝解？势必以为迂阔而不信，否则见为高远而畏难。如此，萌蘖之生不其绝乎？亦非必有所欺而不竭情相告也，惧不能受也。一不能受，则其向学之心由是而息，咎在言者。故即所问，取其易知可行者告之，使君悦而相从，渐乃可以进矣。如颜子之「克己复礼」、「三月不违」何难为哀公告，特以太高，骤言之，恐其欲卧耳。若「不迁怒、不贰过」，则语甚平易，似可勉强而行。苟求其极，则亦何尝非「克己复礼」、「三月不违」之旨耶？此圣人立言之妙，可为对人君言之法。

犁牛之子

《集注》：「犁牛之子」指仲弓言，此用古注也。世以此訾朱子，谓圣人不当对子骂父，盖以「子谓仲弓曰」为面语也。或又谓：《论语》书法：论其人生平，不于当面者，有「谓」无「曰」，如「子谓公治长」、「子谓南容」、「子谓子贱」是也；面语其人以事，或面论其人者，则有「谓」有「曰」，如「子谓冉有曰」、「子谓子贡曰」、「子谓伯鱼曰」是也。此章有「曰」字当是面言。盖泛论而非指仲弓。余按：此二说皆非也。孔子至卫，与弟子徘徊郭门之外相失。或谓子贡：「东门有人焉，累累如丧家之狗。」子贡以告，夫子欣然曰：「然哉，然哉！」是则弟子不妨面语夫子为狗矣，於牛乎何疑？若以有「谓」有「曰」必为面语，则「子谓颜渊曰：『惜乎！吾见其进』」，是时颜子已死矣，岂面言哉？然则此章本指仲弓，特不于其面耳，当依《注》为正。

五十以学易

「加我数年，五十以学《易》。」古注云：「《易》穷理尽性，以至于命。年五十而知天命。以知命之年，读至命之书，故可以无大过。」此注说「五十」字颇有理。但邢疏云：「加我数年方至五十，谓四十七时也。」「四十七」不知何据？《集注》用考城刘氏说，「五十」为「卒」字之误。余按：唐人定《注疏》时，陆氏《释文》载别本多矣，不应宋时乃有唐人未见之本也。

不知而作

「盖有不知而作之者，」古注包曰：「时人有穿凿妄作篇籍者，故云然。」《集注》则谓「不知其理而妄作也。」余按：朱子「不知其理」四字本邢《疏》，而削去「妄作篇籍」四字，盖不以为「述作」之「作」也，故《语类》《或问》曰「只是作事」，然以「多闻」、「多见」观之，似仍当从古注为顺。

三十而立

圣人「三十而立」者，学问既备，道义深明，圣人规模已成。「不惑」、「知命」皆就加琢磨而已，非于所立别有加也。然犹有用力之意。至六十、七十则真纯粹精熟，不假一毫作为矣。至此，然后不思而得，不勉而中，乃可为从容中道。孔子虽天纵之资，而道德之广大精微，亦必尽五十年功力、二十年涵养，方臻至圣。故曰：「我非生而知之者，好古，敏以求之者也。」圣人言道其实，自述生平阅历甘苦之境，恳恳告人，学者不解，乃以为圣人之谦，可谓有孤圣心矣。

大哉孔子

余童时与友人会课，作《大哉孔子博学而无所成名》题文。时皆谓党人语为惜辞。余曰：「非也，此党人心悦诚服之辞耳。」盖党人惊叹孔子之博学，欲名言其一端而不可得，则第见其大而已。

博学而无所成名者，乃正党人之所谓大也。虽云见圣人之浅，乃其意则悦服之至矣。因举孔子口「大哉尧之为君」章为证。孔子以天比尧，亦云「民无能名」，可见至圣之极，亦止于「大而无名」。至人平日叹尧之辞，一旦党人以称夫子，故谦不敢当，而欲执一艺成名，自居于小也。旧解以党人为项橐，因《庄子》所载有讥孔子之言，遂为是说，其实党人未必即项橐，「无所成名」乃正赞其大，非转为惜辞也。当时课友或以为然，或以为否，姑识於此。

食不厌精

「食不厌精，脍不厌细。」古注无说。《集注》：「食精则能养人，脍粗则能害人，『不厌』言以是为善，非谓必欲如是也。」余谓：此解「不厌」二字不分明，脍粗何以能害人乎？按《玉篇》：「厌，于艳切，饫也。」《礼记·曾子问》：孔子曰：「有阳厌，有阴厌。」郑注：「厌是餍饫之义。」《书·洛诰》「万年厌于乃德」注：「厌，饫也。」吴棫《韵补》云：《左传》序「餍而饫之」，《孟子》「餍酒肉」或作「厌」，《书·洛诰》注：《饱当作饫也，亦作懕，通作厌」，《周礼·大司徒》注：「厌服于十二教」《疏》云：「谓厌饫服行。」然则「厌」，「餍」古字，音义同。此「食不厌精，脍不厌细」者，不求饱饫之义耳。圣人心存淡泊，疏食饮水，乐在其中，口体之奉，中和为贵，故食之精，脍之细，皆不肯饱饫满足，至类贪饕也。《集注》「以是为善」，意既未了，又云「非谓必欲如是」，未免辞费而义曲矣。

端章甫

《论语》郑注：「宗庙之事，谓祭祀也。诸侯时见曰会，众俯曰同。端，玄端也。衣玄端，冠章甫，诸侯日视朝之服。」此注甚明，乃三事也。《集注》但云：「端，玄端服，章甫，礼冠。」而削其「视朝」之文，于是讲章家但虚言礼服，不能确指何礼；而时文家遂以为宗庙会同之服。殊不知宗庙之中，天子自衮冕以至玄冕，各如所祭之大小；其助祭于天子者，公自衮冕而下，侯伯鷩冕而下，子男毳冕而下，孤希冕而下，卿大夫玄冕而下，各如其位之尊卑，《周礼·司服》所云是也。诸侯庙中则皆玄冕以祭，其助祭于诸侯者，大夫冕，士弁。《礼记·玉藻》「诸侯玄端以祭」，郑注，读「端」为「冕」，《杂记》「大夫冕而祭于公，士弁而祭于公」，是也。其会同之事，天子衮冕，诸侯各如其爵，自衮冕而下，《玉藻》云「禅冕以朝」是也。古者，诸侯无自为会同之礼，皆在天子郊外为坛受命。其列国邦交，则岁相问、殷相聘，世世相朝而已。诸侯见天子，亦皆有相礼，虽不言相臣之服，以意推之，礼经朝天子与祭宗庙同重，大夫助祭于公，加朝于公之服一等，则其相诸侯、朝天子之服，即如助祭之服可知。然则相亦玄冕，士则皮弁，皆不得服端章甫也。其端章甫为视朝而服无疑。郑氏之说不可易。《集注》必削此语者，想以章甫字疑之耳。盖《仪礼》朝服，玄冠、玄端，章甫为殷人之冠，疑其配端不为朝服，故不定指视朝，但云礼服。然朱子之意，何尝以为宗庙会同之服乎？窃意：周曰玄冠，殷曰章甫，夏曰毋追，皆即一物，特小异其制耳。周人兼用三代之礼，侯国朝服，三冠兼用。孔子自以殷人常冠章甫，故曰：常居宋，冠章甫之冠。及为司寇于鲁，鲁人诵之曰：「衮衣、章甫，爰得我所。章甫衮衣，惠我无私。」则孔子仍冠章甫之证。公西华对孔子举朝服而言端章甫，不言端玄冠也。

《周礼·司服》「凡甸冠弁服」《注》：「甸，田猎也。冠，弁委貌。其服缁布衣，亦积素以为裳，诸侯以为视朝之服。」疏：「以安正容貌，故云委貌。若以色言，则曰玄冠。」《士冠礼》「主人玄冠朝服，缁带素韠。」注云：「衣不言色者，衣与冠同，裳与韠同。」案《玉藻》：「韠，君朱，大夫素，士爵。」韦注云：「天子诸侯玄端朱裳，以其云朱韠。韠同裳色故也。朝服与玄端，大同小异，以其玄缁布衣，皆有正幅为端则同，但易其裳耳。大夫素韠则素裳，士韠言爵，爵是不纯之名。《士冠礼》：上士玄裳，中士黄裳，下士杂裳。杂裳者前三幅玄，后四幅黄，故爵韠也。」观此疏文，则以玄冠章甫、委貌冠弁为一物矣。余谓一物近之，但其制，要必少有异处，而不可考耳。

差

《中庸》注：「故不能无过、不及之差。」差，楚加反，读如「失之毫厘，差以千里」之差。《广韵》：「舛也。」盖有过、不及，即非中庸，未免有差矣。坊本音「初宜反」，读「雌」，则为「差等」之义。不知「过」犹「不及」，同非中庸，又何差等之有？音义皆非，当正之。

又按：「差」字，《玉篇》在「左」部，云：「楚宜切，参差不齐也。」又「楚加切，字一作『𢀩』，籀文『𢀩』。」遍检《说文》𠂇部、左部，皆无此字，盖漏之。今《字典》入「工」部，既失命部之义，而《说文》「工」部亦无此字也。

離

「離」字，《说文》「隹」部云：「黄仓庚也，鸣则蚕生，从隹，离声。」《广韵》：「今用離为鹂黄，借離为離别。」莹按：字从隹，则本为黄仓庚之字，故《说文》于本义外无二义。至孙强《玉篇》则云：「离，力知切，亦作鹂，仓庚也。」此盖原字之本义，仍主《说文》，而别载云：「又散也，去也，明也，丽也，遇也，两也，判也，陈也，罗也。又力智切。」则此字别义甚多，唐以来纷纷杂出，随义借用，不特借为离别之字矣。然余考「离」字，要当如《说文》止作黄仓庚解为得其本，他义皆当作离。按郑氏《周易》用费直古本，多古文。「離」卦字作「离」。又「飞鸟离之」，字亦作离，则所谓「明也」、「丽也」、「遇也」、「罗也」(罗字当作罹字之误。)诸训，盖本于《周易》，而《诗》亦有「鸿则离之」、「雉离于罗」之义，皆此义也。而其音读，则古音当为「良何切」，读如「罗」。《易》「日昃之离，不鼓缶而歌」，以「离」韵「歌」，又「飞鸟离之，弗遇过之」，以「离」韵「过」，《诗》「鸿则离之」韵「得此戚施」，施，诗戈切；「彼黍离离」韵「行迈靡靡」，靡，莫何切；「其实离离」韵「椅」、「仪」，椅，音阿；仪，音俄。《楚辞》「长余佩之陆离」韵「惟昭质之未亏」，亏，枯荷切，是其证也。韩昌黎犹知此读，故《裴少府墓铭》「支分族离，各为大家」，「家」音「歌」，「离」音「罗」也。唯黄仓庚之字作「离」，音读如「鹂」，亦平声，而非去声也。

右余所考「离」字古音义如此；魏晋以来学者，则不能尽以此绳之矣。然亦有正俗之辨。如《玉篇》义凡十解，音有两读，皆可相通，不为区别，盖犹明古字通用之义也。此外则分别大明，亦考古者所当知之。有作平声读者：如黄仓庚之外，「离」为卦名，而「丽也」、「明也」之训同。又《玉篇》但云「散也」，《广韵》则云「近曰离，远曰别」，扬子《方言》「参、蠡，分也，秦晋曰离」，此「离别」之解也。而《易·乾卦》「非离群也」，《诗王风》「有女仳离」，《礼·檀弓》「吾离群而索居」，义皆如此类。又《玉篇》云「遇也」者，扬子《方言》「罗，谓之离」，《汉书·扬雄传》《反离骚赋·注》：应劭曰：「离，犹遭也」，此即《易·小过》「飞鸟离之」之训矣。又《玉篇》云「两也」者，《礼记·曲礼》「离坐」、「离立」郑注：「离，两也，两相丽谓之立。」又《玉篇》云「判也」，《礼·学记》：「一年，视离经辨志。」注：「离经，断绝句也」，《周礼·夏官·形方氏》「无有华离之地」注：「华，读为㼌。正之使不㼌邪离绝」。又《玉篇》云：「陈也」者，《左传·昭元年》「设离」服注：「离，陈也」，又《仪礼·大射礼》「中离维纲」注：「离，犹遇也，猎也」。以上皆读平声。有作上声读者：司马相如《上林赋》「离靡广衍」注：「离靡，谓相连不绝也。「离」音力尔反。」《集韵》「辇尔切，音逦，离跂，攘臂貌也。」有作去声读者：《广韵》「力智切，音荔，去也。」《书·胤征》「畔官离次」《释文》：「离，如字。又力智反。」《礼·曲礼》：「鹦鹉能言，不离飞鸟。」《释文》：

「离，力智反。」又《广韵》、《集韵》、《韵会》：「郎计切，音丽。」《礼·月令》「司天日月星辰之行，宿离不贷」注：「离，读如『俪偶之俪』，『宿俪』谓其属冯相氏、保章氏掌天文者，相与宿偶，当审伺候不得过差也。」《释文》「离，吕计反，偶也。」凡此皆音训分明，所当并用者也。至如《礼·明堂位》之「离磬」，注：「离，谓次序，其声悬也。」《尔雅·释亲》之「离孙」，则男子姊妹之孙也。《释诂》之「茀离」，注：谓「草木之蒙茸翳荟」也。《离骚》之「陆离」，注：「犹嵾嵯象貌也。」许慎云：「美好貌。」师古云：「分散也。」前汉《郊祀歌》之「辟流离」，注：「流离，不得其所者。」司马相如《大人赋》「滂濞决轧，丽以林离」，注：「林离，掺捆也。」扬雄《羽猎赋》：「淋离廓落」，其义同。《上林赋》「前长离而后矞皇」，服虔曰：「皆神名也。」师古曰：「长离，灵鸟也。」前汉，《礼乐志》作「长丽」，注「星名」。张衡《思玄赋》「前长离使拂羽兮」，注：「长离，南方朱雀神也，又宝名。」前汉《西域传》「滂宾出璧流离」，师古曰：《魏略》云：「大秦国出赤、白、黑、黄、青、绿、缥、绀、红、紫十种流离。」又鸟名「流理」，《诗》「流离之子」是也。马名「纤离」，见李斯《谏逐客书》；草名「江离」，见《楚辞》；山黎亦名离，见《子虚赋》；芍药名离草，一名可离，见《埤雅》；木一名离，见《孔子世家》注引《皇览》；水有离水，见《汉武帝纪》。地有钟离，见《左传·成十五年》；国名东离，见前汉《西域传》；又「有离之国」，见《拾遗记》；又古人姓，见《孟子》。凡此皆读「力知反」。又有读痴者，《集韵》「抽知切，本作螭」，盖平声之别出也。又果名离支，即荔支，见《上林赋》，字即同荔，是去声之通用也。《中庸》：「道也者不可须臾离也。」注：「离，去声。」盖取《玉篇》「去也」之义，「力智反」之音也，俗仍作平声读，其丁音义殊未了，故详辨之。今即不能复古音「罗」作「离」字，必不可如世俗之混读也。

小卞

《汉书·杜钦传》：「《小卞》之作，可为寒心。」注：「张宴曰：『刺幽王废申后而立褒姒，黜太子宜咎而立伯服也。』臣瓒曰：『《小卞》之诗，太子之傅作也。』师古曰：『《诗·小雅》也，卞，音盘』，」今作《小卞》，盖字通，或三家文也。

关雎

《杜钦传》：「佩玉晏鸣，《关雎》叹之。」李奇曰：「后夫人鸡鸣鸣佩玉去君所，周康王后不然，故诗人叹而伤之。」臣瓒曰：「此鲁诗也。」

仲山父

《杜钦传》：「仲山父、异姓之臣，无亲于宣，就封于齐」。邓展曰：「诗言『仲山甫徂齐』者，言衔命往治齐城郭也，而韩诗以为封于齐，此误耳。」晋灼曰：「《韩诗》误而钦引之，阿附权贵求容媚也。」师古曰：「《韩诗》既有明文，而钦引以为喻，则是其义非谬，而与今说诗者不同。邓、晋诸人，虽曰涉学，未得专非杜氏、追咎韩诗也」。莹按：终周之世，齐无更封之事，韩诗乃以为封于齐，其误甚明。今谓杜钦误由《韩诗》则可，谓韩诗无误则不可。

毛传：「仲山甫，樊侯也。」《正义》曰：《周语》称樊仲仲山甫谏宣王，是山甫为樊国之君也。又韦昭云：「食采于樊」，僖二十五年《左传》说晋文公纳定襄王赐之樊邑，则樊在东都之畿内也。又「王命仲山甫，城彼东方。」毛传云：「东方，齐也。古者诸侯之居逼隘，则王迁其邑而定其居，盖去薄姑而迁于临淄也。」莹按：《诗》文前言仲山甫将命而出，至此乃言所命之事，下文「仲山甫徂齐」，乃言所往之地，观「出纳王命」、「王之喉舌」、「赋政于外，四方爰发」之文，则是奉命而出，以赋政于外，其非就封，明矣。韩诗之误，盖由「仲山甫徂齐，式遄其归」以「徂齐」之下言「归」，故误认「徂齐」为「归齐」，因谓「城彼东方」乃就封耳。不知「归」者乃望其归周之辞，欲其往齐速竣事而返，所谓诗人爱恋之意也。

注疏言性情

《诗》：「天生蒸民，有物有则。民之秉彝，好是懿德。」郑笺：「天之生众民，其性有物象，谓五行：仁、义、礼、智、信也；其情有所法，谓喜、怒、哀、乐、好、恶也。」《正义》：「性为五性，情为六情以充之，五性本于五行，六情本于六气。《洪范》：五行：水、火、金、木、土。《礼运》曰：『人者天地之心，五行之端』，是人性法五行也。昭元年《左传》曰：『六气：阴阳、风雨、晦明也』，昭二十五年《左传》：『民有好恶，喜怒哀乐，生于六气』，是六情法六气也。《孝经》援神契曰：『性者，生之质；命者，人所禀受也。情者，阴之数，精内附著生流通也。』」又曰：「性生于阳以理执；情生于阴以系念」，是性阳而情阴。「五行谓仁义礼智信」者，郑于《礼记》之说，以为木行则仁，金行则义，火行则礼，水行则智，土行则信，是也。「六情有所法者，服虔《左传》之注，以为好生于阳，恶生于阴，喜生于风，怒生于雨，哀生于晦，乐生于明也。唯《礼运》云：何谓人情？喜、怒、哀、惧、爱、恶、欲七者，弗学而能。独言七者？爱即好也，欲即乐，惧盖怒中之别出，己情怒则彼怒而惧，是怒之与惧，外内相依，以为彼此之异，故分之为七，大意同也。

公毋困我

《杜钦传》：《书》称「公毋困我」。师古曰：「此《周书·洛诰》成王告周公词也。言公必须留此，毋得遂去而令我困。」莹按：今《尚书》作「公无困哉。」《传》云：「公必留无去，以困我哉！」《疏》：「『我』字传加之。」今《蔡传》以「哉」为「我」之误。友人陈方海曰：《周书·祭公解》作「公无困我哉」足为左证，更疑《洛诰》「我」、「哉」二字误倒耳。

识小录卷二

颍考叔

「左氏浮夸」，非独纪事好奇也；其称人亦多失实。如季文子之从襄仲杀嫡立庶也，而以「妾不衣帛，马不食粟」称其忠；郑庄公之杀弟迁母，射王拒讨也，而以不贪许地称其「有礼」，舍其大而录其细，君子讥之。颍考叔，左氏所谓「纯孝」也，以余观之亦有可议：夫孝莫大于爱身，能爱身然后能爱亲，斯能以及人之亲。考叔，孝子也，一言悟主，非孝之诚有足以风哉！然吾读《传》至郑人侵许之役，考叔与公孙阏争车而挟辀以走，未尝不再三叹也。夫子都，小人也，抑甚残，方争车时既恶考叔矣；追之弗及，曷怪其怒？及乎登城，又恃勇争先，于是子都怒甚乃射之，而考叔死矣。独不闻孝子乎？恶言不出于口，则与残人争？忿言不反于身，则致杀其身？故君子之恶争也如畏敌然。大让于朝，中让于市，小让于匹夫，三让而人不以为怯，全一身之大勇也。考叔徒知有力之勇，而不知让节；徒知战阵以勇为孝，而不知丧身小人为辱亲，是直一匹夫之勇耳，曷能为孝乎？

君子曰：考叔孝子也而未纯，郑庄公置姜氏于城颍而加以誓辞，既而悔之，语颍考叔。夫郑庄恶矣，犹人子也，本心不终昧，以有此悔，是宜乘机而正道之曰：「君无患誓辞矣！夫君之过非细也；而能悔，社稷之福也，宗庙之灵也。请不待驾而之颍，徒跣肉袒，谢罪夫人，亲御以归，下罪己之令于国中，敬养有加焉。孝诚之昭，神其祐之矣，誓言何患乎？」如此足以破公之小惑，而成其悔过之美，奈何对不及此，而为阙地之谋耶？及泉见母，是既死其君，而使君复死其母也，胥失之矣。谲而不正，非礼之甚者也。或曰：「考叔，鄙人也。特姜氏思归，求能反之者，而考叔以是谋进耳！舍肉之事故为之，非实以遗母也。何礼之知而责之？」是说也，余姑识之。

二南不列于雅

旧说：「化沾一国谓之风，道被四方谓之雅。」「文王身为诸侯，化洽六州，未能天下统一，此二南之人，犹以诸侯待之。诗称为风，不得称为雅也。」余按：此说可谓迂而拙矣。雅是天子之诗，风乃诸侯之诗，故雅不系以王，而风系之国。文王化行虽远，侯也，故列之国风，与卫、齐等。系以「周」、「召」，别于既王之周也，岂以化之所被言耶？藉令文王化及天下，而一日未王，亦是国风，可遂入之雅乎？

《诗》言「以雅以南」，「南」即《二南》也。或以「南」为声音之名，非是。此与龡豳雅、龡豳颂例同。向见一说，谓「雅」「南」皆乐器名，并考其形制，说经人好立新说如此。然则风也、颂也，亦乐器之名乎？

或曰《二南》不入《国风》之列，若谓与卫、齐等，则何不谓之「周」、「召」而必系以「南」，显见「南」是声音之名，与「雅」、「颂」、「风」同类。曰：如此，则《周礼》当言《诗》有七义：曰风，曰雅，曰颂，曰南，曰比，曰兴，曰赋矣。何以无「南」义乎？且诗分「风」、「雅」、「颂」者，「风」是侯国之诗，「雅」是王朝之诗，「颂」是宗庙之诗，分例截然。如《二南》则与「雅」、「颂」迥别，而与十二国同，特盛衰异耳！以其为王化之所由起，故尊之而别其名。不谓之「周」、「召」而系以「南」者，化本于周而被于南国，内多南国之诗。及周公既定礼乐，成康之世追而录之，其采自周公者谓之《周南》，采自召公者谓之《召南》。盖本南国之诗，系之「周」、「召，」为推本于文王之化耳。《二南》文王之化也，而以「周」、「召」名篇何？周公佐宣国中，召公循布南国，二公所宣布皆文王之政，归二公所以归文王也。

礼不丧出母

《檀弓》「子上不丧出母」一条，窃意秦汉博士所说，未必孔氏家法也。如所言，礼为不可通矣。五伦之谊系定于天。夫可以罪而绝妻，子不得以罪而绝母。妻之可出者罪三：淫、逆、悍而已；恶疾之说，已不近情。如礼家言，先贤往往以微故出妻，其视妻也与敝屣无以异，有是情乎？妻者，齐也。一与之齐，终身不改。故夫死不嫁，妻之于夫可谓厚矣。而为之夫者，直以敝屣视之，可乎？且昏定之始，礼之如彼，一旦弃之如此，苟非有大不得已之故，君子当不若是之忍也。

至于得罪而去，则人伦之变，君子已伤之矣。然其妻绝于夫者，子未尝绝于母也。子于父母如天地然，人不能自绝于天，独能自绝于地乎？以为「不丧出母」者，是世之儒者谓妇人既出，绝于祖庙，子当以继祖为重，且父绝之而子通之，是背父也。余谓不然，妇人绝于祖庙，不祔于祖，不哭于寝而已；子服之何害于义？若谓父所绝者不当通，此指常人，非所言于母子之天恩也。因父出妻而子不以为母，是犹祖逐其子而孙不以为父也。礼本顺乎人情，而儒者以不顺矫之，至夺其天恩而不顾，有是礼乎？惟昧于此者多，故卫辄拒其父，而有以为是者！

卷耳

《诗》「采采卷耳」传：「苓耳也。」盖本《尔雅·释草》文。郭璞曰：《广雅》云：「枲耳，亦云胡枲，江东呼常枲；或曰苓耳。」陆玑《草木疏》云：「叶青白似胡荽，白华，细茎蔓生，可煮为茹，幽州人谓之爵耳，是也。」余按：枲，亦作葈。《淮南子·览冥训》：「位贱尚枲。」高诱注：「尚，主也。葈，葈耳，菜名。」盖此物尚葈者主祭祀，为菜之吏如鞄庖翟阁之等耳。

狼戾

《孟子》：「乐岁粒米狼戾。」《集注》：「狼戾，犹狼藉，言多也。」余按：《淮南子·览冥训》：「流涕狼戾不可止。」高诱注：「狼戾，犹交横也。」交横即是多意。粒米不可以「交横」言，故直训「多」。

朱子易经本义

朱子《本义》于《上经》条下云：「中间颇为诸儒所乱，近世晁氏始正其失，而未能尽合古文。吕氏又更定著为经二卷、传十卷，乃复孔氏之旧文。」盖朱子所订《本义》固已悉依吕氏，复古文之旧观矣，而今俗所传诵本仍从王弼。其始失于永乐中修《大全》，取朱子《集传》割裂卷次，以附程传之后。而程传固用王弼本也。明初士子习《易》遵《大全》，程、朱二传并习。其后厌程传之繁多，弃不读，止习朱子《本义》。于是坊刻即《大全》中刊去程传，而以程之次第为朱之次第矣，实非朱子之旧也。顾亭林《日知录》论右事最悉，而深惜朱子定正之书不见于世，吾乡钱田间先生亦云然，而不知朱子古本固未亡也。当时朱子《本义》既行，宋元儒多用古本，如胡炳文《周易本义通释》，盖悉依朱子之旧，明《永乐大典》存之，外间亦有单行本。国朝成德刊《通志堂经解》又重刊之，现行于世，是即《本义》之原本矣。顾氏、钱氏或未之见耳。又元儒吴澄著《周易纂言》亦用古本。御纂《周易折中》，一复朱子之旧，盖有所本云。

六珈

《诗》「副笄六珈」毛传曰：「副者，后夫人之首饰，编发为之。笄，衡笄也。珈笄饰之最盛者，所以别尊卑。」郑玄曰：「珈之言加也，副即笄而加饰，如今步摇上饰，古之制所未闻」。余按：郑所谓「今步摇上饰」，孔疏未及引证。近吾乡马元伯引后汉《舆服志》：皇后步摇以黄金为山题，贯白珠为桂枝相缪，一爵九华，熊、虎、赤羆、天鹿、辟邪、南山丰大特六兽，《诗》所谓「副笄六珈」者也。以此为「六珈」之证，可补孔疏所未及。然遂以此「六兽」当「六珈」则非也。郑谓「如今步摇上饰」者，盖约略之辞，下明云：「古之制所未闻」，郑意固不以汉之「六兽」为「六珈」矣。《舆服志》或据《郑笺》误会，刘昭注复全引传笺，而弗能正其失。今马氏引之，以为汉时皇后「步摇上饰」之注则可；以证「六珈」则非也。

步摇之饰「以黄金为山题，」即所谓金题也。「贯白珠为桂枝相缪，」缪，结也，读如绸缪之缪。盖贯白珠为桂枝，以结于金题也。其上复结一爵，九华玉名，《汉官旧仪》赵飞燕簪饰缀以五采珠，饰以九华玉，是也。其六兽：则熊一、虎二、赤羆三、天鹿四、辟邪五（《水经注》：湍水南，汉中常侍、长乐太仆吉侯苞冢，人有掘出一兽，作制甚工，左膊上刻作「辟邪」字，其状未闻。）、南山丰大特六。《史记·秦本纪》「二十七年，伐南山大梓，丰大特」注：「今武都故道有怒特祠，图大牛，上生树本，有牛从木中出，后见于丰水之中。」又《索隐》图赞：「祥应陈宝，妖除丰特。」又柳子厚《祭纛文》：「泮有大特，化为巨梓。」是则南山丰大特，盖一物也。

鹬冠

僖二十四年《左传》：「郑子华之弟子臧，好聚鹬冠。郑伯闻而恶之。」杜注：「鹬，翠鸟也，聚羽以为冠，非法之服也。」「郑伯闻而恶之。」杜注云：「恶其服『非法之服』也。」颜师古《匡谬正俗》辨此注之误，云：「鹬，水鸟，天将雨即鸣，即《战国策》所谓『鹬蚌相持』者也。古人以其知天时，乃为冠象此鸟之形，使掌天文者冠之。故逸《礼记》曰：『知天文者冠鹬，』此其证也。鹬字音「聿，」亦有「术」音，故礼之衣服图及蔡邕《独断》谓为『术氏冠』，亦因鹬音转为「术」字耳，非道术之谓也。盖子臧以兄见杀，怨而出奔，有白公之志，故与知天文者游聚，有所图议。是以郑伯恐其返国作乱，令诱杀之」。余按：后汉《舆服志》「建华冠以铁为柱，卷贯大铜珠九枚，制以缕鹿。《记》曰：『知天文者冠述，知地者履绚。』」《春秋左传》曰：『郑子臧好鹬冠。』前圆，以为此则，是也。」又《说文》：「鹬，知天将雨鸟也，从鸟，矞声。」《礼记》曰：「知天文者冠鹬，或作[illegible]。」《说苑·修文篇》又作「知天道者冠鉥。」据此诸文，是鹬字本同「术」音，《志》又因「术」转作「述」耳。又按：《广韵》：「术，技术。」《说文》：「邑中道也。」又姓。「述」亦姓也。《风俗通》云：鲁大夫仲述之后。盖「术」即「述」也。

管子律吕

律吕之书，今存最古者，莫如《管子·地圆篇》。曰：「凡将起五音，凡首先主一而三之，四开以合九九。」房玄龄注云：「一而三之即四也。以是四，开合于五音，九也，又九之为八十一。」余按：注说非也。盖以一数为主，由是三之为三，再三之则为九，再三之则为二十七，再三之则为八十一，是为四开。原注以「一而三之为四，开合五音为九」，既于文义不协，且此乃将起五音之始数，尚未成五音，何得遽云「合于五音」乎？又曰：「以是生黄钟，小素之首以成宫。」原注云：「素本，宫八十一，数生，黄钟之宫为五音之本。」余按：《博雅》：「素，本也。」此注「素本」当句绝。又曰「三分而益之以一，为百有八为徵。」原注：「本八十一，益以三分之一——二十七，通前百有八，是为徵数。」余按：管氏皆用信律，今半之，则百有八为五十四，世所用之徵数也。又曰：「不无有三分而去其乘，适足以是生商。」原注：「乘亦三分之一也，三分百八而去一，余七十二，是商数也。」余按：「不无有」，原注：「即『有』也」，非是。「不无」二字疑衍，「有」字，当读如上「百有八」之「有」，「又」也。观下文自明。又曰：「有三分而复于其所，以是成羽。」原注：「三分七十二，而益一分二十四，合为九十六，是羽之成数。」余按：九十六今半之，则为四十八也。又曰：「有三分而去乘，适足以是成角。」原注：「三分九十六，去其一分六十四，是角之数也。」右《管子》之法，与今损益不同。

《淮南子》曰：「一生二，二生三，三生万物。三参物，三三如九，故黄钟九寸。因而九之，九九八十一。故黄钟之数立。律之数六，分为雌雄。故曰：十二钟以副十二月。十二各以三成，故置一而十一三之为积分十七万七千一百四十七。黄钟大数立焉。」余按：「置一而十一三之」者，如置一数为本，三之为三，再三之为九，三三之为二十七，四三之为八十一，五三之为二百四十三，六三之为七百二十九，七三之为二千一百八十七，八三之为六千五百六十一，九三之为一万九千六百八十三，十三之为五万九千四十九，十一三之为十七万七千一百四十七。此算与《史记》同法。（刘歆《三统术》曰：「三统合于一元，故因元一而九以为法，十一三之以为实。」孟康注：辰有十二，其三为天地人之统。老子曰：三生万物。是以余九。辰得三，气乃能施化，故每辰者以三统之数乘之，是为九三之法，得积万九千六百八十三。又曰：以子数一乘丑三，余次辰亦每三乘之，周十二辰，得十七万七千一百四十七。）

李义山诗

世知玉溪生善学杜诗，而不知杜诗有酷似义山者。《曲江对酒》一篇即西昆之先声也。「龙武新军深驻辇，芙蓉别殿漫焚香」，非义山佳句乎？至若「花萼夹城通御气，芙蓉小苑入边愁」，则李或未之有也。世以温、李并称，独谓绮缛一种耳。《无题》诸作，虽温集所无，而飞卿亦或能之。如「隔坐送钩春酒暖，分曹射覆蜡灯红」，岂八叉之所难乎？至若「一春梦雨常飘瓦，竟日灵风不满旗」，则温当却步矣。

杜诗立言不类

少陵《呈韦左丞》一首，集中胜作也。但其所言「读书破万卷，下笔如有神」，与「诗赋」云云，一文士之雄耳。下乃接云：「致君尧舜上，再使风俗淳」，言浮而夸，何不类乃尔！此等固文人习气，亦缘少年之作，似于诗律犹未细耳。

唐明皇服善

《唐书》：明皇谓侍臣曰：「张九龄文章，自有唐名公皆弗如也。朕终身师之，不得其一二，此人真文场之元帅也。」余谓贤主虚衷，即一文艺之末，服善如此，他可知矣。此事虽微，而人主之好善与自满即基于此。有明皇之服善如此，则开元之治庶几贞观；即有炀帝之忌才好胜，以诗句杀人，至亡天下。呜呼！为人主者，可以知所法戒矣。

宋仁宗不用吴充

宋吴充病赘，仁宗见之掩鼻。既谕执政曰：「充病矣。」其后执政进拟差除，不敢公去充，但于姓名下小书「病」字。以是终仁宗世，充罕至京师。一旦神宗即位，充历践二府，日在上左右，其赘比旧更大，穴且腥甚，而上不恶焉。余谓：充之遇不遇，时也，而仁宗称有宋贤君，执政皆一时之选，乃以一赘废人，未免俗主之所为，惜哉！神宗之世，赘大且腥，独能不恶，盖容之也。世之比者，或以为有神物盖之，见之鄙矣。说见《蠡海猥谈》。

隋炀帝好文学

炀帝，妒人也。尝以「庭草无人随意绿」杀王胄矣，又以「空梁落燕泥」杀薛道衡矣。《隋书》称其好文学，命虞绰、庾自直、虞世南、蔡允恭四人，常居禁中，以文翰待诏。自直尤恭慎，帝有篇章必先示自直，令其诋诃而改之，或至再三，俟其称善而后出，又何虚心乃尔！余曰：四人者才皆出炀帝下，又皆恭慎自晦，故能取容耳。炀帝忌才，而又不欲居其名，其为好才服善者伪也。孟德之杀杨德祖、祢正平者，才名既盛，不自掩抑故也。文若才亦出其上，即不能容之矣。钟太傅、司马宣王非皆以韬晦自全乎？王僧虔工书，以宋文帝忌才，乃用秃笔自免，是可为法也。

淮南子

《淮南》之文有极似《庄》者。《精神训》云：「吾处于天下也，亦为一物矣，不识天下之以我备其物与？且惟无我而物不备者乎？然则，我亦物也，物亦物也，物之与物也，有何以相物也？虽然，其生我也，将以何益？其杀我也，将以何损？夫造化者既以我为坏矣，将无所违之矣，吾安知夫刺灸而欲生者之非惑也？又安知夫绞经而求死者之非福也？或者生乃徭役也，而死乃休息也。天下茫茫，孰知之哉！其生我也，不强求已；其杀我也，不强求止。欲生而不事，憎死而不辞，贱之而弗憎，贵之而弗喜，随其天资而安之不极。吾生也，有七尺之形；吾死也，有一棺之土。吾生之比于有形之类，犹吾死之沦于无形之中也。然则吾生也，物不以益众；吾死也，土不以加厚，吾又安知所喜憎利害于其间者乎！夫造物者之攫援物也，譬犹陶人之埏埴也，其取之地而已为盆盎也，与其未离于地无以异；其已成器而破碎漫澜而复归其故也，与其为盆盎无以异矣！夫临江之乡，居人汲水以浸其园，江水弗憎也；苦洿之家，决洿而注之江，洿水弗乐也。是故其在江也，无以异其浸园也；其在洿也，亦无以异其在江也。是故圣人因时以安其位，当世而乐其业。」右文大意本之《逍遥游》，而汪洋恣肆亦甚似之。

《淮南子》：「衰世凑学，不知原心反本。」「凑学」字甚新，盖谓博学而无心得者也。

世言「脱略」，其义昉于《淮南·本经训》云：「其言略而循理，其行侻而顺情。」「侻」即「脱」字。「侻略」，言「简约」也。

《文心雕龙·徵圣篇》：「圣文之雅丽，固衔华而佩实者也。」此语向谓本之刘公干《上陈思王笺》「采庶子之春华，忘家丞之秋实」。近始知出于《淮南·本经训》「草木之句萌，衔华戴实而死者不可胜数」，以「佩」易「戴」耳。

《史记》「夷羊在牧，飞鸿满野」，《淮南》作「夷羊在牧，飞蛩满野」。注：「蛩，蝗也。」余谓当作「蛩」为是。

首子，长子也。《淮南子》：「昔者齐桓公好味，而易牙烹其首子而饵之。」《淮南·说山》：「瓠巴鼓瑟，而淫鱼出听。」高诱注：「淫鱼，长头，身相半，长丈余，鼻正白，身正黑，口在颔下，似鬲狱鱼而无鳞，出江中。」按本又作「游鱼」，《荀子》作「流鱼」。瓠一名浮。《淮南·说山》：「百人抗浮，不若一人挈而趋。」注：「浮，瓠也。」

世有「掩耳盗铃」之说，谓自蔽而扬于人也。其说亦出于《淮南·说山训》：「范氏之败，有窃其钟负而走者，鎗然有声，惧人闻之，遽掩其耳。憎人闻之可也，自掩其耳悖矣。」

又云：「媒但者非学但也，但成而生不信。」注：「但，犹诈也」。余谓「但」音同「诞」，古字当通。

又按：《淮南》：异字如此者甚多。如「徜徉」作「尚佯」，「挥」作「抃」，「月晕」作「月运」，「揽」作「览」，「傅说骑箕尾」作「辰尾」，「扶桑」作「搏桑」，「蜉蝣」作「浮游」，「磨灭」之「磨」作「摩」，「休息」之「休」作「莯」，「快然」作「哙然」，「磅礴」作「旁薄」，「封豕」作「封豨」，「澧涧」作「壥涧」，「璇室」作「琁室」，「紾抱」作「袗抱」，「係累」之「係」作「傒」，「攒」作「劗」，「粟」作「穛」，「磁石」作「慈石」，「嬉」作「熙」，「蟾蜍」作「詹诸」，「获」作「蒚」，「薄」作「藿」。

子午道

《王莽传》：「孝平三年，莽以皇后有子孙瑞，通子午道。」张晏曰：「时年十四，始有妇人之道也。子水、午火也。水以天一为牡，火以地二为牝，故火为水妃，今通子午以协之。」

谬误

《谷梁传》称：公子友与莒拏相搏，左右呼曰：「孟劳。」「孟劳」，鲁宝刀也，非人名。见《广雅》及《颜氏家训》。《蜀都》：「蹲鸱，芋也。」今注作「羊」。《王莽传》「紫色蠅声，余分闰位」，紫色，不正之色；蠅声，不正之乐也。以喻莽之邪慝，世乃谓莽之形状。《礼乐志》「太官挏马酒」，李奇注：「以马乳为酒也。揰挏乃成」，字并从手；世谓以种桐时熟。《尚书》「惟景响」，《周礼》「土圭测景，景朝景夕」，皆当为光景之景，至晋葛洪《字苑》始加彡，音「于景反」，而世辄作「影」，皆谬误也。

淮南王乐府

古乐府《淮南王自言尊》一篇，吴竞曰：旧说汉淮南王安服食求仙，遍礼方士，遂与八公相携俱去，莫知所适。小山之徒，思恋不已，乃作《淮南王歌》，其辞实言安仙去。余谓：此说非也。无论仙去之事荒谬，而歌词并无言安仙去之意。盖游淮南之门者，见王奢僭不法，忧其将亡，而思去之耳。首言「淮南王自言尊」，「自言」云者，讥之也。「百尺高楼」、「银瓶素绠」等语，言其荒纵，招聚方士，求为不死之术，而不悟其愚也。「少年窈窕何能贤」，则正言其愚不足信，「扬声悲歌音绝天」者，作者自言悲之而发歌也。「我欲渡河河无梁，愿化黄鹄还故乡」，言欲去之而不能也。下言「徘徊故乡，苦身不已。繁舞寄声无不泰，徘徊桑梓游天外」者，盖言即返故乡，实亦苦身不乐，若王之「繁舞寄声」，似「无不泰」然安者，然不如「徘徊桑梓」如「游天外」，犹得脱身不遇其祸也。此诗之解，本当如此。鲍照作《代淮南王篇》乃正言其长生之事，与此不同，而吴氏误解之耳。

破天荒

世谓郡邑或一族素无科第者，一人得隽，则为「破天荒」。此语盖出宋人。曾敏行《独醒杂志》云：「江西自国初以来，士人未有以状元及第者。绍圣四年，何忠孺昌言始以对策居第一，里人传以为盛事，故谢民师以诗寄忠孺云：『万里一时开骥足，百年今始破天荒。』盖记时人之语也」。又按：孙光宪《北梦琐言》云：荆州每岁解送举人，多不成名，号曰天荒。至刘蜕舍人以荆解及第为『破天荒』。」东坡诗「沧海何曾断地脉，朱崖从此破天荒」，用刘蜕事也。则此本唐时人语，而《杂志》不及引之。

敲门砖

世人科第已得，辄鄙其应举文字为「敲门砖」。按曾敏行《独醒杂志》云：东坡多雅谑，尝与许冲元等同舍，一日冲元自窗外往来，东坡问「何为」？冲元曰：「绥来。」东坡曰：「可谓『奉大福以来绥」」，盖冲元登科诗赋句也。冲元曰：「敲门瓦砾，公尚记忆耶？」

萨都剌刘青田作元顺帝诗

《元史·顺帝本纪》：泰定帝之崩，燕帖木儿与诸王大臣迎立文宗。文宗既即位，以明宗嫡长，复遣使迎立之。明宗即位于和宁之北，而立文宗为皇太子。及明宗崩，文宗复正大位。至顺元年四月，明宗后八不沙被谗遇害，遂徙帝于高丽，使居大青岛中，不与人接。阅一载，复诏天下言：明宗在朔漠之时，素谓非其己子，移于广西之靖江。至顺三年八月，文宗崩，燕帖木儿请文宗后立太子燕帖古思。后不从，而命立明宗次子懿璘只班，是为宁宗。十一月，宁宗崩，燕帖木儿复请立燕帖古思。文宗后曰：「吾子尚幼。妥欢帖睦尔在广西，年十三矣，且明宗长子，礼当立之。」乃迎于靖江。至京，久不得立。燕帖木儿死，后乃与大臣定议立帝，且曰：「万岁之后，传位于燕帖古思，若武宗、仁宗故事。」至元元年十二月，尊皇太后为太皇太后。六年六月诏撤文宗庙主，徙太皇太后不答失里东安州安置，放太子燕帖古思于高丽。监察御史崔敬言：燕帖古思不宜放逐，不报。七月丁卯燕帖古思薨。诏以钞一百锭，备物祭之。《文宗纪》谓：燕帖古思于高丽未至，月阔察儿害之于中道。《顺纪》言「薨」，讳之也。

当时文士多为诗歌咏其事者，以萨天锡、刘青田为最。萨为《鼎湖哀》乐府云：「吾皇骑龙上天去，地下赤子将安依？吾皇想亦有遗诏，国有社稷燕太师。太师既受生死托，始终肝胆天地知。

汉家一线系九鼎，安肯半路生狐疑。孤儿寡妇前日事，况复将军亲见之。」此诗哀文宗也。其意以文宗后不当立顺帝，妄冀异日复传其子，如宋太祖之误；而深责燕帖木儿亲受顾托之重，不能定策立其子，乃为狐疑之见也。又为《威武曲》云：「桓桓燕将军，威武何可量？熹微日色出东方，早令一出照八方，毋使三月人皇皇。」燕帖木儿以至顺三年十一月迎顺帝至京，与帝并马行，道迎立之意，帝不答。燕帖木儿忌之，疑其不测，遂迟夷未立。会帖木儿死，于次年二月，后乃与大臣定议卒立帝。此诗盖在帖木儿未死，谓当时宜早定策立燕帖古思，不当迎妥欢帖木儿；又久不立，大位久虚也。「熹微」，日初出光微小，以喻古思之幼，即前诗「一线系九鼎」之意。又题《高唐驿》云：「三尺高唐帝子坟，东风吹草绿沄沄。宫中子母生前别，天上箫韶梦里闻。日暮白杨飞乱雪，夜深黑气结愁云。小臣泣血应无补，留与他年太史云。」按《元史》不言燕帖古思葬处，以此诗考之，则藁葬于高唐。诗盖深悲古思母子之冤，而责顺帝之过当也。又有《过高唐》诗云：「残雪覆碧草，凄风吹未消。王孙去不返，魂魄又谁招。往事如春梦，无人问早朝。荒陵斜照里，松柏晚萧萧。」悲哀之意深矣。至刘青田作《走马引》则云：「戴天之耻自古有必报，天地亦与相扶持。夫差徒能不忘而报越，栖于会稽又纵之。始知壮士独无愧，鲁庄何以为人为？」钱受之谓：明宗被弑于晃忽，庚申帝即位，七年，乃以尚书之言撤文宗于太庙，而诏书但以「私图传子」为言，昧于《春秋》复仇之大义，此诗盖深讥之。余谓由刘诗而言：文宗罪在篡弑，其妻子放逐，未为不可。然平心论之，燕帖木儿始迎立，文宗原不必让立明宗。乃始贪让立之名，复阴行弑夺之计，亦已傎矣。

及其没也，虽无遗诏立明宗之子，而不答失里能却帖木儿之请，再立明宗之子，不可谓非公天下之心，其意固亦将以盖文宗之失矣。顺帝究赖不答失里而立，罪可援贷。况燕帖古思尚幼，何与篡弑，忍遂放之、杀之乎？当时诚以文宗弑逆之罪，明示天下，撤其庙主，而仅废其后与太子，亦庶乎可矣。讨贼之名不正，而放其母子，复阴杀之，不亦过乎？顺帝盖两失之。天锡登第于文宗之朝，不胜故君之痛，于顺帝多微词。青田登第于至元之代，惟见君仇之当报，故于文宗无恕辞。其义固各有当也，孰谓诗人之旨，无关史笔哉？

义成夫人

妇人以经学显者，世所传如曹世叔妻号大家，韦逞母号宣文君最著矣。余谓盖不始于此。后汉《崔骃传》崔篆母师氏，能通经学百家之言。莽宠以殊礼，赐号义成夫人，金印紫绶，文轩丹毂，显于新世。然则妇人以明经赐号，自王莽始也。然班氏虽教授宫中，未赐金紫，宋氏虽受苻坚封号，而后秦篡暴，犹胜新莽。崔篆自以宗门受莽伪宠，惭愧汉朝，辞归不仕。以此言之，师氏不惟有愧班宋，亦负惭其子矣。

曹娥碑

世以王子安作《滕王阁序》「都督阎公」会客事为佳话，此类古已有之。后汉《列女传》注：

《会稽典录》曰：「上虞长度尚弟子邯郸淳字子礼，时甫弱冠而有异才。尚先使魏朗作《曹娥碑》，文成，未出。会朗见尚，尚与之饮宴，而子礼方至。督酒，尚问朗：『碑文成未？』朗辞『不才』。因试使子礼为之，操笔而成，无所点定。朗嗟叹不暇，遂毁其草。」二事甚相类。

粤中文会

粤中南海、番禺、顺德、香山、东莞诸邑，多诗文之会。其各邑自书院会课之外，每巨族大姓多聚子弟于宗祠，月课一二次，取前茅者有赏。复有诗文大会，则推一巨室主之，合数邑之人能文者，远近皆会焉。就一名士品题。其二十名内，皆有褒赠，第一者值数十金。选其佳者刊行，坊中市之。翌日则名播士林矣。此即昔之文社也。向惟吾江左最盛，今寂然都废；而岭外乃独存此风。秀水朱竹垞《静志居诗话》云：宋季吴月泉主社，赋《春日田园杂兴》，罗公福擅场，得罗一、缣七、笔五十矢、墨五笏。元季饶介之主席，赋《醉樵歌》，张仲简擅场，得黄金一饼。崇祯初，郑进士超宗未第时主会，赋《黄牡丹》诗者为百人，美周（黎遂球）居第一，时号「黄牡丹状元」。然则粤人社会之盛，自宋迄今，固未衰也。近时，顺德有温谦山者（名汝能），家丰而好才，一时诗文之士辐辏其家，为海声堂，有《粤东文海》、《诗海》之选。粤士皆啧啧称之。谦山前岁死，继主此会者又不知何人矣！

佛教传授宗派

佛教之在今日，其宗门分派，又自各有源流。偶阅彼书，得其所以分门别派者，亦自确然可考，宋景濂、胡元瑞诸人皆尝考之最悉。今抄其大略于此。昔释迦牟尼在世说法四十九年，自从鹿野苑中，直至于跋提河演说，苦空无我，无量妙义，随机利钝，分为顿、渐二门。无小无大，尽皆摄入萨婆苦海。弟子得道，百千万亿。然后于拘那城娑罗双树间，以二月十五日入般涅槃。既灭度后，其弟子阿难陀多闻总持，有大智慧，结集其说，为修多罗藏。而诸尊者后先阐化，千百年后，乃分为教、禅二门。

教者，其始有优波离集四部律，谓之毗尼。金刚萨埵于毗卢遮那前，亲受《瑜珈》五部，谓之秘密章句。无著天亲频升知足天宫，咨参慈氏（即弥勒），相与造论，发明大乘，谓之《唯识宗旨》。西竺、龙胜，以所得毗罗之法，宏其纲要，谓之《中观论》。敦煌杜法顺深入华严不思议境，大宣元旨，谓之华严法界观。毗尼之法，凡此五等，其后各演其说，遂分为教门五宗。其一，行事防非止恶之宗。魏嘉平初，昙柯罗始持僧祇戒本至洛阳，而昙无德、昙谛等继之，立羯磨法。羯磨者，作法办事也。唐南山澄照律师道宣作疏明之，「四分律」遂大行。其一，瑜珈微妙秘密之宗。金刚萨埵以瑜珈授龙猛，猛授龙智，智授金刚智。唐开元中，智始来中国，大建曼茶罗法事，大智、通氤、大慧、一行及不空、三藏咸师尊之。其一，三乘法相显理之宗。唐贞观三年，三藏玄奘往西域诸国，会戒贤于那兰佗寺，因受《唯识宗旨》以归。授慈恩窥基，基乃网罗旧说，广制疏论以传。其一，四教法性观行之宗。梁、陈之间，比邱惠闻因读《中观论》悟旨，遂遥礼龙胜为师。开空、假、中三观，上观法门。以《法华》宗旨授慧思，思授天台国师智顗，智顗授灌顶，顶授智威，威授惠威，威授元朗，朗授湛然。其一，一念圆融具德之宗。隋末，杜法顺以法界观授智俨，俨授贤首法藏，至清凉大统国师澄观追宗其学，著《华严疏论》数百万言，圭峰宗密继之，而其化广被四方。是为教门五宗。

禅者，其始世尊大法，自迦叶二十八传至菩提达摩，达摩悲学佛者缠蔽于竹帛间，乃宏教外别传之旨，不立文字，而见性成佛。达摩传慧可，可传僧粲，粲传道信，信传宏忍，忍传曹溪大鉴禅师慧能，而其法嗣特盛。能之二弟子怀让、行思，皆深入其阃奥，各以所得为传。其后，遂分为禅门五宗。其一，为临济之宗。怀让传道一，即马祖也。马祖之学，江西宗之，其传为怀海，即百丈也。海传希运，运传临济慧照大师义元，元立三元门策励学徒。其一，为沩仰之。宗海之旁出为沩山大圆禅师灵佑，佑传仰山智通大师慧寂，父唱子和，微妙玄机，不可凑泊。其一，为云门之宗。青原行思传希迁，即石头也。石头之学，湖南主之，其传为道悟。悟传崇信，信传宣鉴，鉴传雪峰，义存。存传云门匡真大师文偃。偃之「气宇如玉」三句之设，如青天震雷，闻者掩耳。其一法眼之宗。元沙师备偃之同门友也。其传为罗汉桂琛，琛传法眼大师文益。益虽依「华严六相」唱明宗旨，迥然独立，不涉九情。其一，曹洞之宗。石头之旁出，为药山惟俨。俨以宝镜三昧五位显诀三种渗澢传昙晟，晟传洞山悟本大师良价，价传曹山元证大师本寂，而复大振。是为禅门五宗。

右教禅分门如此。考其兴废，则教门五宗，瑜珈久亡，南山亦仅存。其盛行于后世者，惟天台、慈恩、贤首而已。禅门五宗，法眼再传至延寿，流入高句骊。仰山三传至芭蕉微，当石晋开运中遂亡弗继。云门、曹洞仅存如线；唯临济一宗，大用大机，震荡无际，明代极盛，至今亦微矣。

释氏五劫

《庄椿论》云：五劫者，龙汉为木劫，赤明为火劫，延康为土劫，开皇为金劫，上皇为水劫。一起一伏，周而复始。又劫有六种：一、中劫，二、成劫，三、住劫，四、坏劫，五、空劫，六、大劫。中劫者，即辘卢劫，初阎提人寿八万四千岁，身长八丈，凡过百年，命减一年，身减一寸。过千年命减十年，身减一尺。减至十岁，身长一尺，则减劫之极也。自尔复入增劫，凡过百年命增一年，身增一寸，如是增至八万四千岁，身增八丈，则增劫之极也。如是一增一减，共计一千六百八十万年，名一辘卢劫。积三十六辘卢劫，共六亿零四百八十万年，为一成劫。自成劫后，交住劫已经八减、八增、八辘卢，今当第九减劫，有四佛出世。初减，人六万岁，时俱留孙佛出世；次减，人年四万岁，时俱那舍牟尼佛出世；次减，人年二万岁，时迦叶波佛出世；次减人年一百岁，时释迦文佛出世。从住劫至释迦文，已一万四千二百七十九万三千年。又至释迦文减至宋绍兴二千一百年，又减二十一年，身减二尺一寸，今人只可六尺，寿八十也。此去更过七千年，人寿十岁，身长一尺，此减劫之极也。复入第九增劫。至二万岁时，铁轮王出，四万岁时，铜轮王出，六万岁时，银轮王出，八万四千岁时，金轮王出。此增劫之极也。复入第十减劫。减至八万岁时，弥勒下生。是时百亿阎浮，真金为地平如掌，粳稻自生。思衣衣来，思食食具。男女五百岁方婚嫁。弥勒初会，度人九十六亿；第二会，度人九十四亿；第三会，度人九十一亿，尔后度人无数。弥勒减后，尚有九百九十五佛相继出世。十一辘卢劫中，如是千尊出，尽二十辘卢已满，则坏劫到来，渐成空劫。大灾之后，复入「成劫」如前。劫风鼓扬、劫水水厚，沫化作三禅天等，迤逦下至人间，大地依前造化。星宿劫亦有千佛出世。

又云：三世诸佛：过去、现在、未来。过去曰庄严劫，现在曰贤劫，未来曰星宿劫。庄严：第一尊曰华光佛，末后尊曰毗舍浮佛。贤劫：第一尊曰俱留孙佛，末后尊曰娄至佛。星宿劫：第一尊曰日光佛，末后尊曰须弥佛。凡过去、现在、未来，每劫千佛。今释迦文当第九减劫，于贤劫为第四尊；弥勒当第十减劫，于贤劫为第五尊。一大劫去，成、住、坏、空凡四种，为一大劫。成而即住，住而续坏，坏而复空，共成住坏空八十辘卢劫。总一十三万四千四百年为始终极数，所谓一大劫也。

古佛名

六祖云：古佛应世已无数量，今以七佛为始。过去，庄严劫：毗婆尸佛、尸弃佛、毗舍浮佛。

今，贤劫：拘留孙佛、拘那舍牟尼佛、迦叶佛、释迦文佛，是为七佛。按毗婆尸佛，此云胜观。释迦于此佛州，初种相好，故为七佛之首。尸弃佛，此云持髻；毗舍浮佛，此云佛一切自在；拘留孙佛，此云所应断；那舍牟尼佛，此云金色仙；迦叶佛，此云饮光也。《宛委余编》云：毗婆尸佛、尸弃佛、毗舍佛，俱姓刹那。拘留孙佛、那舍牟尼、迦叶佛，俱姓迦叶。释迦文佛，姓刹氏，小字顿吉，讹为悉达。《事物绀珠》异国十三佛者，一头楼斯和，二罗邻那谒，三朱蹄彼会蔡，四密蔡罗萨，五楼波黎波蔡嗏，六那惟玉蔡，七维黎波罗，八如阿蔡，九尸和群黎，十那他蔡，十一和那罗维于蔡嗏，十二佛霸国耶蔡，十三随阿闪谁波多蔡。

名经所载三十佛：始金刚不坏佛，终法界藏身阿弥陀佛。五十三佛：始普光佛，终释迦牟尼佛。凡八十三佛，人所常诵。又诸佛始释迦牟尼，终摄取光明宝台，凡七千六百八十三；世尊始妙乐上德，终须弥山王，凡十有二；如来：始宝莲花步，终宝生德，凡六千七十有六；菩萨：始会无量，终大意声王，凡三千二百五十五；尊者始吉祥密，终噜呬尼圣坚宝贵，凡七百四十五；神僧：始摩腾终胆也，凡二百有七。合计，凡万有八千六百七十有七。

佛号泛称者，如诸佛则有一藏虚空佛，十方佛，十光佛，十上光明佛，六十光明佛，六十功德宝佛，六十宝作佛，六十二毗留罗佛，百金光藏香流佛，三百同名大幢佛，五百波头摩王佛，五百欢喜佛，五百威德佛，五百日王佛，五百净声佛，七百同名光严庄佛，百千晃耀光明佛，百千德光幢佛，千光明佛，千上光佛，千近佛，千香佛，千迦叶佛，千阎浮檀宝空藏佛，千阎浮檀金佛，千光静住王佛，千八百寂灭佛，二千宝幢三千毗庐舍那佛，八千坚精进佛，八千威德佛，八千然灯佛，十千迦叶如意佛，万八千婆罗王佛，三万同名拂邻佛，百亿微尘金刚藏佛，百千亿劫智慧岳声德佛。如来则有：过去七如来，灭罪八如来，恒河沙佛如来，无垢世界等行如来，恒河沙诸佛士忍慧世界香尽如来，恒河沙诸佛士梵音世界梵德如来，六十功德宝如来，百焰光明胎如来，五百上威德如来，五百静声王如来，五百普现如来，百千佛土庄严德如来，千光明如来，千势自在声如来，千八百寂灭如来，三千毗庐舍那如来，八千坚精进如来，九千法庄严如来，万八千普获佛如来，万八千婆罗王如来，三万散花王如来，十八亿佛刹如来。百亿恒河沙诸佛土水晶世界净尊如来，恒河沙宝如来。菩萨则有：十百光明火炽然菩萨，千相菩萨，日光千相如来，东北西南千万亿菩萨。初会、二会、三会无量至千十会恒河沙数菩萨，凡此皆泛称者也。如此之类则荒谬僧人展转附演，支离可笑，初非实有其人也。

吾读二氏之书，见其支离漫漶、怪诞新奇，浩乎莫究其极，荡乎莫名其宗。二氏之病，大约相仿也。异域胡僧翻译经典，文人学士从而润色羽翼之，其与羽衣黄冠，依文计会，妄撰经文，不可究信一也。然释藏之书，卷帙数万，纵极谬妄，而若有可观。道藏之书卷帙数千，如养生之术亦多有验，然而浅陋易见，往往令人失笑者何也？释藏之言来自异域，其有无荒诞不得而诘也。若道家者流，言不出乎一身，其人即在中土，其书则出自后世，年代不远，事有可稽，耳目既近，荒唐易见。如画者鬼物易工，寻常翎毛难肖，以习见与不见异也。又况道藏无文人学士为之润色，凡所附会、盗袭，痕迹宛然，此其书之所以易辨也。若君子之观书则不然，寻其本末，究其源流，极其正变，反覆乎事物人情之理，默参乎天地阴阳生死之机。不习其所见，而疑其所不见；不薄其所常，而震其所不常。泯奴主之心，化彼此之域。夫天地大矣，以径寸之心与之往还，自非有出入宇宙，包括八荒之精神，会通幽明、凌蹈今古之气识，则不漂泊流荡而忘反，即牛角鼠窭，僵触而难通矣。

佛名解略

《谈荟》云：佛者，觉也。一曰佛佗，一曰浮屠，一曰部多，一曰母驮，一曰没多，五天竺异音耳。释迦牟尼佛，能仁取忍也；迦叶波，饮光佛也；袍伏兰罗，大宝也，是为多宝阿弥陀佛；无量寿也，一曰无量清净，是为普光功德山王波颇智光佛也；提洹竭，然灯佛也；提婆达，大授佛也；伊湿代逻，自在佛也；毗陵，一切自在佛也；修跋拏婆颇郁多摩金，光明佛也；鞞崽，无胜佛也；只陀洹，战胜佛也；愿犇马，胜佛也；苏达梨舍那，善现佛也；阿奢理贰帝待佛也；旃檀，一曰阿捺摩，无我佛也；阿斯含，无比佛也；阿罗阁，无垢佛也；婆沙提伽，一曰梵摩，清净佛也；毗梨耶，一曰禅那，精进佛也；羼提，忍辱佛也；刺那迦罗，宝积佛也；般若拘罗，智积佛也；钵底婆，辩才佛也；波毗畎迦，清辩佛也；阿湿缚窭生，马鸣大士也；辟支佛，独觉也；阿难佛，无苦也；阿育佛，无忧也。摩诃那钵大势至，菩萨也；是为善住功德宝王那婆罗，吉利低输，观世音，菩萨也；达磨波罗，护法菩萨也；昙摩耶舍法称，菩萨也；昙摩识法丰，菩萨也；昙无竭法勇，菩萨也；阿迦云药王，菩萨也；妙法文殊师利，菩萨也；邲输跋陀，一曰三曼跋陀普贤，菩萨也。菩提萨埵者，菩提觉也，萨埵，有情也，有去提埵字止称菩萨者，觉有情也。凡有生皆有情。佛有觉性而无情，菩萨则不免有情，而能觉也。多陀阿伽陀度，如来也；路迦那他，世尊也；摩诃萨大，菩萨也。南无，一曰那谟，一曰南摩，诸佛世尊号也。

西域二十七祖

释迦文佛首传西天一祖摩诃迦叶尊者，摩竭陀国人。偈曰：「法法本来法，无法无非法。何于一法中，有法有不法？」第二祖阿难尊者，王舍城人，偈曰：「本来付有法，付了言无法。各各须自悟，悟了无二法。」第三祖商那和修摩尊者，突罗国人，偈曰：「非法亦非心，无心亦无法。说是心法时，是法非心法。」第四祖优婆毱多尊者，叱利国人，偈曰：「心自本来心，本心非有法。有法有本心，非心非本法。」第五祖提多迦尊者，摩迦陀国人，偈曰：「通达本法心，无法无非法。悟了同未悟，无心亦无法。」第六祖弥遮迦尊者，中印度人也，偈曰：「无心无可绎，说得不名法。若了心非心，始解心心法。」第七祖婆须蜜多尊者，北天竺国人，偈曰：「心同空虚界，示等空虚法。证得空虚时，无是无非法。」第八祖佛驼难提尊者，迦摩罗国人，偈曰：「虚空无内外，心法亦如此。若了虚空故，是达真如理。」第九祖佛驮密多尊者，提迦国人，偈曰：「真理本无名，因名显真理。受得真实法，非真亦非伪。」第十祖胁尊者，中印度人，偈曰：「真体自然真，因真说有理。领得真真门，无门亦无止。」十一祖富那夜奢尊者，华氏国人，偈曰：「迷悟如隐显，明暗不相离。今付隐显法，非一亦非二。」十二祖马鸣大士，波罗奈国人，偈曰：「隐显即本法，明暗元不二。今付悟了法，非聚亦非离。」十三祖迦毗摩罗尊者，华氏国人，偈曰：「非隐非显法，说是真实际。悟此隐显法，非愚亦非智。」十四祖龙树大士，西天竺国人，偈曰：「为明隐显法，方说解脱理。于法心不证，无嗔亦无喜。」十五祖迦那提婆尊者，南天竺国人，偈曰：「本对传说人，为说解脱理。于法实无证，无终亦无始。」十六祖罗睺罗多尊者，迦毗罗国人，偈曰：「于法实无证，不取亦不离。法非有无相，内外云何取。」十七祖僧迦难提尊者，宝罗伐城宝尊严王之子，偈曰：「心地本无生，因地从缘起。缘种不相仿，华果亦复尔。」十八祖迦耶舍多尊者，摩提国人，偈曰：「有种有心地，因缘能发明。于缘不相碍，当生生不生。」十九祖鸠摩罗多尊者，大月氏国人，偈曰：「性上本无生，为对求人说。于法既无得，所怀决不决。」二十祖阇耶多尊者，北天竺国人，偈曰：「言下合无生，同于法界性。若能如是解，通达事理竟。」二十一祖婆修盘头尊者，罗阅城人，偈曰：「泡幻同无碍，如何不了悟。达法在其中，无今亦无古。」二十二祖摩拏罗尊者，那提国王次子，偈曰：「心随万法转，转处实能幽。随流认得性，无喜亦无忧。」二十三祖鹤勒那尊者，月氏人，偈曰：「认得心性时，可说不思议。了了无可得，得时不说知。」二十四祖师子尊者，中印度人，偈曰：「正说知见时，知见俱是心。当心即知见，知见即于今。」

二十五祖婆舍斯多尊者，多宝国人，偈曰：「圣人说知见，当境无是非。我亦悟其性，无道亦无理。」二十六祖不如密多尊者，南印度德胜王太子，偈曰：「真性心地藏，无头亦无尾。应胜而化物，方便呼为智。」二十七祖般若多罗尊者，东印度人，偈曰：「心事生诸种，因事复生理。智满菩提圆，华开世间起。」二十八祖菩提达摩尊者，南天竺国王第三子，梁普通七年至金陵为东土初祖，右见《传灯录》，大抵皆本《六祖偈语》而附会妄撰也，其二十七祖名或不妄。

东土六祖

释迦默契燃灯一心之妙，说法四十九年，未谈一字。偶拈优钵罗花，揭示人天，独金色头陀破颜微笑。世尊叹曰：「善哉！善哉！吾有正法眼藏涅槃妙心付嘱于汝。」仍以所披金缕袈裟钵盂付之传信，教外别传之道，爰自此始。二传阿罗，展转授手，至二十八祖菩提达摩大师，以梁普通七年航海而来，三周寒暑达于南海。武帝诏至金陵，问曰：「朕造寺写经有何功德？」师曰：「此但小果，有漏之因，并无功德。」师知不契。魏正光元年寓嵩山少林石室，面壁而坐，终日默然，谓之壁观。婆罗门人莫之测。时魏时律师流支三藏每与师议论，是非蜂起，数加毒药，至第六度以缘化既毕，遂不复究，端坐而逝。有僧神光博览群书，善谈玄理，闻达摩大士住少林，乃特参，积雪过膝，祖知法器，乃名之曰慧可，是为二祖，俗姓姬。二祖继闻玄风，博求法嗣。至北齐天平二年，有一居士身缠夙恙，设礼求忏，祖为剃发出家，受其付法于大树下，合掌立化，是为三祖僧灿。灿隐居皖公山，有沙弥道信求礼祖，乞解脱法门，服劳九载，乃付衣钵，是为四祖道信。姓司马氏，生于广济。既嗣祖风，摄心无寐，胁不至席，垂六十年。于黄梅逢一小儿，骨相奇秀异常，儿识其法器，乞令出家，付法传家，是为五祖宏忍。忍先为破头山栽松道者，常请于祖曰：「法器可得闻乎」？祖曰：「汝已老矣，倘若再来，尚可迟汝！」果即托生浣衣女，遇信大师得法嗣化。居十卢能自南海往黄梅谒祖，服劳杵臼八月馀，以法衣付之，是为六祖惠。能既得法归，十六年乃于南海法性寺从智光律师授戒剃发。中宗敕改宝林为中兴寺，居之，即今曹溪也。

观世音文殊普贤

胡元瑞《笔丛》云：观音大士像，饰以妇人服，前此未闻。考《宣和画谱》，唐宋名手写像，俱不作妇人。《法苑珠林》、《宣验》、《冥祥》等记，观世音显迹六朝，至众其相，或沙门，或菩萨，或道流，无作妇人者。惟宋寿涯禅师咏《鱼篮观音》有「清冷露湿金襴坏，茜裙不把珠缨盖」之句，然亦其变相耳。宋世玄僧无识，遂以为妙庄王之女，可笑也。（王弇州尝取楞严普门三章合刻为《大士本纪》而著论以辟玄僧之妄。）

《谈荟》补陀落伽山，一名梅岭，即梅子真炼药处。佛经言东洋大海西紫竹林，相传善财第二十八参观自在菩萨，围绕说法，盖此地也。华言小白华山。考《华严本经》善财所接善知识，凡五十三员，补陀观世音，特其一参耳。后以五十三参俱附入观世音案中。然度善财者，文殊也。（《笔丛》已有此说）李龙眠画《善财童子参观音大士三十二变》石本作六七岁小儿状，不知何据？

佛经如观音、大势至、文殊、普贤，皆久已造佛境，而不肯成佛。普贤则广大修习圆满，未肯名、未息愿。文殊则深入善权，广化众生，故未取道。观世音于阿弥陀佛灭后，成等正觉，号普光功德山王如来，彼国土曰：众宝善集庄严。大势至继观世音成佛，号善主功德宝王如来。至文殊为七佛导师。然则三大士皆在释迦之前。或言文殊、普贤，皆古佛，以菩萨观世，为释迦二辅，故称普贤长子，文殊小男。文殊之学得于知，普贤之学得于行。知之勇猛精进，莫狮子若，故文殊之好在狮子；行之谨静重莫象若，故普贤之好在象。

《五灯会元》：世尊一日见文殊在门外立，乃曰：「文殊，何不入门来？」文殊曰：「我不见一法在门外。」世尊默然。又世尊因普眼菩萨欲见普贤，不可得见，乃至三度入定，偏观三千大千世界，觅普贤不可得见，而来白佛。佛曰：「汝但于静三昧，不起一念，便见普贤。」又世尊临入涅槃，文殊大士请佛再转法轮。世尊曰：「咄，文殊！吾四十九年住世，未尝说一字。汝请吾再转法轮，岂吾曾转法轮耶？」

识小录卷三

孔子生于空桑

《史记正义》引干宝《三日记》云：「徵在生孔子空桑之地，今名空窦，在鲁南山之空窦中。无水，当祭时洒扫以告，辄有清泉自石门出，足以周用，祭讫泉枯。今俗名女陵山。」按世以伊尹释氏生于空桑，不闻孔子亦生于空桑也。识此以广异闻。

王道人

吾桐之北乡黄檗岭有王道人墓。相传明季人，有道术。又有吴真人者，幼失父母，育于舅氏。舅故农家，使牧牛。吴辄颠倒畜物，呼役风雨，以弄其舅。及长，术益奇，不知所自授。有徒数十人。张真人过皖，阻风，舟不得进，召神不至，云「桐城吴真人法，今不敢违也。」时吴方与友人奕戏，以小绳系案下，时时吹之耳。张遣人投书，亟赞道法，约至皖。吴欣然而往，数与张角术，辄胜。最后张振袖而起，拍吴臂曰：「兄道法信妙，非某所及也，去矣。」吴亟归，语其徒曰：「顷为张算，将死」。问之，云：「彼以太阳神针钉我」。亟取瓮自覆，令火围炼之，戒曰：「七日启，可不死。」未及六日，徒疑而视之。吴大呼曰：「败矣！」其臂有铜钉出骨寸许，迎风复入，遂死。死后遗符印一，七星木剑一，今存南城外五印寺中。或云：请召鬼神犹有验云。

余按：王阮亭《皇华纪闻》中一条云：王文正，桐城人，七岁得道书，能役鬼神。后祷雨皖城，有道人亦祷雨池口。云起，文正招云过皖。道人曰：「皖有异人。」即擢片席渡江访之，文正亦浮磨江中迎之，咨论竟日。临别，道人以三指拊文正背，有顷背痛，则有三铜钉入骨。文正即用瓮自覆，围火炼之，戒家人曰「七日勿启，可活。」至五日，家人不能待，试启之，钉已出三寸许。文正叹曰：「命也！」遂死。按此事相类，但以「吴」为「王」，未知孰是，岂即黄檗之王道人耶？

泷冈阡表

欧阳公《泷冈阡表》，初稿云：「自先君之亡二十年，修始得禄而养。二十又三年，修为龙图阁直学士、留守南京。太夫人以疾卒于官舍，享年七十有二。」余按：公父卒时年五十有九，公方四岁。至留守南京时，年四十七矣。太夫人年七十有二，则公父卒时，太夫人年二十有五，公父已五十九岁，年相去颇远，不应迟娶若是，岂非原配耶？而表中不及初娶，又不与合葬，均有可疑，俟得公年谱考之。

五经取士

顾亭林谓：「秦以焚书而《五经》亡，本朝以取士而《五经》亡。今之为科举之学者，大率帖括熟烂之言，不能通知大义者也。而《易》、《春秋》尤为谬戾。以象传合大象，以大象合爻，以爻合小象，二必臣，五必君。阴卦必云小人，阳卦必云君子，于是此一经者，为拾沈之书，而《易》亡矣。取胡氏传一句两句为旨，而以经事之相类者，合以为题。传为主、经为客，有以彼君证此经之题，有用彼经而隐此经之题，于是此一经者为射覆之书，而《春秋》亡矣。」顾氏此言为前明发也。余谓《五经》为射覆之书，此弊不始明人。观《封氏闻见记》，唐主司取士，率以经文注疏一句、两句或数十字糊其上下，使士子标全文，则射覆之弊，由来旧矣。宋人亦仍其弊，而益以史书、诸子耳。

今数十年来，小题之文盛行，割裂圣经，截上搭下，始犹小试为之，继乃见于闱墨。于是彭芸楣，赵鹿泉辈为学使，试士各题，争新取巧。在其初，原不过以杜士子抄袭熟烂之弊，迨其后，遂专以示学使裁截组织之工。上则侮圣言，下则坏士习。俾一时人士，不讲求圣贤所以立言之微意，而用心于纤巧诡僻之途，遗害斯文，岂细故哉！

史真人

星家言月孛为天之淫星，水之余气也。其星无形，气聚为女子，常赤身。气或下附女子，则必淫。道家有擒月孛法。姑苏元妙观相传有史法官者，善祈雨，岁旱请之，辄验。最后旱甚。史曰：「天帝敕龙部禁封诸水，逆天不可为也。」抚军怒，强邀之。史不得已曰：「今惟有擒月孛耳。然法官罪甚，当减纪。」乃为坛，令备新洁衾裯一具，白金四百两，置坛召徒，书符于掌，使握之西去坛二里外，戒曰：「今日某时，月孛下降，若见女子绯衣从西来者，则放手反走。」徒如其言。果见绯衣女子，即启掌，雷一震，亟走。女子疾行逐之，且行且褫衣。及坛，上下身皆赤。史急令捉之，裹以衾，蒙头，按之坛上，曝烈日中。女子热极，展转不得脱，淫气暴泄。顷刻阴云蔽日，霹雳大作，雨如注。始释女子。询之，「始行昏然不知所为，惟见人放掌，不觉身急从之耳。」以金谢之而去。史旋卒，后封真人。

又传：曲阜衍圣公府中，有白猿，已千年矣。忽为祟，淫污妇女。衍圣公患之，遣人迎史将往治。猿夜登史床，劫之。惧，谢不往。猿淫益甚。衍圣公奏上，命史治之。史乃自姑苏登舟，一路步罡而行，半道猿竟犯罡而入，将害史，为神所擒。史行牒斗府请诛之，以猿岁久，尝有功，不许。史曰：安有妖淫如是而不诛者乎？卒诛之。或云：史寿本当八十，以是二事减算，故五十而死。余谓史法官之事，江苏人至今能言之，有无失实不可考。惟月孛为天之淫气，信然。星命家言：人命犯月孛者必好淫，或近日及孛为恶星者，其人必以女色败。以行年命星及月孛会，为应之时日，云推所知，辄有验云。

刘孟涂

友人刘（开）孟涂，壬申之岁游岭南。上书制府言事曰：「粤东有金玉象犀之富，有玳瑁珠玑之产，其珍异甲于天下也。而谷食常苦不足。沿海所重惟海防也，而乘波狎浪，操奇出胜，其水师不如闽地之精。拓林、南头之间，大鹏、静海之际，备至密也，而遏海之要区，近地无崇山峻岭以为屏障，其形势不及浙地之险。然而贼不得肆其毒者何也？天子威灵震薄海外，大臣效力，而蔡逆既歼，其众不相统一，各自携贰，是以我军得乘其瑕，而彼亦不能不就抚也。然古之成大功者，不惟能弭目前之忧，而并有以消未然之患。目前之患有形，未然之患无形，思患预防，必有道以善其后矣。

夫海滨所恃以御盗者，兵也。而兵之弊在不畏官而畏盗；所恃以为安者民也，而奸民之不法者，或且食贼之饵，甚者与之接济为之乡异。揆厥所由，训练无素，恩信不立，故兵不用命也；吏不能安辑，斯民穷而不克自存，故激而从乱也。夫以滨海之广，贫民之众，不勤本业，全依海以为命，此祸之所由生，而盗之所以不能除。其良民畏法而不敢为奸者，贼至则被其害矣！而为贼肆虐者，久亦不能倖生。故开以为粤东近洋之民，生于海而亦死于海，此仁人之所叹息者也。如欲救之，莫若使民遂其生；欲遂其生，莫如崇俭而务本。夫粤俗喜奢而恶朴，器用之制，服玩之饰，宴饮之费，天下莫之过也。上下相化，比户同之，民贫而亦饰为富，故财力日绌。州郡近海者十之七，务商者众，务农者寡，家无谷粟之蓄，而仰给于外。苟获一日之利，而游惰不勤四体，一旦禁洋，势不至于为盗，无以自全矣。今遽夺其所习，而改其所从，虽圣人不能。但为上者体『国奢示俭』之意，各以朴素相尚，则物不腾涌，而民力以宽。讲求农务，使民重力田而轻逐末，以耕为业，以粟为贵，行之既久，亦渐可以足食。夫粤之食非徒急于民也，广州有镇，虎门有镇，碣石有镇，南澳有镇，而且雷琼有镇，高廉有镇，所以为军粮计者亦孔繁矣。而海又耗之，倍所入以籴粟，商民唯利是趋，粟安得不出外洋而耗于海也。是又夺军民之食，而资盗以粮也，如此安得不困。然而有可幸者，历岁无饥馑之患，四邻无闭粜之虞，故得以坐食无恐，然及时而不为之所，后将何以待之？」

又曰：「昔之时盗与民别，今之时盗与民混；昔之盗藏于外洋，今之盗苟潜内地。往来省会，莫之能稽，中外无禁，任其遂意。以为民耶？彼其狼子野心，恐久不克安于良善；以为贼耶？彼且群就安抚以祈幸免，则又以貌为民也。凡此者，急之则生其变，而害且速；缓之则酿其祸，而害日深。明公宏猷绝识，必有以处此矣。」

右所言切中时弊，而崇俭、务农，尤为得本之论云。时蒋公攸铦为制军，见书大为叹赏，厚礼之。

关尹子近释氏

《关尹子》曰：「梦中、鉴中、水中，皆有天地存焉。欲去梦天地者，寝不寐；欲去鉴天地者，形不照；欲去水天地者，盎不汲。彼之有无，在此不在彼，是以圣人不去天地、去识。」此即释氏无意识之旨也。

又曰：「流者舟也，所以流之者是水非舟；运者车也，所以运之者，是牛非车；思者心也，所以思之者，是意非心。不知所以然而然，故其来无从，其往无在。其来无从，其往无在，故能与天地本原，不古不今。」此即释氏真性不生不灭之旨也。

又曰：「是非好丑，成败盈虚，造物者运矣。皆因私识执之而有，于是以无遗之，猷存；以非有非无遗之，猷存。」「譬如昔游再到，记忆宛然，此不可忘，不可遗。善去识者，变识为智。变识为智之说，汝知之乎？曰想，如思鬼心栗，思盗心怖。曰识，如认麦为稷，认玉为石，皆浮游罔象，无所底止。譬睹奇物，生奇物想，生奇物识。此想此识，根不在我。譬如今日，今日而已。至于来日，想识殊未可卜。及至来日，纷纷想识，皆缘有生，曰想曰识，譬犀望月，月影入角，特因识生，始有月形。而彼真月，初不在角。」此即释氏「无住生心」之谓也。

又曰：「目自观，目无色；耳自听，耳无声；舌自尝，舌无味；心自揆，心无物。众人执于外，贤人执于内，圣人皆伪之。」此即释氏「五蕴真空」之旨也。

又曰：「譬如大海，能变化亿万蛟鱼，水一而已。我之与物，翕然蔚然，在大化中，性一而已。知夫性一者，无人无我，无死无生」，此即释氏「无人、我、众生、寿者」之谓也。

又曰：「昔之论道者，或曰凝寂，或曰邃深，或曰澄彻，或曰空同，或曰晦冥，慎勿遇此，而生怖退，天下至理，竟非言意。苟知非言非意，在彼微言妙意之上，乃契吾说。」此即释氏「无有言语文字」之谓也。

又曰：「天地虽大，能役有形，而不能役无形。阴阳虽妙，能役有气，而不能役无气。」此善言天地阴阳者也。

又曰：「人平日，目忽见非常之物者，皆精有所结而使之然。人之病日，目忽见非常之物者，皆心中有所歉而使之然。苟知吾心能于无中示有，则知吾心能于有中示无，但不信之，自然不神。」「如捕蛇师，心不怖蛇，彼虽梦蛇，而无怖畏。」此善言心境者也。

又曰：「气之为物，有合有散。我之所以行气者，本未尝合，亦未尝散。有合者生，有散者死，彼未尝合未尝散者，无生无死，客有去来，邮亭自若。」此所谓常生心也。

又曰：「言道者如言梦。夫言梦者曰：如此金玉，如此器皿，如此众禽兽，言者能言之，不能取而与之，听者能闻之，不能受而得之。」余谓程子尝对王安石言「公之言道，如坐百尺梯，指塔上琉璃告人，如何光彩，如何圆径，言之了了。某之言道，如从平地上塔，一步一级，直至塔顶，方见琉璃，如此光彩，如此圆径，虽不能了了，却实从亲眼见来」，即此意也。

又曰：「天下之人，盖不可以亿兆计。人人之梦各异，夜夜之梦各异。有天有地，有人有物，皆思成之。盖不可以尘计，安知今之天地，非有思者乎？」此即列子「梦鹿」之谓也。又曰：「死胎中者，死卵中者，亦人亦物。天地虽大，彼固不知。计天地者皆我区识。譬如手不触刃，刃不伤手。」此言天地与人物无心也。

关尹论魂魄

《关尹子》曰：「轻清者魄从魂升，重浊者魂从魄降。」「魂魄半之，则在人间。升魂为贵，降魄为贱。灵魂为贤，厉魄为愚。轻魂为明，重魄为暗。扬魂为羽，钝魄为毛；明魂为神，幽魄为鬼。其形其居，其识其好，皆亦五行契之。」此言魂魄之情也。又曰：「众人以魄摄魂」，「圣人以魂运魄」。盖魄之藏，魂俱之，「魂之游，魄因之。魂昼寓目，魄夜舍肝，寓目能见，舍肝能梦。」此言魂魄之舍也。又曰：「如桴如鼓，鼓之形者，我之有也；鼓之声者，我之感也。桴已往矣，余声尚存，终亦不存而已矣。鼓之形如我之精，鼓之声如我之神，其余声者犹之魂魄。」此言魂魄之皆归于无也。

《玄纲论》曰：阳之精曰魂与神，阴之精曰尸与魄，神胜则为善，尸疆则为恶。制恶兴善则理，忘善纵恶则乱。理久则尸灭而魄炼，乱久则神游而魂消。尸灭魄炼者，神与形合而为仙；神游魂消者，尸与魄同而为鬼。又曰：觉与阳合，寐与阴并。觉多则魂强，寐久则魄壮。魂强者生之徒，魄壮者死之徒。若餐元和，漱滋味，使神清气爽至于昼夜不寐者，善无以加焉。

精气神

道家以精、气、神为三宝，言长生者皆炼此而已。大约养气以固精，保精以存神。精气融化，与神为一，形体虽坏，而真元超脱。后世道书不啻数千，而语多诞妄。余摘其论说之善者于此，大要必以清静为本。

《日用经》曰：「一念不起谓之清，灵台无物谓之静。身是气之宅，心是神之舍。意行则神行，神行则气散。」

《关尹子》曰：「果之有核，必水、火、土三者具矣，然后相生不穷。三者不具，如大旱、大潦、大块，皆不足以生物。精水，神火，意土，三者本不交，惟人以根合之。」又曰：「有时者气，彼非气者，未尝有昼夜；有方者形，彼非形者，未尝有南北。何谓非气？气之所自生者，如摇箑得风，彼未摇时，非风之气；彼已摇时，即名为气。何谓非形？形之所自生者，如钻木得火，彼未钻时，非火之形；彼已钻时，即名为形。」又曰：「知夫此身如梦中身，随情所见者，可以飞神作我而游太清。知夫此物如梦中物，随情所见者，可以凝神作物而驾八荒。是道也，能见精神而久生，能忘精神而超生。吸气以养精，如金生水；吸风以养神，如木生火，所以假外以延精神。漱水以养精，精之所以不穷；摩火以养神，神之所以不穷，所以假内以延精神。」

谭景升《化书》曰：「道之委也，虚化神，神化气，气化形，形生而万物所以塞也。道之用也，形化气，气化神，神化虚，虚明而万物所以通也。古圣人穷通塞之端，得造化之源，忘形以养气，忘气以养神，忘神以养虚。」又曰：「太上者，虚无之神也；天地者，阴阳之神也；人虫者，血肉之神也。其同者神，其异者形。是故形不灵而气灵，气不灵而声灵，觉不灵而梦灵，生不灵而死灵。水至清而结冰不清，神至明而结形不明，冰泮返清，形散返明。」

《玄纲论》曰：「太虚之先，寂寥何有，至精感激，而真一生焉。真一运神，而元气自化。」又曰：「天地不能自有，有天地者太极；太极不能自运，运太极者真精。真精自然，惟神惟明。」又曰：「本无神也，虚极而神自生；本无气也，神运而气自化。气本无质，凝委而成形；形本无情，动用而亏性。」又曰：「阴与阳并，而人乃生。魂为阳神，魄为阴灵。结胎运气，育体构形。然势不俱全，则各返其本。阴胜则阳竭而死，阳胜则阴消而仙。柔和、慈善、贞清者阳也。刚狠、嫉妬、淫浊者阴也。心澹而虚则阳和袭，意燥而欲则阴气入。阳胜阴伏，生之渐也。阴胜阳衰，死之徒也。」又曰：「上学之士，时有高兴远寄，陶然于自得之乡，谓真仙可接，霄汉可升者，神之王也。虽曰神王，犹恐阳和之气发泄，阴邪之气承袭耳。可入静室，夷心抑制，静默专一，则神不散而阳灵全，谨无恣其康乐之情，以致阴邪之来」。

《大道歌》曰：「欲得身中神不出，莫向灵台留一物。物在身中神不清，耗散真精损筋骨。」

《坐忘区翼》曰：「炼形为气，名曰真人。炼气成神，名曰神人。炼神合道，名曰至人。」

刘海蟾《至真歌》曰：「神是性兮气是命，神不外驰气自定。本来二物更谁亲，失却将何为本柄。」又曰：「莫将闲息为真务，数息按图俱未是。比来放下外尘劳，内有萦心两何异？但看婴儿胎处时，岂解有心潜算计。」又曰：「元炁不住神不安，蠹本无根枝叶干。休论涕唾与精血，达本穷源总一般。此物何曾有定位，随时变化因心意。在体感热即是汗，在眼感悲即为泪。在肾感合即为精，在鼻感风即为涕。纵横流转润一身，到头不出于神水。神水难言识者稀，资生一切由真气。」

白玉蟾《玄关显秘论》曰：「心者，神也，神则火也，气则药也。以火炼药而成丹，即是以神驭气而成道。」

施肩吾云：「气是添年药，心是使气神。若知行气主，便是得仙人。」

马丹阳《直言》曰：「天关地轴者，神炁之谓也。只要不染不著，心定则气聚，心动则气散。」又曰：「道人要妙不过养气。夫人汩没于利名，往往消耗其气。学道者别无他事，只在至清至静，颐养神气而已。心液下降，肾气上腾，至于脾元，氤氲不散，则丹聚矣。」又曰：「清静者，清谓之清其心源，静谓之静其气海。心源清，则外物不能挠，故性定而神明生焉。气海静，则欲念不能干，故精全而实腹矣。是以澄心如澄水，万物自鉴；养气如护婴儿，莫令有损，气透则神灵，神灵则气变，此清静所致也。」又曰：「无心为体，忘言为用，柔弱为本，清静为基，若施于身心，节饮食，绝思虑，静坐以调息，安然以养气。心不驰则性定，形不劳则精全，神不扰则丹结。」

长生刘真人曰：「入道多年，内养精气。精气盛，则神思气、气思神，自然神气相见。神者性也，气者命也。性喻土，命喻水，性命相见，如水土和为泥造成器物。若未经火炼，土再见水复化为泥；如经真人锻炼成器，则不坏矣。如砖瓦会经火炼，亦可千年不坏，何况性命，炼成至宝。」

长春《语录》曰：「修行要三全：戒思虑，神全；戒言语，气全；戒色欲，精全。又要三圆：神圆不思睡，气圆不思食，精圆不思欲。依此三全，自然三圆。」

郝太古曰：「日用者静处炼气，闹处炼神。」

道家言心

道家言性命，与吾儒迥别，惟言心境大约相似。但其归，究亦以此心为幻，与释氏同旨耳。《关尹子》曰：「一情冥为圣人，一情善为贤人，一情恶为小人。」此即太极动而为阴阳之说也。又曰：「利害心愈明，则亲不睦；贤愚心愈明，则友不交；是非心愈明，则事不成；好丑心愈明，则物不契。是以圣人浑之。」此言只是「不动心」耳，即告子「勿求于心」之旨。又曰：「无一心，五识并驰，心不可一；无虚心，五行皆具，心不可虚；无静心，万化密移，心不可静。借能一则二偶之，借能虚则实满之，借能静则动摇之。惟圣人能敛万有于一息，无有一物可役吾之明彻，散一息于万有，无一物可间吾之云为。」此语殊精实。又曰：「情生于心，心生于性。情波也，心流者，性水也。来干我者，如石火顷，以性受之，则心不生，物浮浮然。此与告子「性犹湍水」之说又不同。

《玄纲论》曰：「人心，久任之则浩荡而忘返，顿栖之则超跃而无垠。任之则蔽乎我性，栖之则劳乎我神。致道者奚方而静？盖性本至凝，物感而动，习动滋久，胡能遽宁？既习动而播迁，可习静而恬晏，故善习者寂而有余，不善习者烦而无功。是以将躁而制之以宁，将邪而闲之以正，将求而抑之以舍，将浊而澄之以清。游哉优哉，不欲不营，行于是，止于是，造次于是，逍遥于是。习此久者，则物冥于外，神鉴于内，不思静而自静矣。」此可为求放心者明指出用功之方矣。

虚静真人《心说》曰：「夫心者万法之宗，九窍之主，生死之本，善恶之源，与天地而并生，为神明之主宰。或曰『真君』，以其帅长于一体也；或曰『真常』，以其超古今而不坏也；或曰『真如』，以其寂然而不动也。用之则弥满六虚，废之则莫知其所。其大无外，则宇宙皆其间；其细无内，则入秋毫之末，而可以象求矣。此所谓我之本心，而空劫以前本来之自己也。然则果何物哉？杳兮冥兮，恍兮惚兮，不可以知知，不可以识识，强名曰道，强名曰神，强名曰心而已。」此以心即神、即道，指点极分明。又曰「瞥起是病，不续是药，不怕念起，惟恐觉迟。」

王重阳《论降心》曰：「凡降心之道，若湛然不动，昏昏默默，不见万物，杳杳冥冥，不内不外，无丝毫念想，此是定心，不可降也。若随境生心，颠倒寻头觅尾，此名乱心，败坏道德，损失性命，不可纵也。」又曰：「欲界、色界、无色界，此三界也。心忘念虑，即超欲界；心忘诸境，即超色界；心不著空，即超无色界。」此与禅家极相似。又曰：「法道安心，贵无所住，若执心住，空远是有，非谓无所。凡住有所，则令心劳，既不合理，又反成病。但心不著物，又得不动，此是真定正基。若惟断善恶，心无指归，肆意浮游，待自定者，徒自娱耳。若遍行诸事，言心无所染者，于言甚善，于行极非，真学之流，特宜灭此。」又曰：「心如眼也，眼则不安，小事关心，心必动乱，既有动病，难入定门。」此皆为初学下手功夫也。

六度四伴

《宋书·谢灵运传》：「抚六度以取道。」六度者，布施、持戒、忍辱、精进、静虑、智慧，各造其极也。《梵书》谓之檀波罗密，尸罗波罗密，羼提波罗密，毗梨耶波罗密，禅那波罗密，般若波罗密。余按：《解脱了义经》云：观世音菩萨白佛言：「何故六波罗密作如是次第说？」答曰：「彼上上招引，故菩萨舍身财，受持净戒，护戒故忍，忍已精进，进已能禅，禅具足已，得出世慧。」复问：「何故施设余四波罗密？」佛言：「此等是六波罗密伴，于彼方便波罗密，又是二波罗之伴。复告观世音菩萨，现法多行烦恼，不能堪任，常修习忍，受行少福，愿未来世烦恼微薄，能勤精进，是愿波罗密为精进波罗密伴；亲善知识，听闻善法，希望胜力，是力波罗密为禅波罗密伴，于菩萨藏闻缘修禅，堪能开引出世间慧。是智波罗密为般若波罗密伴。

周朗言释教之弊

《宋书·周朗传》：朗上书曰：「自释氏流教，其来有源。渊检精测，固非深矣。舒引容润，亦既广矣。然智慧者日中其修，束诫者月繁其过，遂至糜散锦帛，侈饰车从。复假粗医术，托杂卜数，延姝满室，置酒浃堂，寄夫托妻者不无，杀子乞儿者继有。而犹倚灵假象，背亲傲君，欺贫疾老，震损宫邑，是乃外刑之所不容戮，内教之所不悔罪，而横天地之间，莫之纠察。人不得然，岂其鬼欤？今宜严申佛律，裨重国令，其疵恶显著者，悉皆罢遣，余则随其艺行，各为之条。」云云，亦可谓能言当时之弊矣，惜乎犹存事佛之见。

新经新声

《宋书·天竺迦毗黎国传》：「大明中，外国沙门摩诃衍苦节有精理，於京都多出新经。」《齐书·竟陵王子良传》：「招致名僧讲论佛法，造经呗新声。」余按：此中国僧人唪经声也。西域至今不尔。

齐祖好佛

《齐书·竟陵王子良传》：「世祖不豫，诏子良甲仗入延昌殿侍医药。子良启进沙门于殿户前诵经。世祖为感，梦见优昙钵华。子良按佛经宣旨，使御府以铜为华，插御床四角。」余谓齐祖信佛专诚，精神所结，乃有是梦，所谓相从心生也。而当时遂以为灵感之应。《虞愿传》：「帝以故宅起湘宫寺，费极奢侈。以孝武庄严刹七层，帝欲起十层，不可立，分为两刹，各五层。新安太守巢向之罢郡还见，帝曰：『卿至湘宫寺未？我起此寺，是大功德。』愿在侧曰：『陛下起此寺，皆是百姓卖儿贴妇钱，佛若有知，该悲哭哀悯，罪高佛图，有何功德？』尚书令袁粲在坐，为之失色。帝乃怒，使人驱下殿，愿徐去，无异容。」虞愿此语可谓深明佛理矣。

齐书论佛之谬

史书之作，所以著明得失，昭法戒于将来。或书或否，必有深义，故必学醇识正，乃可为良。至其论断，尤不易易。马、班二史外，范书犹有识断。六朝人学识陋劣，所作史书往往可笑。如《齐书·高逸传论》：「史臣曰：顾欢论《夷夏》，优老而劣释。佛法者，理寂乎万古，迹兆乎中世，渊源浩博，无始无边，宇宙之所不知，数量之所不尽，盛乎哉！真大士之立言也。探机扣寂，有感必应，以大苞小，无细不容。若乃儒家之教，仁义礼乐，仁爱义宜，礼从乐和而已；今则慈悲为本，常乐为宗，施舍惟机，低举成敬。儒家之教，宪章祖述，引古证今，于学易悟；今树以前因，报以后果，业行交酬，连琐相袭。阴阳之教，占气布景，授民以时，知其利害；今则耳眼洞达，心智他通，身为奎井，岂俟甘石？法家之教，出自刑理，禁奸止邪，明用赏罚；今则十恶所坠，苦及无间，刃树剑山，焦汤猛火，造受自贻，罔或差贰。墨家之教，遵上俭薄，摩踵灭顶，且犹非吝；今则肤同断瓠，目如井星，授子捐妻，在鹰庇鸽。从横之教，所贵权谋，天目连环，归乎适变；今则一音万解，无待户说，四辩三会，咸得吾师。杂家之教，兼有儒墨；今则五时所宜，于何不尽。农家之教，播植耕耘，善相五事，以艺九谷；今则郁单粳稻，已异阎浮，生天果报，自然饮食。道家之教，执一虚无，得性亡情，凝神勿扰；今则波若无照，万法皆空，岂有道之可名，宁余一之可得。道俗对校，真假将仇，释理奥藏，无往而不有也。」云云，不以孔氏六经，先王礼乐之法，折中二氏之非，乃反夸辞盛说，张大异教，尽贬九流，以崇释氏。至谓儒家之教，仁爱义宜，礼从乐和而已。又谓宪章祖述，引古证今，于学易悟，以儒为浅陋，抑何悖谬至此耶！即其所推论，在释义中，亦皆浅俗猥陋，正与齐之君臣同失，盖并彼教精义，实已相去万里矣。史臣如此，何足讥哉！

江革

《梁书·江革传》：「革精信因果，而高祖未知，谓革不奉佛法，乃赐革《觉意诗》五百字，云：『惟当勤精进，自强行胜修，岂可作底突，如此必死囚，以此告江革，并及诸贵游。』又手敕云：世间『果报不可不信，岂得底突如对元延明耶。』」革因启乞受菩萨戒。盖江革尝为魏元延明所执，不屈，几于知君臣之义者，而武帝乃以为「底突」，悖谬如此，无怪其困于侯景，以为「自我得之，自我失之，亦复何恨」也。徒知果报当信，视世界如空虚，以能弃天下为智，而不顾天下之乱，生民涂炭，自我致之，乃真有如虞愿所云「罪高佛图」者矣。

祇洹精舍图偈

《魏书·赵柔传》：「陇西王源贺采佛经幽旨，作《祇洹精舍图偈》六卷，柔为之注解，咸得理衷，为当时俊僧所钦味焉。」余按：此为抄撮佛书之始。

三乘

《魏书·释老志》：「初阶圣者，有三种人，其根业各差，谓之三乘：声闻乘、缘觉乘、大乘。取其可乘运以至道为名。此三人恶迹已尽，但修心荡累，济物进德。初根人为小乘，行四谛法；中根人为中乘，受十二因缘；上根人为大乘，则修六度。虽阶三乘，而要由修进万行，拯度亿流，弥历长远，乃可登佛境矣。」

沙门衣赤

世称沙门为缁衣，以其衣缁也；古乃衣赤。《魏书·释老志》云：「汉世沙门，皆衣赤布，后乃易以杂色。」又按《宋书·周朗传》：「今宜申严佛律，裨重国令，其疵恶显著者，悉皆罢遣，余则随其艺行，各为之条，使禅义经诵，人能其一，食不过蔬，衣不出布。」然则当沙门不惟衣具杂色，并不以布矣。即此一端，可见僧徒之不依佛法。

魏太祖加僧封爵

《魏书·释老志》：「皇始中，赵郡有沙门法果，诫行精至，开演法籍。太祖闻其名，诏以礼征赴京师。后以为道人统，绾摄僧徒。每与帝言，多所惬允，供施甚厚。至太宗，弥加崇敬，永兴中，前后授以辅国、宣城子、忠信侯、安成公之号，皆固辞。」「年八十余，泰常中卒。未殡，帝三临其丧，追赠老寿将军，赵胡灵公。」观此，则元代加蕃僧封爵，不足异矣。

唐臣疏谏事佛

《旧唐书·李峤传》：「长安末，则天将建大像于白马寺，峤上疏谏之，其略曰：「臣以法王慈敏，菩萨护持，唯拟饶益众生，非要营修土木。伏闻造像税非户口，钱出僧尼，不得州县祇承，必是不能济办，终须科率，岂免劳扰？天下编户，贫弱者众，亦有佣力客作以济糇粮，亦有卖舍贴田以供王役。造像钱见有一十七万余贯，若将散施，广济贫穷，人与一千，济得一十七万余户。拯饥寒之蔽，省劳役之勤，顺诸佛慈悲之心，沾圣君亭育之意，人神胥悦，功德无穷。」《张廷珪传》：廷珪上疏谏则天曰：「夫佛者，以觉知为义，因心而成，不可以诸相见也。经云：「若以色见我，以音声求我，是人行邪道，不能见如来。」此真如之果不外求也。」《姚崇传》：中宗时，近戚奏度僧尼，温户强丁，因避赋役。至是崇建言：「佛不在外，求之于心。」「行事利益，使苍生安乐，是谓佛理，乌用奸人以汨真教？」「帝善之。诏天下汰僧伪滥，发而农者余万二千人。」《肖仿传》：咸通初，为左散骑常侍。懿宗怠政事，喜佛道，引桑门入禁中为祷祠事，数幸佛庐，广施予。仿谏以为：天竺法割爱取灭，非帝王所尚慕，今笔梵言，口佛音，不若惩「谬赏滥罚」，振殃祈福，况「佛者可以悟取，不可以相求」。帝虽昏纵，犹嘉叹其言，此皆善言婉谏者也。

《傅奕传》武德七年上疏极诋浮图法，曰：西域之法，无君臣父子，以「三涂」「六道」「吓愚欺庸，追既往之罪，窥将来之福。至有身陷恶逆，狱中礼佛，口诵梵言，以图偷免」云云，则与昌黎《佛骨》一表，正气凛然，强毅不屈矣。

元仁宗抑国师

元世，国师之贵，自天子以下皆崇礼之。髡徒恣肆，恶毒满天下。《元史·仁宗纪》：大万宁寺住持僧米普云栖以所佩国公印移文有司，敕禁止之。仁宗贤主，可谓知政矣。

僧众食仪

释法显《佛国记》：于阗国王安诸法显等于僧伽蓝。僧伽蓝名瞿摩帝，是大乘寺。三千僧共犍椎食。入食堂时威仪齐肃，次第而坐，一切寂然，器钵无声，净人益食，不得相唤，但以手指麾。此中国僧众具食威仪所由昉也。今寺僧会食犹如此。昔程子入寺，见僧人会食，威仪整肃，叹士大夫礼反不及。余谓亦不必尔。吾儒以礼饬躬，但行坐恭敬即是礼也。寻常宴会以理通情，但不至攲斜叫号，进退之间具有规矩而已。若朝祭昏丧大礼，则威仪严盛，亦岂僧徒之所及哉？程子盖为当时放荡者言也。

达人灵鬼

宋祁《笔记》曰：「佛，西方之达人也。其言汪茫漫诞，贯生死鬼神，无有滨涯，合万物之妄言以为一真，真言而忘，随又去真揞妄，以物修无证为极。」又曰：「法待言而立，不得无言；迷待法而悟，不得无法。故惟释迦，文殊剟言之瘢，刮法之痕矣。」李绰《尚书故实》曰：「佛教上属鬼宿，盖鬼神之事。鬼暗则佛教衰矣。吴先生有《灵鬼录》，佛乃一灵鬼耳。」

佛经增译

《隋书·经籍志》：「初，晋元熙中，新丰沙门智猛，策杖西行，到华氏城，得《尼洹经》及《僧祇律》。东至高昌，译《泥洹经》为二十卷。后有天竺沙门昙摩罗谶复赍胡本，来至河西。沮渠蒙逊遣使至高昌取猛本，欲相参验，未还，而蒙灭破。姚苌宏始十年，猛本始至长安，译为三十卷。（上云译《泥洹》为二十卷则此三十卷乃《僧祇律》也）昙摩罗谶又译《金光明》等经。时胡僧至长安者数十辈，惟鸠摩罗什才德最优。其所译则《维摩》、《法华》、《成实论》等诸经，及昙无谶所译《金光明》，昙摩罗谶所译《泥洹》等经，并为大乘之学。而什又译《十诵律》，天竺沙门佛陀邪舍译《长阿含经》及《四方律》、兜佉勒沙门云摩难提译《增一阿舍经》，摩耶舍译《阿毗昙论》，并为小乘之学。其余经论，不可胜记。自是佛法流通，极于四海矣。东晋隆安中，又有罽宾沙门僧伽提婆译《增一阿含经》及《中阿含经》。义熙中，沙门支法领从于阗国得《华严经》三万六千偈，至金陵宣译。又有沙门法显自长安游天竺，经三十余国。随有经律之外，学其书语，译而写之。还至金陵，与竺禅师跋罗参共辩定，谓《僧祇律》，学者传之。」

「齐、梁及陈，并有列国沙门。然所宣译，无大名部可为沙门者。梁武大崇佛法，于华林园中，总集释氏经典，凡五千四百卷。沙门宝唱，选经目录。又后魏时太武帝西征长安，以沙门多违佛律，群聚秽乱，乃诏有司，尽坑杀之，焚破佛像。长安僧徒，一时残灭。自余征镇，豫闻诏书，亡匿得免者十一、二。文成之世，又使修复。熙平中，遣沙门慧生使西域，采诸经律，得一百七十部。永平中，又有天竺沙门菩提留支，大译佛经，与罗什相埒。其《地持十地论》，并为大乘学者所重。后齐迁邺，佛法不改。至周武帝时，蜀郡沙门卫元嵩上书，称僧徒猥滥，武帝出诏，一切废毁。

开皇元年，高祖普诏天下，任听出家，仍令计口出钱，营造经像。而京师及并州、相州、洛州等诸大都邑之处，并官写一切经，置于寺内；而又别写藏于秘阁。天下之人，从风而靡，竞相景慕。民间佛经，多于《六经》数十百倍。大业时，又令沙门智果，于东都内道场，选诸经目，分别条贯，以佛所说经为三部：一曰大乘，二曰小乘，三曰杂经。其余似后人假托为之者，别为一部，谓之疑经。又有菩萨及诸深解奥义，赞明佛理者，名之为论及戒律，并有大、小及中三部之别。又所学者录其当时行事，名之为记。凡十一种。

火宅僧

今世道士有室家者谓之火居，惟僧则否。陶宗仪《辍耕录》引唐郑熊《番禺杂记》云：「广中僧有室家者，谓之火宅僧。」又宋陶谷《清异录》：「京师大相国寺僧有妻曰梵嫂。」是唐宋僧人固有火居矣。余按：僧人蓄室，始自后秦。《晋书·鸠摩罗什传》：姚兴尝谓罗什曰：「大师聪明超悟、天下莫二，何可使法种少嗣。」遂以伎女十人，逼令受之。尔后不住僧坊，别立廨舍，诸僧多效之。什乃聚针盈钵，引诸僧谓之曰：「若能见效食此者，乃可蓄室耳。」因举匕进针，与常食不别，诸僧愧服乃止。」此僧室之始也。然释迦雪山得道后，返家仍与妻子聚处，则此事亦不足异。

四十二章经

《魏书·释老志》汉哀帝元寿元年，博士弟子秦景宪受大月支王使伊存口授《浮屠经》。中土闻之，未之信了也。后孝明帝夜梦金人，预有日光，飞行殿庭，乃访群臣，傅毅始以佛对。帝遣郎中蔡愔、博士弟子秦景宪等使于天竺，写《浮屠遗范》。愔仍与沙门摄摩腾、竺法兰东还洛阳。中国有沙门及跪拜之法，自此始也。愔又得佛经《四十二章》及释迦立像。明帝令画工图佛像。置清凉台及显节陵上，经缄于兰台石室。余按：此中国始得之经也。其经如言：「佛告比丘若欲脱诸苦恼，当观知足。知足之法，即是富乐安稳之处。知足之人，卧地上犹为安乐；不知足者虽处天堂亦不称意。不知足者，虽富而贫；知足之人，虽贫而富。不知足者常为五欲所牵，为知足者之所怜悯。」又曰：「凡人事天地、鬼神，不如孝其亲，二亲最神也。」其言如此，虽粗浅而平实，后编集释典者，以其平淡入之小乘，而别取夸大奥渺之词为大乘。以余观之，岂其然乎？且释氏最粗陋者，莫如记诸灵异之应，及舍利宝塔寺，而俗人极诚信尊崇，此昌黎所谓「甚矣，人之好怪也！」与其夸张灵异，则又不若专言心性矣。苟非达摩东来，一扫缠绵支离之陋，象教何自而明乎？

六根六尘六识

《般若经》：六根者谓：眼、耳、鼻、舌、身、意也。六尘者谓：色、声、香、味、触、法也。眼见为色尘，耳闻为声尘，鼻臭为香尘，舌尝为味尘，身染为触尘，意著为法尘，合为十二处也。复次六识者，本自一心，遍由六根门头而成六识：谓从见为眼识，从闻为耳识，从臭为鼻识，从尝为舌识，从染为身识，从分别为意识，如是根、尘、识三事和合为十八界：余按：此言十八界甚浅陋。

贪瞋痴三品

《般若经》：恶不善者谓贪、瞋、痴。贪复有三：上品贪者，闻欲境名，举心踊跃，深心欢喜，不观欲过，非理追求，心心相续，曾无暂舍，唯见妙好，不知过患，此类命终，当堕恶趋。中品贪者，离欲境时，欲心不起。下品贪者，但共笑言，欲情便歇。瞋亦有三：上品瞋者，愤恚若发，心惛目乱，或造无间，或谤正法，或复造馀诸重罪业。中品瞋者，以瞋恚故，虽造诸恶，寻即生悔。下品瞋者，心无嫌恨，但口诃毁，即使追悔。痴亦三品，如理应之，虽作是观，而知诸法皆如幻梦，虚妄不实颠倒，故见灭外境界，内心寂静，不见能行，及所行法，无二无别，自性离故。

余按：此言三品，世人不可不知。

八解脱

《般若经》：八解脱者谓：有色观诸色，是第一解脱。内无色想，观外诸色，是第二解脱。净胜身作证，是第三解脱。超一切色想，灭有对想，不思惟种种想，入无边空处，定具足住，是第四解脱。超一切空无边处，入无边识处，定具足住，是第五解脱。超一切识无边处，入无少所有定处，具足住，是第六解脱。超一切无所有处，入非想非非想处，定具足住，是第七解脱。超一切非想非非想处，入灭想受，定具足住，是第八解脱。余按：此言解脱义颇善。

六通

《般若经》：一、神境通。能起种种神变，震动十方，变一为多，变多为一，或隐或显，迅速无碍。山崖墙壁，直空如空；凌虚往来，犹如飞鸟；地中出没，如出没水；身出烟焰，如燎高原；体注众流，如销雪岭。日月神德，威势难当，以手杖摩，光明隐蔽，转身自在。二、天耳通。过人天耳能如实闻十方，各如殑迦沙界，情非情类，种种音声，大小悉闻，无障无碍。三，他心通。能如实知十方沙界他有情类，心心所法，谓遍知他贪、瞋、痴等心，离贪、瞋、痴等心，乃至聚心、散心、小心、大心、寂静、不寂静心，解脱、不解脱心，皆如实知。四，宿住随念通。能如实念十方沙界，一切有情，一心十心，乃多百千心，若一日若二日，至多百千年劫。如是时、处，如是名姓，死此生彼，若广若略，若自若它，诸宿住事，皆能随念。五、天眼通。能如实见十方沙界情非情类种种色象。死时、生时，妙色、粗色、善趣、恶趣，若胜，若劣，复知随业受生差别，或成就身语意恶行，诽毁贤圣，邪见因缘，身坏命终，当随恶趣；或成就身语意妙行，赞美贤圣，正见因缘，身坏命终，当堕善趣。六、漏尽通。能如实知十方有情，若自若他，漏尽不尽，此通依金刚喻定，断诸障习，方得园满，得不退转菩萨地，时于一切漏不现前，故亦名为尽。菩萨得漏尽通，不堕声闻独觉之地，唯趣无上菩提。余按：六通之义如此，然皆震惊于六朝时禅理盛行，六通皆不足言矣。

十八不共法

《般若经》：一，无有误失。二，无卒暴音。三，无忘失念。四，无不定心。五，无种种想。六，无不择舍。七，志欲无退。八，精进无退。九，忆念无退。十，般若无退。十一，解脱无退。十二，智见无退。十三，若智若见于过去世，无著无碍。十四，若智若见，于现在世，无着无碍。十五，若智若见于未来世，无著无碍。十六，一切身业，智为前导，随智而转。十七，一切语业，智为前导，随智而转。十八，一切意业，智为前导，随智而转。此十八法，唯佛独不与二乘共。余按：此十八法皆粗浅，唯二乘人当行之，佛则不用，故云不与共也。

四大和合身

《圆觉经》：我今此身，四大和合，所谓发、毛、爪、齿、皮、肉、筋、骨、髓、脑、垢、色，皆归于地；唾涕、脓血、津液、涎沫、痰泪、精气、大小便利，皆归于水；暖气归火，动转归风；四大各离。今者妄身当在何处？即知此身，毕竟无体，和合为相，实同幻化。四缘假合，妄有六根。六根四大，中外合成。妄有缘气，于中积聚，似有缘相，假名为心。善男子此虚妄心，若无六尘，则不能有四大，分解无尘，可得于中，缘尘各归散灭，毕竟无有缘心，可见善男子彼之众生，幻身灭，故幻心亦灭；幻心灭，故幻尘亦灭；幻尘灭，故幻灭亦灭；幻灭之故，非幻不灭。譬如磨镜，垢尽明现。余谓此乃释氏本旨，亿万千言不离乎此。

唐人翻译

《旧唐书·僧玄奘传》：「僧玄奘，姓陈氏，洛州偃师人。大业末出家，博涉经论。尝谓翻译者多有讹谬，故就西域广求异本以参验之。贞观初，随商人往游西域。玄奘既辩博出群，所在必为讲释论难，蕃人远近咸尊伏之。在西域十七年，经百余国，悉解其国之语，仍采其山川谣俗，土地所有，撰《西域记》十二卷。贞观十九年，归至京师。太宗见之，大悦，与之谈论。于是诏将梵本六百五十七部于宏福寺翻译，仍敕右仆射房玄龄、太子左庶子许敬宗广招硕学沙门五十余人，相助整比。」

「显庆元年，高宗又令左仆射于志宁、侍中许敬宗，中书令来济、李义府、杜正伦、黄门侍郎薛元超等，共润色玄奘所定之经；国子博士范义硕、太子洗马郭瑜、宏文馆学士高若思等，助加翻译。凡成七十五部，奏上之。」余按：隋大业中，尝令智果条诸经典，分别著录，凡十一种，皆据旧译本。至此，重加翻译润色，益非西来之旧矣。

诸天俱有阴阳

《阿含经》：四天王天身长半由旬，衣重半两，寿五百岁。以人间五十岁为一日，身身相近，成阴阳。忉利天身长一由旬，衣重六铢，寿千岁。以人间百岁为一日，相抱成阴阳。阿修罗身衣等与忉利天同。焰摩天身长二由旬，衣重三铢，寿二千岁。以人间二百岁为一日，相近成阴阳。兜率天身长四由旬，衣重二铢，寿四千岁。以人间四百岁为一日，执手成阴阳。化乐天身长八由旬，衣重一铢，寿八千岁。以人间八百岁为一日，熟视成阴阳。他化自在天身长十六由旬，衣重半铢，寿一万六千岁。以人间一千六百岁为一日，暂视成阴阳。魔身天，寿三万二千岁，身衣不载。以下皆有嫁娶之法如人间。唯北郁天无我，我所树枝若垂，男女便合，无有婚嫁。梵、迦、夷三天寿一劫，以上诸天身衣随意，无复男女淫欲，以禅定法喜为食。

识如蜜蜂

《宝积经》：此识从众生身内移于彼处，有取有受而住，或受福或受罪，从于此世，移至彼世，犹如蜜蜂取诸花味而舍其花，更移别花，或舍恶花，移至好花，坐花上已，乐著彼花，取彼香味。然此神识以多善根，或受天身；受天身已，以恶果故，复受地狱、畜生饿鬼，轮回不已。

四依趋

《宝积经》：菩萨修行，般若波罗密多，故于四依趋，善能具足。所谓依趋于义，不依趋文；依趋于智，不依趋识；依趋于《了义经》，不依趋《不了义经》；依趋于法，不依趋数。取趋者，云何名为「依趋于义，不依趋文」？所言「文」者，谓世间法，传习文词。所言「义」者，谓通达出世间法。乃至如来所演八万四千法藏，声教皆名为「文」，诸离一切言音文字，理不可说是名为「义」。云何「依趋于智，不依趋识」？谓善巧，了知诸有言教，数取趋义，是名为识，此不应依趋；诸有言教，如法性义，即是于智，此应依趋。云何「不依趋《不了义经》，依趋《了义经》？」若诸经中，说世俗谛名不了义；说胜义谛名为了义。乃至经中所说，厌背生死，欣乐涅槃、名不了义；若有宣说生死涅槃，二无差别，是名了义。云何「依趋于法，不依趋数？」取者若有依数取之，见诸所缘法，如是之相名数起者，如来依世俗谛为众生说，若有众生于此言教，起于执著，如是等类，不应依趋。何以故？若来欲令于彼正依趋，故说如是法。汝等依趋诸法，实性无宜依趋，彼数者何等是为诸法，实性谓无有变异，无有增益，无作无不作，不住无根本、如是之相，是名法性。

三因三缘

《本事经》：佛告苾刍，当知三因三缘。能感后有云：何谓三？所谓无明未断，故爱未弃，故业未息，故由是由缘能感，复有所以者何？业为良田，识为种子，爱为溉灌，无明，无智，无了，所见之所覆蔽，识便安住。欲有色无有色处，欲最为下色，为其中无色为妙由，欲界业感异熟果，正现在前，故可施设，此欲为有，当于尔对，业为良田，识为种子，爱为溉灌，识便安住，下欲有处，若色界无色界，感异熟果，亦复如是。

文殊父母

《普超三昧经》：佛言：我今得佛，皆文殊之恩，本是我师，过去无央数佛皆其弟子，当来者亦是恩力所致。文殊乃佛道中父母也。尔时众念文殊既在佛前，何不成佛耶？佛言：文殊深入善权，广化众生，故未成佛。

五眼

《五眼度世品经》：佛言：随时开化，入于五道，而净五眼。一、肉眼，处于世间，现四大身，因此开化，度脱众生。二、天眼，诸天在上，及世间未识至道，示以三乘。三、慧眼，其不能解智度无极，皆开化之使入大慧。四、法眼，其在褊局，不能恢泰，悉开化之，解法身一无去、来、今，平等三世。五、佛眼，其迷惑者不识正真，阴盖所覆，譬如睡眼，示以四等、四恩之行，布施持戒，忍辱精进，一心智慧，善权方便，进退随宜，不失一切，令发正真道意。

五山十刹

《七修类稿》云：余杭径山，钱塘灵隐、净慈，宁波天童、育王等寺为禅院五山。钱塘中竺，湖州道场，温州江心，金华双林，宁波雪窦，台州国清与福州雪峰，建康灵谷，苏州万寿、虎丘为禅院十刹。钱塘上竺、下竺，温州能仁，宁波白莲寺等为教院五山。钱塘集庆、演福、普福，湖州慈感，宁波宝陀，绍兴湖心，与苏州大善北寺，松江延庆，建康瓦棺，为教院十刹。

识小录卷四

内旗外旗之别

本朝幅员极广，西北穷边多史鉴所不载。自《会典》、《一统志》、《八旗通志》及平定准噶尔、两金川，皆有官书矣。他如《西域闻见录》、《北征纪行》诸家私传载记不下三十余种，大抵各记所闻，或考诸传志，互有异同，尤征繁衍。今大学士松公筠，两为伊犁将军，前后居西北塞外几二十年，身所巡历盖数万里。尝著有《西招纪行诗》、《绥服纪略图诗》，志其疆域地制最为详确。余以考诸书，间有不合者，暇日从容以请，公又为剖其是非。然后知公所言，皆得自足迹所当到，固与纪诸传闻者异矣。爰以所得于公者略志于左。

今考北边口外，自盛京、吉林、黑龙江不记外，以八旗、蒙古为首，盖有内、外旗之别。内旗者，科尔沁等四十九旗札萨克王公是也。外旗者，喀尔喀七旗札萨克王公是也。内札萨克四十九旗，本元世后裔，共有六盟，游牧均相联络。其极东界连盛京、吉林者，为科尔沁、札赉特等十旗，谓之哲哩木盟。迤西则有喀喇沁、土默特等五旗，谓之卓索图盟。其游牧南与山海关外老边九关台及关心喜峰口接，西与热河围场东崖口接，又围场东北有巴林，奈曼敖罕、翁牛特、克什克腾等十一旗，谓之招乌达盟。迤西转南，与直隶张家口外察哈尔八旗蒙古界接，有乌竹木亲霍齐特、阿巴噶、阿巴噶那尔宿尼特等十旗，谓之锡林果勒盟。又西南与山西归化城、土默特八旗界连，为四子部落乌喇特茂明安等六旗，谓之乌兰察布盟。又西南与陕甘界连，为鄂尔多斯等七旗，谓之伊克格盟，此即明之河套，西通宁夏者也。近宁夏有阿拉善厄鲁特亲王一人，其游牧遥通青海，此为内八旗之极西边者矣。至喀尔喀者，其全部环包六盟游牧之外，亦元之后裔也。本兄弟七人，分居大漠，谓之七旗。自康熙二十七年，喀尔喀全部内附，乃定制以一札萨克为一旗，凡四部八十札萨克，是为八十旗。其游牧在阿拉善北，与科布多边地相近者，为札萨克图汗部；东为三音诺彦部；又东为土谢图汗部，又东为车臣汗部，自此南与锡林果勒盟游牧界接，东与黑龙江将军所辖呼伦贝尔、索伦达呼尔界接。右内外旗，凡六盟四部，均有特授之正副盟长，咸统以典属，其外则俄罗斯矣。

喀尔喀内附始末

喀尔喀四部共八十札萨克。每一札萨克为一旗，每旗下有佐领，多寡不一。多者十数人，少者一二人，亦有人户少不足一佐领者。每佐领下各五百户。其户口及喇嘛人数，由四部盟长五岁一造册，报理藩院。其后生齿日蕃，四部户口至百余万，皆奉黄教喇嘛，所最崇信者哲布尊丹巴胡土克图也。先是准噶尔、厄鲁特最强，与喀尔喀相仇杀不已。康熙二十七年，喀尔喀力微不能敌，众议投俄罗斯避之，请决于哲布尊丹巴、胡土克图。胡土克图曰：「俄罗斯弱，不足倚，且素不奉佛，视我辈异言异服，非久安之道，不如内徙。今天朝方盛，且素厚我也。」众以为然。土谢图汗乃直胡土克图率其众来降。仁宗令于张家口外多伦淖尔旁、达兰淖尔游牧安置。于是车臣汗札萨克图汗、三音诺彦陆续来归，皆锡爵赐印封，建札萨克有差。后大兵进征准噶尔，贼酋噶勒丹走死，喀尔喀游牧奠定。康熙三十九年命大臣分送归土。至乾隆二十二年，准部尽灭，喀尔喀乃永无腹心之患矣。胡土克图者，喀尔喀头辈喇嘛之号，哲布尊丹巴者，土谢图汗亲弟，盖当时为胡土克图者耳。

俄罗斯通市始末

《元史》所载西北藩有乌斯藏而不及俄罗斯。国朝喀尔喀内附之后，俄罗斯始通中国。其地环内外八旗之外，东界连黑龙江、索伦达呼尔；西界绕喀尔喀，直接准噶尔，遥通藏地，东西长而南北狭。人不甚众，服食房舍略似西洋。其地严寒，田禾少。惟额济勒河一带，夏颇暖，土堪种艺，而居人甚少。其莫斯克瓦地，气候亦暖，而水多田稀，故其人惟鱼是食。其部长，妇人居多，谓之哈屯汗。蒙古语：哈屯，夫人也。男为部长，则为察罕汗。蒙古语：察汗，白也。其罕所居地名莫斯克瓦，在恰克图西北约数千里。其大臣曰色费窝特，办事头目曰萨那托尔，又有雅固毕咭那，喇尔玛约尔、哩咭斯塔喇托尔等号，皆其官名也，多西洋人为之。

乾隆五十八年，西洋英吉利贡使玛噶尔言：今俄罗斯之哈屯汗，本西洋国女，乃前哈屯汗之外孙女也。其表兄袭汗，娶以为妻，生一子而汗没，子幼，其妻遂为哈屯汗，子今已三十余岁，将来传之，子没即传子妇，其旧俗然也。先是未通中国。黑龙江索伦土语呼俄罗斯为罗义。康熙二十九年有罗义犯界。副都统萨布素奉命进征，夺其雅克萨城。会西洋霍兰国贡使至，其地与俄罗斯近，询悉其故事。乃发檄谕交霍兰使臣回传谕之。俄罗斯谢曰：犯界之事，乃边人所为，去国中远，彼汗不知，业约束不令滋事矣。盖黑龙江外所居之俄罗斯，多彼国遣犯，每与索伦构衅者，皆争打貂皮所致耳。于是俄罗斯见喀尔喀之全部内归也，心颇动。霍兰使臣至，又述天朝威德，益惧。乃请遣人至京学国书，通晓后更代回国，即以清文兼俄罗斯及西洋文字，缮文驰递，庶有事关白无误，许之。

雍正五年，上以其地毗连喀尔喀，当定界以免侵越。俄罗斯亦请通市。乃命尚书察毕那特、古忒图、丽琛三大臣往会俄罗斯，勘定疆界，设卡伦五十九所。极东十二卡伦属黑龙江将军辖，索伦兵戍。西四十七卡伦，以喀尔喀四部属下蒙古。按游牧远近，每卡伦设章京一员，率兵携家戍之。俄罗斯对界亦一体设立。其中隙地，蒙古语曰萨布，语石堆曰鄂博，凡萨布处所皆立鄂博为界。间有丛林，无可堆石，则削大树镌记之。是时库伦尚未有大臣驻防，凡此卡伦，即令总理夷务喀尔喀王公丹津多尔济统之。定市易规条，凡喀尔喀、俄罗斯边人无相盗，不食逋逃，恰克图贸易两无榷税。恰克图者，两界适中之地。雍正七年，设立市集，理藩院司员驻督之，其东二十八卡伦为土谢图汗部所设，西十九卡伦为札萨克图汗三音诺彦两部所设。盖四部卡伦适中通衢，山势雄峻，林木森然，商民建立木城，中城阛阓。其对界则俄罗斯，市圈中立公廨，曰萨那忒。以其哈屯汗妇人，不便文檄，有事由萨那忒申文，径达理藩院，以为定制。

乾隆二十二年前喀尔喀丹王之孙桑齐多尔济总理夷务，修治卡伦最完善，乃驻钦差大臣。同治之二十九年，两边互失马，俄罗斯闭关，既而悔惧。三十三年乃遣使谢罪乞市。命库伦办事大臣庆桂与喀喇沁贝子湖图灵阿往察之。俄罗斯恭顺，乃开市。四十三年，恰克图夷人犯法当鞫，俄罗斯匿不送，办事大臣索林遽闭关绝市，上闻切责之；别令尚书博清额驰往与土谢图汗彻登多尔济谕俄罗斯出其夷犯，治之。四十五年复开市。未几，有库伦商民近卡伦之乌梁海贸易，遇俄罗斯，劫掠以去。办事大臣勒保及喀尔喀副将军，郡王蕴敦，多尔济盟长，贝子逊都布多尔济访知盗名，檄俄罗斯驻额尔口城之固毕纳托尔拉木巴，令捕获之，遣其咭那喇尔送恰克图会鞫，仅罚赔货物，释去不诛。库伦大臣屡檄拉木巴，以已罚辞，上令理藩院檄萨那忒，令易其固毕纳托尔，不从。五十年遂撤恰克图贸易。俄罗斯悔，乃撤拉木巴回，更新固毕纳托尔驻额尔口，乞捕贼自赎。适卫勒干卡伦巡兵，齐巴克出卡，遇俄罗斯打牲，哈哩雅特前诘，哈哩雅特恐捕，枪伤齐巴克，死。时未得贼名，发檄谕捕。固毕纳托尔奉命至，五十四年获之，送恰克图抵罪。乞市易，将许之矣，有喇嘛萨麻林者，至京师，言俄罗斯有异志，上疑之，命檄询俄罗斯，萨那忒见檄大骇曰：「夷素守法，且正求市易，乌得有此？」既乃知其妄。盖萨麻林本西路塔尔巴哈台之土尔扈特，因迷路至哈萨克，闻其讹言，复入俄罗斯界，乃至京上言，冀免其私出卡伦之罪耳。廉得服罪。乃允俄罗斯请，群夷大悦。固毕纳托尔、色勒裴特由额尔口城以马驾驰至听命。库伦大臣松筠及逊都布多尔济副都统普福往宣谕毕，色勒裴特以手加额，复以指扣眉曰：「大皇帝，天也，敢不诚服！」既与宴，益感激，曰：「向者有事，但于界所设毡庐，会议毕各返寓，今以大皇帝天恩，故酋亲来市圈，复蒙优礼，愿请大人下临，以申诚悃。」松公等许之，遂轻骑往。色勒裴特遣头人整队远迎。俄罗斯俗：见其汗时，皆脱帽去裘。是日春雪大盛，色勒裴特以见汗礼，立候于门。室内，北悬哈屯汗图像，服饰一如西洋。松公等至，屏像设席，皆南面坐，色勒裴特陪随从官于下，觞馔皆亲奉，作乐歌舞以侑，尽欢而罢。

库伦

库伦者，蒙古语城圈也。有喇嘛木栅如城，故名。在喀尔喀，土谢图汗部游牧最大，南十余里有汗山，绵亘高耸，茂林如画，春秋祭祀，禁樵采。山北有河曰图拉，源出库伦东北肯特衣山，曲折流二千余里，北入色楞格河，由恰克图西侧入俄罗斯之拜噶淖尔，复东南流归黑龙江入东海。库伦钦差大臣辖土谢图汗、车臣汗两部，总理恰克图贸易，每岁秋，轮调两部兵数百于近地围猎习劳。凡四十七卡伦。恰克图东卡伦二十八，属土谢图汗、车臣两部，各十四。每部有专理卡伦札萨克一人，又有总理两部卡伦札萨克一人。恰克图西卡伦十九：属三音诺彦部者十二；属札萨克图汗者七；其专理总理之札萨克一，如夵两部。库伦钦差大臣统理四部卡伦之事，凡镇两爱玛克，蒙古语部落也，抚一哲克布尊丹巴、胡土克图，盖黄教喇嘛也。其札萨克图、三音诺彦两部隶乌里雅苏台将军统辖。乌里雅苏台去库伦西千数百里。库伦在京都正北偏西，出张家口西北，走军台三十站，转东北走十四站至库伦。距京四千余里，更北行十一站，至恰克图八百余里。

卡伦形势

恰克图以东，车臣汗部十四卡伦，地多平甸。卡伦内驻库什固尔兵二百人，库什固尔者，蒙古语保障也。其西多山林，仅恰克图为通衢。自恰克图至库伦，绵亘八百余里，扼要有色楞格大河，东岸联冈直，南至衮图达坝罕，其间峡沟丛树，皆天然险隘。各札萨克属下额兵俱善围猎，枪箭乃其所长。俄罗斯马少，无习射者，固不敢入，即入不足当沿途一围耳。

先是准噶尔恃强入俄罗斯境，不见一人，遂至额尔口城，深入六百余里，无一人，准噶尔以其狡猾惯示以弱，恐诱之深入，乃退。俄罗斯呼准噶尔为喀勒玛克。及见喀勒玛之强，为大兵灭绝且尽，大惧，边境遂谧。其国与中界连者凡四游牧：一布哩雅特在恰克图边外迤西，人俗同喀尔喀，间有仿俄罗斯盖房以居者。一哈哩雅特，在布哩雅特西，与边内之唐努乌梁海同。一哈木尼罕，在恰克图边外迤东，与边内哲克布尊丹巴、胡土克图属下打牲之哈木尼罕同，亦有盖房居者。一柰玛尔，接连哈木尼罕，与边内巴尔呼同。以上四种皆喀尔喀未附时久属俄罗斯者，多奉黄教，亦有与卡伦蒙古相善者，虽久隶俄罗斯，为之防守卡伦，而淳朴类蒙古，故每卡皆有俄罗斯数人羁绊成守，盖恐其内附耳。松公云：此四游牧但宜羁縻，不可招致，一以定制，彼此不食逋逃；二则其人众心不一，故乾隆三十年有布哩雅特十数户欲求内附，俄罗斯遣绊不果，诏亦不许。四十八年复有俄罗斯四十余户由科布多投诚，诏按户赐予口粮，抚谕令其回国，俄罗斯益倾诚无异志矣。

自库伦以西，与俄罗斯界通者，则有乌里雅苏台所属之津济里克卡伦、塔尔巴哈台参赞所属之辉迈拉呼卡伦。津济里克东接库伦辉迈拉呼，西接科布多。盖俄罗斯部落东西极长，自东而西，绵亘黑龙江、库伦、乌里雅苏台、科布多四属，卡伦八十有二，科布多属极西卡伦，名曰和尼迈拉呼。由此渡过额尔齐斯大河，即至辉迈拉呼。其津济里克外，尚有木克木齐克及阿勒坦淖尔、乌梁海，蒙古游牧塔尔巴哈台外，尚有哈萨克游牧相隔，由此以北乃至俄罗斯。乌梁海久服，岁纳貂皮，由乌里雅苏台将军送京，其近俄罗斯者亦与彼交纳。

哈萨克，相传古大宛地，盖非也。圣祖御制《西师》诗曾考正其误。哈萨克有左、右、西三部。乾隆二十二年来归，锡封汗王，常遣子弟入觐、贡马。其部北与俄罗斯邻，西南与布鲁特接。布鲁特者在伊犁卡伦之外，直至回疆喀什噶尔一带，皆其种类。东西二十厄鲁克，皆游牧打牲为食，各族头人曰伯克，由众推立。其地产马与哈萨克同，亦贡马入觐。

乌里雅苏台城，在三音诺彦部。驻札定边左副将军总统喀尔喀四部兵马，兼理札萨克图，三音诺彦两部事务，有参赞大臣二人，一用彼处藩爵，一由京简放，四部蒙古藩爵内各特授副将军一人，四时同札萨克台吉往乌里雅苏台轮流驻班，听将军调遣。其中有专管牧厂者，或不善理，则有倒毙赔补，不免累四部属下蒙古矣。

科布多城，在札萨克图汗部西北，近阿勒台山。城东北有明噶特蒙古游牧。西北有数百户，旧厄鲁特游牧，城南有阿勒台、乌梁海等游牧。阿勒台游牧内，尚有乾隆三十六年安插土尔扈特蒙古，尽属科布多管辖。科布多地暖，稍有屯田，谷麦足供一城之食。自津济里克至和尼迈拉呼一带二十三卡伦，由四部札萨克选台吉章京兵丁分驻，一年更代，官给钱粮。所有总管卡伦侍卫由京派往，三年更代。

科布多城北卡伦以内，乃都尔伯特游牧，属将军参赞辖。此等蒙古本厄鲁特四卫蒙古之一。乾隆十九年全部来归，封汗王公、札萨克台吉有差，由科布多卡伦西通塔尔巴哈台，西南径红庙可抵乌鲁木齐，塔尔巴哈台卡伦皆轮遣满洲及厄鲁特兵戍守，伊犁所属卡伦戍兵亦然。

土尔扈特

土尔扈特者，本准噶尔四卫喇特之一，如都尔伯特之类，因与准噶尔不睦避入俄罗斯，居额济勒游牧，传数世至阿王奇汗，历子察克笃尔札布、孙敦噜布喇什，至曾孙渥巴锡。乾隆庚寅年，背俄罗斯全部由哈萨戈壁巴勒喀什淖尔，行八月至伊犁，请内附。将军舒赫德，奉命纳之。辛卯年渥巴锡入觐，封为汗，余亲王、郡王、贝勒、贝子，入札萨克台吉有差。分授牧地于伊犁东之泾河游牧，住贝勒一；库尔喀喇乌苏游牧，住郡王一，喀喇沙尔游牧，住汗渥巴锡及贝勒、贝子各一；近塔尔巴哈台之和博克萨哩游牧，住亲王一、札萨克台吉一；近科布多之阿勒台游牧，住郡王一，贝子一。皆食俸，轮班入觐，一如都尔伯特。先是土尔扈特未至伊犁，将军伊勒图闻有内附之说，未知诚伪。哈萨克等见其经过辎重络绎欲要劫之，使人谒将军称土尔扈特人众，此来叵测，愿助大兵要截之。将军不许，赏而遣之。众以为疑曰：土尔扈特素远，内附真伪不可知，盍从哈萨克之请，姑以为备。将军曰：诸君何不思之甚耶！土尔扈特来自异域，素知伊犁多兵戍守，必不敢萌异志，况其中多有惧罪逃往之徒，心疑贰，或使哈萨克伪词来探，均未可知，如从所请姑备以兵，则土尔扈特闻之盖疑惧反致酿事。今无论虚实，应先示之诚信，以昭怀徕，彼即有异志，亦可格化，况天威远播，吾意土尔扈特倾诚来归无疑也。后土尔扈特至，果如所言，众乃叹服。

又有塔什罕城者，回人亦常入贡，其地与苏对接壤，苏对即哈萨克别名也。苏对因与塔什罕争强失利，愤之，遣使谒伊犁将军，请兵以讨塔什罕。将军谕之曰：「塔什罕与尔哈萨克同受大皇帝恩抚久矣，尔哈萨克蒙封汗王，较塔什罕为优，自宜和睦邻封，各安住牧。今若以兵助尔，塔什罕亦必来请兵。天朝一视同仁，即助尔，必应彼，如此是我兵与我兵相战，有是理乎？」哈萨克悦服。赏而遣之。

新疆两路形势

本朝既平准噶尔、厄鲁特，辟地数千里，谓之新疆。凡分西南两路，哈密、叶尔羌、吐鲁番等，为南路；伊犁、乌鲁木齐、巴里坤等为西路，中有昆都仑、穆苏尔、达巴罕等，冰山雪岭间隔。蒙古语「横」曰「昆都仑」，此山横亘伊犁，回疆之间，即古所谓昆仑也。蒙古语「冰」曰「穆苏岭」。曰达巴罕即所谓「天山」，葱岭是矣。山岭平陆，多产野葱，故谓葱岭也。新疆南路，西南极边与布鲁特界连之喀什噶尔回城，驻参赞大臣一人，协办大臣一人，总理南路，大小回城事，仍属伊犁将军统辖。喀什噶尔以内有英吉沙尔回城，驻办事大臣一人。喀什噶尔东南十数站，即叶尔羌回城、驻正、副办事大臣二人。北四五站和阗回城，亦驻正、副办事大臣二人。近和阗尚有伊立齐、哈喇哈什、玉珑哈什、齐拉塔克、克哩雅等五小城，皆有伯克分管回众。叶尔羌东北十数站乌什回城，东有阿克苏，又东库车、又东喀喇沙尔，又东吐鲁番，每城各驻办事大臣一人。又东哈密回城，驻办事大臣二人。喀喇沙尔有土尔扈特游牧吐鲁番城，外又有辟展回城。以上各部回众有近城住牧者，有去城稍远者，皆有大小伯克统之。由阿奇木伯克纳税输粮。其哈密郡王，及各城伯克，皆轮班入觐。统计道里，自哈密至喀什噶尔，共七十余站，由嘉峪关出口，至哈密十八站，此新疆南路大略也。

伊犁横隔天山雪岭之西北，故谓之西路。自伊犁赴南路，必经穆苏尔、达坝罕冰山，乃至阿克苏路通台站，或东绕吐鲁番，亦通驿传，此外虽有近路，非地处岩险，即多戈壁，无水草，惟伊犁西南经布鲁特游牧，至喀什噶尔三千里中，有特穆而图淖尔，巴尔浑山帖哩业克，达巴罕入卡伦道虽险，颇多水草，每一二年伊犁领队大臣，率兵阅边，俱经此地，此新疆西南两路相通之略也。其西路以伊犁、乌鲁木齐为重镇。伊犁本雅噶尔、厄鲁特游牧，大兵平定后，辟垦屯耕，遂成沃壤。伊犁将军统辖两路驻此。兵凡五队，满州、索伦、锡溥、察哈尔、厄鲁特，各有领队大臣一人，外文武各官屯田，镇将弁兵回子及废员、商民、遣犯，塔尔巴哈台官兵夫役，皆仰食于此，岁有赢余，猎场水草佳而飞走蕃。每岁秋较猎习劳，获禽分赏，斯为乐土矣。塔尔巴哈台为东北极边，距伊犁千五百里。有城驻参赞大臣一，领队大臣二，由伊犁遣兵轮戍，并有绿营屯田。伊犁之东，有库尔喀喇乌苏城，驻领队大臣一，又东则乌鲁木齐驻都统一，领队大臣一，提督一，分领满、汉官兵，所属道府州各一，县五。乌鲁木齐东有古城、巴里坤二城，各驻领队大臣一，巴里坤并驻总兵一。又东即至哈密。统计道里，伊犁至哈密亦七十余站。乌鲁木齐地土辟垦，丰收如伊犁，均有内地人民开荒升科如土著。布帛由官颁给，马、牛、羊只由哈萨克市易。此新疆西路之大略也。

伊犁西路所有屯田回民无多，南路最众，耕织无异内地，纳赋无缺。卡伦外则布鲁特安集延拔达克，爱乌罕，沙莽苏尔各部，回众亦皆觐贡，拔达克山汗素尔坦沙以献逆回霍集占首级，全部归款，而爱乌罕伯克至以高七尺之马入贡，尤为恭谨云。

霍集占者一名和卓木。先是准噶尔强，侵扰回部，回酋和卓木为准噶尔迫胁拘系，以回民分隶部下苦役之。大兵西征，和卓木纳款，因纵还，旋以叛受诛。西域乃定。

廓尔喀

廓尔喀者，其国都地名阳布，在前藏西三千余里。自前藏西南行经曲水，过巴则、江孜西行十日，至后藏班禅额尔德尼所居札什伦布，由此西经刚坚寺、彭错岭、拉孜、甲错山、罗罗塘，协准噶尔过定日通拉拉大山，十一日至聂拉木，为藏地西路极远隘口，外通廓尔喀，五日可抵阳布，由聂拉木旋行一站，西北经伯孜草地，巩塘拉大山，琼噶尔寺，复西南出宗喀，走衮达卓党，七日至济咙，亦藏地极边隘口，外通廓尔喀，十日可抵阳布。阳布本巴勒布地，先是巴勒布三汗：一曰库木，一曰叶楞，一曰布彦廓尔喀，本系巴勒布所属。小头目即如唐古忒家之类，其巢穴向在阳布西南，相距七日路，后因巴勒布三汗不睦，部弱廓尔喀，乘间进据阳布二十余年，复侵据哲孟雄作木朗、洛敏汤三部。哲孟雄者，藏地西大路之左，江孜南，帕克哩边外。东接布鲁克巴，西接廓尔喀，其部土地人民被侵已大半。作木朗、洛敏汤，本在藏西极边，济咙之右，与哲孟雄左右相距千余里。洛敏汤又作木朗之小部落，人户仅千余。在济咙卓党雪山西北，洛敏汤少东即作木朗，作木朗既为廓尔喀侵据，仅存头目苏班色父子，属下人数无多，故洛敏汤遂属廓尔喀，与之纳赋矣。

由洛敏汤东南行半月余，乃至阳布，山路崎岖，洛敏汤虽邻济咙而为雪山阻隔无路，其部近通宗喀，故常来藏，奉黄教剌麻。廓尔克既恃强侵据三部，人心不服，每岁收粮俱令头目以兵往索，其王性凶残，遇染毒疾，密令兵役夜出，盗斩人首，供献护法，以为祈禳之术，部民皆畏而恶之，又常与甲噶尔属之那布巴争兵不戢。廓尔喀兵不过数千，而甲噶尔、第里巴义诸部，兵数皆倍之。乾隆五十六年，廓尔喀与唐古忒构衅，扰至后藏札什伦布，上遣兵讨之，深入其境，屡战皆捷，直至堆补木地，将近阳布，廓尔喀惧乞降，乃释之。五十八年春，廓尔喀贡使噶箕第乌达特塔巴至京，请以后倘有外藩侵陵伊部者，乞天兵拯救，不许。廓尔喀既与唐古忒释兵，后颇有与结亲者。其部人皆奉黄教，部长旺杰多尔济之次子，即为剌麻，住萨迦庙学经，国家因其俗，即以达赖、班禅羁縻之。

西藏

今西宁所属青海、蒙古王公，古所谓吐蕃是也。鱼海者，今之泸水，俗称泸江，即打箭炉之内河也。青海游牧有和硕蒙古固什汗之后裔，凡二十一旗。札萨克又有厄鲁特绰罗斯，旧土尔扈特及察罕诺们汗喇嘛共九旗，札萨克是为三十旗、固什汗者即国朝崇德七年同达赖喇嘛、班禅额尔德尼，遣使来进丹书者是也。由青海至前藏，经两月程，固什汗因后藏之藏巴第巴不敬班禅，率兵来藏灭之，遂奄有藏地。后自回青海，属其子达彦在藏为汗，传孙达赖汗，曾孙拉藏汗。准噶尔策旺，阿喇布坦与有衅，遣斋桑策凌敦多布伐之，杀拉藏汗。是时前六辈达赖喇嘛已死，呼毕勒罕出于裡塘，甫二岁，青海、蒙古迎之，居西宁塔尔寺。康熙五十九年，钦命抚远大将军王及平逆将军延信进征，西藏既定，以呼毕勒罕坐床于布达拉，于是蒙古番子大悦。唐古忒康济鼐者，号德亲巴图鲁，即拉藏汗之婿，奉敕封为贝勒，与噶布伦，阿尔布巴同理藏务。雍正五年，阿尔布巴谋杀之，唐古忒台吉颇罗鼐自后藏以兵擒阿尔布巴，俟大兵至诛之，因封颇罗鼐为郡王。卒，子朱尔墨特，那木札勒袭封。乾隆十五年叛，伏诛，遂除西藏王爵。凡卫藏事，一由驻藏大臣与达赖、班禅裁决之。

西藏初平，各族番众尚属青海、蒙古统辖。雍正元年，固什罕后裔察罕丹津与厄鲁特、罗布藏丹津不睦。罗布藏丹津诱青海属众，掠其游牧，大兵平定，乃令各族番众不属蒙古。九年分其番众四十族属西宁大臣，三十九族属西藏大臣。又量设千户，百户，百长皆分给号纸，约束其众。前藏至打箭炉东路，由拉里边坝硕板多以北，即三十九族番众也。硕板多之东，地名落隆宗，为类乌齐喇嘛住牧之所，又东地名康即喀木，又名察木多，乃帕克巴拉呼图克图住锡之地，有大庙番众，皆呼图克图所属，势与达赖、班禅等，盖三藏之一也。更东为乍雅番众，亦呼图克图所属。又东为江卡番众，则达赖喇嘛所属也。江卡西北有观角番众，西南有三安坝番众，皆隶前藏。由江卡南通云南，东接巴裡二塘，各有正副土司。又东则打箭炉，有明正司，即前代之西鱼，通宁远军是也。北接木坪土司，西北通德尔格及郭罗克番子，皆隶四川郭罗克，亦领有号纸，约束其众。其游牧界近青海王那罕达尔济，其人仅千余户，地产少，遇牲畜灾，即出抄掠，青海、蒙古颇患之。又有归德番众，亦西宁所属，甚强悍。

察木多南通云南，东北连德尔济部落，自正土司外，有大小头目百数人，户万余，亦强悍。其部有红教剌麻，曰色多呼图克图者，众所服也。而最敬者则为札什伦布以西之萨迦呼图克图。相传明永乐时，有宗喀巴者为黄教之祖，生自西宁，而学经于萨迦庙，庙内旧贮经卷最多，其经一如黄教，所有僧众亦如黄教，无家室，惟萨迦呼图克图有之，朔望一相见，为生子袭衣钵计，盖即元之帕斯巴剌麻也。其徒云：所有经典，皆始自甲噶尔，即大西天。大西天有巴特玛萨木巴瓦者，是为红教之祖，唐时来藏传教，其经与黄教无异，或云惟咒不同，兼尚法术。盖敬萨迦者，非独德尔格，即打箭炉、裡塘、巴塘，类乌齐诸部，虽崇奉达赖、班禅，而心信萨迦者多，至青海，蒙古亦敬之，如敬达赖也。乾隆五十四年，驻藏大臣舒公濂，尝奏言：萨迦本同黄教，松公云：「余尝密访红教之实，初无法术，仅供奉巴特玛萨木巴瓦处，诵护法经咒而已。盖法术本属妄诞，圣人神道设教，不过因俗羁縻之耳。」

梵字本四十七字

自神珙以华严字母摄一切字，由是三十六字之学遍中国矣。不知梵书字本又有四十七字，见《涅槃经》第八卷《文字品》。云：字音十四字：裒（释玄应云：乌可及）阿、壹、甲、坞（乌古反）、乌、理(重读)、厘(力之反)、翳(乌奚反)、蔼、污、奥(乌故反，此十二字及下庵、恶二字以为音，一声中皆两两字同，长短为异，皆前声短、后声长。)庵、恶(此二字是前衰、阿二字之余音，若不余音，则不尽一切字，故复取二字以穷文字也。)比声二十五字：迦、呿、伽、啯(其柯反)、俄(鱼贺反)，舌根声；(凡五字中第四字与第三字同，而轻重微异。)遮、车(重)、阇、膳(时柯反)，舌齿声；吒(重)、咃(丑加反)、茶、咤(伫贾反)、拏，上腭声；多、他、陀、驮(徒柯反)、那(奴贺反)，舌头声；婆、颇、婆、婆(去)、摩(莫个反)，唇吻声；蛇(重)、逻(卢柯反)、罗(李柯反)、缚、奢、沙、娑、呵，此八字超声。

唐僧玄应曰：「字者，文字之总名。梵云：『罗刹罗』，译言『无异流转』，或言『无尽无是字』，字存纸墨，可得不灭，借此不灭，以譬常住。凡有四十七字为一切字，本其十四字，如言三十二字，如是合之以成诸字，即名满字。满者，善义；以譬常住；半者，恶义，以譬烦恼。虽因半字为字根本，得成满字，乃是正字。凡夫无始皆因无明，得成常住，乃是真实。故字之为义，可以譬道。《大涅槃经》「其义如此」。又曰：「《西域悉昙章》本是婆罗贺磨天所作，自古迄今，更无异书。但点画之间，微有不同耳」。「悉昙」此云「成就」，论中『悉柂』者，亦『悉昙』也，以随别义转音。名为「悉柂婆罗」」；「贺磨天」者，此云「净天」，旧言「梵天」，讹略也。

国元

粤中人家祠堂，署其子孙科目，有称「国元」者，盖其人纳粟入监也。向辄笑之，谓乡人之陋耳。后读《文献通考》，言宋制太学有积分之法，分上舍、中舍、下舍，以递为升黜，多至数千人，而成均试太学，并别有状元之目。又《癸辛杂志》云：解释褐法，下等上舍，先免解，后免省，待三年后到殿；中等上舍，径到殿，或特旨径行解褐，其释褐恩数优者谓之状元，择日于崇化堂鸣鼓集众，诸生两廊序坐，状元襕衫立，同舍班俟揖讫，诣堂上香案前，望阙谢恩。然则宋时监中生员固有状元之称，且襕衫释褐矣。此可为粤人解嘲也。

磨竭提

西历黄道中十二象，其十曰：「磨羯」，即中法丑宫牛宿之分，其节气应冬至、小寒。《唐书·律志》已有之，昌黎所谓「生命值磨羯」者也。按《大方广佛华严经》第十一卷中，称摩竭提。沙门玄应《音义》云：「或云摩竭陀，亦言默偈陀，又作摩伽陀，皆梵音讹转也。正言摩竭陀，此译云善胜国，或云无恼害国。一说云摩伽，星名，此言不恶，主十二月，陀者处也，名为不恶处国，亦名星处国也。」然则西域之言「摩揭」等即西洋之所谓「磨羯」也。西历云：其象羊头鱼尾。又「羯」字俗读如「谒」，亦误。「羯」、「揭」、「偈」，皆当读如「竭」耳。

刹

今人以梵塔为刹，音「尺稼反」，此字音义皆非也。《华严经》第一卷云：切刹。玄应《音义》云：「「刹」又作「擦」，同音「察」。梵言「差多罗」，此译云「土田」。经中或言国，或云土者，同其义也，或言「刹土」者，存二音也。即刹帝利名守田主者亦是也。」余按：字书无「刹」字。

饿鬼名薜荔

饿鬼名薜荔，见《华严经》第二十二卷。玄应云：「薜，蒲细反；荔，力计反，正言「闭丽多」，此译云：「祖父鬼」，是饿鬼中最劣者也。」

道书

道家之书，自张道陵、左慈、于吉之徒出，一变而符箓之说兴；葛洪、陶宏景、杜光庭之徒出，再变而真灵之号著。由是纷纷撰集，卷帙之富，极于唐宋。盖丹书紫字，升元飞步之经，玉名金光，妙有灵洞之纪，其来非有人授，固不可以穷诘。《魏书·释老志》以为其源出于老子，盖非也。《隋志》云：「道经者，云有元始天尊，生于太元之先。」「每至天地初开」，授人秘道，「谓之开劫度人。」「故有延康、赤明、龙汉、开皇，是其年号。其间相去经四十一亿万载。所度皆诸天上品，有太上老君，太上丈人，天真皇人，五方天帝及诸仙官，转供承受，世人莫之豫也。所说之经，亦禀元一之气，自然而有，非所造世，亦与天尊不灭。天地不坏，则蕴而莫传；劫运若开，其文自见。凡八字，尽道体之奥，谓之天书。字方一丈，八角垂芒，光辉照耀，惊心眩日，虽诸天仙不能省视天尊之开劫也，乃命天真皇人，改啭天音而变析之。自天真以下，至于诸仙，展转节级，以次相授。诸仙得之，始传世人。」此道书所言是其本经也。唐开元中，尝校列其书为藏，凡三千七百四十四卷，目曰：「三洞琼纲」，经乱亡缺。宋初访求掇拾，多出七千余卷，去其重复犹三千七百三十卷。大中、祥符中，王钦若依诏刊补，洞真部、洞元部、洞神部、太真部、太平部、太清部、正一部，总四千三百九十五卷，撰著篇目上献，赐名《宝文统录》。又张君房所集《道书》凡四千五百六十五卷，崇观中增至五千三百八十七卷，撮其精要为《云笈七签》。今《三洞琼纲》及《宝文统录》书目皆不可见，《道藏》亦散亡，不及唐、宋之半矣。

考《酉阳杂俎》所载仙家符图如：《雌一玉简》、《四规明镜》、《五柱中经》、《飞龟帙》、《飞黄子经》、《鹿卢蹻经》、《含景图》、《卧引图》、《园芝图》、《木芝图》、《大隗新芝图》、《牵牛经》、《玉玺记》、《腊成记》、《玉案记》、《丹台记》、《日月厨食经》、《金楼经》、《三十六水经》、《中黄丈人经》、《协龙子鹿台经》、《玉胎经》、《官氏经》、《凤纲经》、《六阴玉女经》、《白虎七变经》、《九仙经》、《十上化经》、《摄提经》、《三纲六纪经》、《白子变化经》、《隐首经》、《入军经》、《泉枢经》、《赤甲经》、《金刚八迭经》、右凡卅六种。又《抱朴子》载道经如：《三星内文混成经》、《玄录》、《九生经》、《自然经》、《二十四生经》、《九仙经》、《灵十仙经》、《十二化经》、《九变经》、《老君玉历真经》、《墨子枕中五行记》、《温宝经》、《息民经》、《阴阳经》、《养生经》、《太平经》、《九敬经》、《甲乙经》、《青龙经》、《中黄经》、《太清经》、《通明经》、《按摩经》、《导引经》、《元阳子经》、《玄女经》、《素女经》、《彭祖经》、《陈赦经》、《子都经》、《张虚经》、《天门子经》、《容成经》、《入山经》、《内宝经》、《四规经》、《明镜经》、《日月临镜经》、《五言经》、《柱中经》、《灵宝皇子心经》、《龙跻经》、《正机经》、《平衡经》、《飞龟振经》、《鹿卢跻经》、《蹈形记》、《守形图》、《坐七图》、《观卧引图》、《含景图》、《观天图》、《木芝图》、《菌之图》、《内芝图》、《石芝图》、《大魄杂芝图》、《五岳图》、《隐守记》、《东井图》、《虚无经》、《牵牛中经》、《玉弥记》、《腊成记》、《六安记》、《平都记》、《定心记》、《龟文经》、《山阳记》、《玉策记》、《八史图》、《八宝经》、《左右契》、《玉历经》、《升天仪》、《九奇经》、《更生经》、《四衿经》、《食日月精经》、《食六气经》、《丹一经》、《胎息经》、《行气治病经》、《胜中经》、《石守摄提经》、《丹壶经》、《岷山经》、《魏伯阳内经》、《日月厨食经》、《步三罡六纪经》、《入军经》、《白虎七变经》、《道家地行仙经》、《黄白要经》、《八公黄白经》、《天师神气经》、《枕中黄白经》、《白子变化经》、《移灾经》、《厌祸经》、《中黄经》、《文人经》、《涓子天地人经》、《崔子文肘后经》、《神光占方来经》、《水仙经》、《尸解经》、《中遁经》、《行厨经》、《内视经》、《文始先生经》、《历藏延年经》、《南阙纪》、《协龙子记》、《九宫三五中经》、《宣常经》、《节解经》、《邹阳子经》、《玄洞经》、《玄示经》、《箕山经》、《鹿台经》、《小僮经》、《河洛内记》、《举形通成经》、《道机经》、《见鬼记》、《无极经》、《宫氏经》、《真人玉胎经》、《道根经》、《侯命图》、《反胎胞经》、《枕中清记》、《幼化经》、《询化经》、《金华山经》、《凤纲经》、《召命经》、《保神经》、《鬼谷经》、《凌霄子安神记》、《去邱子黄山公记》、《王子五行真要经》、《小饵经》、《鸿宝经》、《邹生延命经》、《安魂记》、《皇道经》、《九阴经》、《杂书录》、《银函玉匮记》、《金板经》、《黄老仙录》、《原都经》、《玄元经》、《日精经》、《浑成经》、《三尸集》、《呼身神治百病经》、《收山鬼老魅治邪精经》、《公五毒中记》、《休粮经》、《采神药治作秘法》、《登名山渡江海敕地神法》右凡一百六十四种。段成式所引互有异同，余多此书所不载，盖后出也。

又考《玉清隐书》，有《太山飞行九宸玉经》、《金简度命经》，称太常灵神都官中，有《金房度命回年之诀》。《八素经》称：西华宫有《琅简蕊书》。《本行经》称紫兰台有《琼文紫字》。太素三元宫有《云琼九变虎书》，洞天阳台有《玉佩金珰经》，太上六合紫房有《龙景九文紫凤书》，玄灵台有《五老宝经》，大有宫有《灵宝天书》。左慈于天柱山中得《九丹金液经》、《通幽记》，青童君授赵旭《仙枢龙席隐诀》五篇。紫阳真人周义方所授《龙跻经》、《三皇内文》（衍门子受）《芝图五行秘符》（赵佗子）黄素神方，五帝六甲，左右灵飞之书（黄先生），太素传左乙混洞东蒙之箓右庚素文摄杀之律，《太清上经》、《太丹隐书》、《九赤符金液丹经》、《九鼎神丹肓要紫书经》、《命青图紫度炎光内视图中经》，精金黄气之法，太空之术，阳精二道之要素，奏丹符上元真书，黄水月华西真法，玉童九气金书，秘字又黄气阳精，藏天隐月，黄素神方黄书，赤界长生之要，赤丹金精石景，水母玉胞藏青要紫书，金根众文玉清真诀：白简素箓紫度炎光夜照神烛，中黄之书《元羽玉经》，九天凤气玄邱，太真书《灵书紫文上经》、《琼华宝曜七晨素经》、《三元流珠经》，黄帝谒青邱，谒紫府先生，授《三皇箓》，还诣王屋启石函，得九鼎，无灵神丹诀。又游元圃，谒云台先生，授《龙跻经》，帝喾诣牧德之台，谒九天皇人，得宝质秘文，九化十变之书。又道书云：老君于东极碧之天，浮黎之国，书冥文于空书之林，成紫字之文，复授青童太君，灵书紫文。又《汉武内传》王母曰：子虽得五岳真形图，而无五帝六甲左右灵飞之录，太阴六丁，通真通灵玉女之录，太阳六戊招神天光策精之书，玄乙混沌东蒙之文，太庚素收摄杀之律，壬癸六遁隐地八术，丙丁入火赤班符六辛八金，致黄水月华之法，六巳石精金光藏景化形之方，子午卯酉八禀十诀六灵威仪，丑辰戌未地真素诀长生紫书，三五顺行，寅申巳亥紫度炎光，内视中方，凡缺此十二事者，何以召山灵，朝地神，摄总万精，驱策百鬼，束虎豹、役蛟龙乎？凡若此类漫衍诡怪，不可穷诘，大抵羽流侈谈，与释氏伪经等耳。

日月五帝五夫人

道书服日精月华之法：日初出时，东向叩齿九通，微咒日魂名，日中五帝字曰：「日魂珠景，炤绿摇映。回霞赤童、玄英飙象。」呼此十六字，日中五色，流霞入口中。月初出时，西向叩齿，微咒月魂名，月中五夫人字曰：「月魂暖箫，芳艳翳寥。婉虚灵兰，郁华结翘，淳金清莹，灵容素标。」呼此二十四字，月中五色，精光入口中。《宛委余编》曰姓张，名表，字长史。日中，青帝名圆长元，字照龙韬。赤帝名丹灵峙，字绿红映。白帝名皓郁将，字回金霞。黑帝名澄潛淳，字玄绿炎。黄帝名寿逸阜，字飙晖像，月姓文名申，字子光。月中，青帝夫人名娥隐珠，字芬艳婴；赤帝夫人名翳逸寥，字婉延虚；白帝夫人名弄素兰，字郁莲花；黑帝夫人名结莲翘，字淳属金；黄帝夫人名青营襟，字灵定客，二说不同如此。

女真

陶虚白《真灵位业图》载：女真位号曰九灵元真元君，曰紫虚元君，曰领上真司命南岳魏夫人，（讳存华，字贤安）曰入灵道母，曰西岳蒋夫人，曰北海六微玄青夫人，曰上真东宫卫夫人，曰北汉七灵石夫人，曰紫青上宫九华真妃，（姓安、晋时降于茅山。）曰紫虚左宫郭夫人，曰太极中华石夫人，曰太真王夫人，曰沧浪云林右英王夫人，曰朱陵北绝台上嫔管妃，曰方丈台昭陵李夫人，曰北岳上真山夫人，曰琼华夫人，曰三元马夫人，曰右华九成范夫人，曰紫微左宫王夫人，（讳清娥，字愈贤，王母第二十六女也。）曰长陵杜夫人，曰太微玄清左夫人，曰右阳王华仲飞姬，曰西华灵妃，名甑幽箫。曰后圣上保南极元君，曰紫元夫人，曰后圣上傅太素元君，曰东华玉妃，（名淳，文期青童之妹）。曰东宫中条王夫人，（桐柏真人别生妹）曰太和上真左夫人，曰西汉夫人，曰华山夫人，曰玉清神女（名房素）。

王母侍女：曰王上华，曰董双成，曰石公子，曰宛绝青，曰地成君，曰郭密香，曰于若宝，曰朱方明，曰张灵子。又，大帝宫官云林玉女贾屈妃，金阙宫女太保侯范法安，经命山伯牙叔平，东华宫女烟景珠，上元夫人侍女宋辟非、玄仙道君侍女范运华，赵峻珠，玉抱一，叶敬涤，凡此名字，固出羽流妄撰，然亦必有所本，特傅会成之耳。

三清

道家称元始天尊居玉清清微天，灵宝道君居上清禹余天，太上老君居太清大赤天，即化身老子者也。陶虚白《真灵位业图》则谓：玉清三元宫，上第一中位，上合虚皇道君，应号元始天尊；第二中位，上清高圣太上玉晨玄皇大道君，为万道之主；第三中位，太极金阙帝君，姓李，壬辰下教太平主；第四中位，太清太上老君，为太清道主，下临万民。不知所谓老子者，金阙帝君乎，太上老君乎？又三清三位，此则有四，而皆在玉清也。《雷霆玉经》云：浮黎元始天尊，玉清圣母元君，生长子为玉清元始天尊，第九子为高上神霄玉清真王长生大帝，不知此所谓长生大帝者，即金阙帝君否？其长子、九子之说，则又与释氏千佛兄弟同旨。《谱录》又云：第一度师上玄真明道君，即元始上皇丈人；第二度师无上玄老，即高上九天太上真王；第三度师金明七真，一在上清金相宫，一在上清金兰宫，一在上清丹台上宫，此皆上清三尊也。元始乃又有丈人之号，其所云第二、第三者，不知孰为灵宝太上也。《大有金书》又称：天宝君为大洞尊神，号玉清宫；灵宝君为洞玄尊神，号上清宫；神宝君为洞神，号太清宫。则又三清之别号矣。

《真灵位业图》：玉清上元宫上左位，五灵七明混生，高上道君，东明西华北玄南朱高上虚皇道君，玉清上元宫四道君，玉清中元宫紫清六道君，玉清下元宫高清四元君，玉清中散位一士君，右位紫虚高上元皇道君，洞虚三元太明玉道君，太素高虚上极紫黄道君，虚明紫兰中元高上停皇道君，三元上玄虚皇元晨君，三元四极上玄虚皇元灵君，三元晨中黄景虚皇元台君，三元紫映辉神虚生主真元胆君，玉玄太皇君，上皇道君，玉皇道君，清玄道君，玉天太乙君，太上虚皇道君，太上玉真保皇道君，玄皇高真太乙君，玉天太乙君，高上玉帝，右玉清镜，元始为主已下道君，皆得策命，学道号令，群真太微，天帝太受事，并不与下界相关。自九宫以上，太清以下，高真仙官，皆得朝宴焉。按此类名号，皆太史公所云：言不雅驯，搢绅先生，难言之也。

玉皇上帝

《本行经》：玉皇上帝初劫为光严妙乐国净德王太子，舍位修道。八百劫舍位复行忍辱，三千二百劫始证金仙，为清净自然觉王如来。又经亿劫，始证玉帝位。不知玉帝即元始天尊否？《道经》云：玉皇大帝为众仙天子，紫微大帝为众星天子，意即元始矣。

老子姓理

陈心叔《名疑》曰：李聃姓李，名耳字聃，一作聃，一作耽。《吕览》：「老耽贵柔」是也。《史记》云：老子名耳，字伯阳，以其「耳漫无轮」，号曰聃。《集真录》云：老子始生，母名之曰玄禄，字伯阳。《列仙传》云：老子谥聃。《吕氏春秋》：「舜染于许由、伯阳。」注云：「伯阳，老子也。」恐误。盖舜时伯阳别一人耳。王安石《许氏世谱》：伯阳，神农之后，佐尧舜有功，姓姜，则非老子明矣。又老子本皋陶之裔，世为理官，以理为姓，纣时有理征是也。古文理、李同。《路史》「理征事纣，抱道不合而死，其妻契利氏逃难伊侯之墟，命其子利贞姓李姓，老子赐二世祖也。利贞子仲师」。《左传类解》「晋里克」注云：商末理征孙仲师避难，改姓里氏，是理、李、理、里三姓同祖矣。《姓谱》、《北史》、《新、旧唐书》有谓老子生李下而得姓。有谓因乱食苦李而得姓；有谓因饥食李而得姓；有谓老子母李氏女，因母得姓；有谓老子生于李氏家因姓李，均妄也。

《前凉录》索诿云：元杲年七十二无妻，与邻人益寿氏野合，孕，十年而生老子，故世传老子母为益寿氏。《路云》：元杲娶洪氏，名婴敷，感飞星孕，十有二年折左腹而生老子，邑于苦之濑乡，濑即莱也，故又曰老莱子。《南唐书》世谱：元杲为周上御史大夫，聚益寿氏女，名婴敷，生老子；或云杲娶滕氏女元妙。《内篇》云：老子母无胥者，亦妄也。右说见《谈荟》。

涅槃经文字音传写讹误

余前据唐僧玄应《一切经音义考》梵字本四十七字，盖武进庄炘所校刻也。比声二十五字，舌根声，舌齿声，上腭声，舌头声，唇吻声，宜各有五字，而此遮、车、阇、膳、舌齿声只四字，疑脱一字。又唇吻声五字，婆字四见，亦有误。顷从僧徒借《涅槃经》阅之，但云吸气舌根随鼻之声长短，而无舌根、舌齿、舌头、上腭、唇吻之异，乃悟比声二十五字，分为舌根、舌齿、上腭、舌头、唇吻五声，及超声八字者，皆玄应之说，非经本文也。前在藏中听番僧诵经，皆在喉鼻间，无舌头、舌齿、唇吻之声，与《涅槃经》吸气舌根随鼻之声长短者正合。然则玄应所说，乃以中土字音解之，非西域本说也。唐人以前，陆法和辈大兴牙、齿、舌、唇、喉五声之说，故玄应附会解之，未尝身至西域，不知梵音与中土不同也，岂非大误耶？然则华严卅六字母，分牙、齿、舌、唇、喉等音，亦僧守温附会之说。明矣。吾人遍观内典者少，又未至西域亲听梵音，辄谓彼方之音为中土五音之祖，皆盲说也。然则玄应、守温以中土音解字母，字本皆非，学者不可不知。

南本《涅槃经·文字品》云：十四音名曰字，本变逐字解之，云阿者名为功德，伊者即是佛法，梵行广大，清净无垢。忧者于诸经中最上最胜。哑者即是诸佛法性涅槃。黳者谓如来义；乌者名烦恼义；炮者谓大乘义；庵者能遮一切不净物；痾者名胜，乘义；迦者于诸众生起大慈悲；呿者名非善友；伽者名藏？即是如来秘藏；俄者一切诸行破坏之相；遮者即是修义调伏一切众生；车者如来覆荫一切，众生譬如大盖；阇者是正解脱，无有老相；若者是知慧义；吒者于自浮提示，现半身而演说法；佗者法身具足；茶者是愚痴僧，不知常与无常；拏者非是圣义，譬如外道；多者如来于彼，告诸比丘，宜离惊畏；他者名愚痴义；陀者名曰大施，所谓大乘；那者三宝安住，无有倾动；波者名颠倒义，若言三宝，悉皆灭尽，当知是人自为疑惑；颇者是世间灾；婆者名佛十力名为重担，堪任负荷，无上正法；摩者是诸菩萨严竣制度；耶者是诸菩萨在在处处为诸众生说大乘法；罗者能坏贪欲，瞋恚愚痴，说真实法；罗者名声闻乘动转不住，大乘安固，无有倾动；和者如来世尊为诸众生，两大法雨；赊者远离三箭；沙者名具足义；娑者为诸众生演说，正法令，心欢喜；诃者名心欢喜，奇哉世尊离一切行，怪哉如来入般涅槃；罗者名曰魔义无量，诸魔不能毁坏如来。秘藏鲁、流、卢、楼如是四字，说有四义，谓佛法僧及以对法言吸气，舌根随鼻之声长短，超声随音解义，皆因舌齿而有差别。余按：《涅槃本经》以十四音为一切字本，而此所解，凡四十二字，不知十四音当何指也？又僧玄应所解音义与本经不同，《一切经音义》乃当时经本，不应有误，俟精内典者详之。

又考北本《涅槃经》无「文字品」三字，惟如来性品后云：有十四音名曰字本：恶者不破坏，故不破坏者名三宝，喻如金刚；阿者名阿阇黎于世间得名圣者；亿者即是佛性，梵行广大，清净无垢；伊者佛法微妙甚深难得；郁者于诸经中最上最胜，谓大涅槃；优者喻如牛乳诸味中上，如来之性亦复如是；哑者即是诸佛法性涅槃；野者谓如来义；乌者名烦恼义；炮者谓大乘义，于十四音是究竟义；阇者能遮一切诸不净物；阿者名胜乘义；迦者于诸众生起大慈悲；呿者名非善友；伽者名藏即是如来秘藏；嗵者如来常音；俄者一切诸行破坏之相；遮者即是修义，调伏一切诸众；车者如来覆荫一切，众生譬如大盖；阇者是正解脱，无有老相；膳者烦恼繁茂喻如稠林；若者是智慧义，知真法性；吒者于自浮提示现半身而演说，法喻如半月；咃者法身具足，喻如满月；茶者是愚痴僧，不知常与无常，喻如小儿；袒者不知师恩，喻如羖羊；拏者非是圣义，喻如外道；多者如来于彼，告诸比丘，宜离惊畏，当为汝等说微妙法；他者名愚痴义，众生流转，生死缠裹如蚕、蜣螂；陀者名曰大施，所谓大乘；弹者称颂功德，所谓三宝如须弥山，高峻广大，无有倾倒；那者三宝安住，无有倾动，喻如门阃；波者名颠倒义，若言三宝，悉皆灭尽，当知是人为自疑惑；颇者是世间灾，若言世间灾起之时，三宝亦尽，当知是人愚痴，无智违失圣旨；婆者名佛十力；滼者名为重担，堪任荷负，无上正法，当智是人、是大菩萨；摩者是诸菩萨严峻制度，所谓大乘、大般涅槃；耶者是诸菩萨在在处处为诸众生说大乘法；啰者能坏贪欲，瞋恚愚痴，说真实法；罗者名声闻乘，动转不住，大乘安固？无有倾动，舍者闻乘，精勤修集，无上大乘；啝者如来世尊为诸众生两大法雨，所谓世间咒术经书；奢者远离三箭；沙者名具足义，若能听受是大《涅槃经》，则为已得闻持一切大乘经典；娑者为诸众生演说正法，令心欢善；诃者名心欢喜，奇哉世尊离一切行，怪哉如来入般涅槃；茶者名曰魔义无量，诸魔不能毁坏，如来秘藏，鲁、流、卢、楼如是四字，说有四义谓佛法僧及以对法言对；法者随顺世间，如提婆达示现坏，僧化作种种形貌，色象为制戒故；智者了达不应于此而生怖畏，是名随顺世间之行吸气，舌根随鼻之声长短，超声随音解义，皆因舌齿而有差别。

右《涅槃经》本盖北本也。所解凡四十八字：恶、阿、亿、伊、郁、忧、哩、黟、乌、炮、庵、阿、迦、呿、咖、恒、俄、遮、车、阇、膳、若、叱、咃、茶、祖、拿、多、他、陀、陀、弹、那、波、颇、婆、耶、啰、罗、啝、奢、沙、娑、何、茶、鲁、流、卢、楼，内较南本多恶、亿、郁、恒、膳、弹六字，重一「茶」字，南本「忧」此作「优」，庵下痾字，此作阿。南本「和」此作「啝」，南本「赊」此作「奢」，盖传刻之误也。去「茶」字重复，正合四十七字，然则北本字数与唐僧玄应所见正同，恶字即裹，亿即一，黟即黳，啰即逻，玄应之本，「婆」字凡四见，盖一当作波，一为本字，其二则耶、啝二字之讹也。

识小录卷五

杨门六学士

杨升庵在滇，有张半谷（含）辈从游，时谓杨门六学士，以比黄、秦、张、晁诸人。含字愈光，余则杨宏山士云，王纯庵廷表，胡在轩廷禄，李中溪元阳，唐池南锜也。又有吴高河懋为七子，以拟廖明略。升庵谓七子文藻皆在滇南，一时盛事是也。《升庵集》中《己未六月病中诀李、张、唐三君》诗，有「魑魅御客八千里，羲皇上人四十年」之句。又朱日藩《射陂集》：「嘉靖己未在白下，人日悬升庵画家，与西域金大舆、东海何良俊吴门文伯仁、黄姬水、郭第，秣陵盛时泰、顾应祥烹茶焚香供之，作《人日草堂图》，各赋诗一首，书成邮致升庵，以志万里驰仰之意。而升庵以是年六月卒于永昌，不及见矣。」右事详阮亭《香祖笔记》，以比东坡惜身没南荒不生还耳。

太仓十子

《梅村文集》有《太仓十子诗序》：「十子者：周肇子俶，王揆端士，许旭九日，黄与坚庭表，王撰异公，王昊惟复，王忭怿氏，王曜升次谷，顾湄伊人，王摅虹友也。」梅村历序太仓诗人，言之甚详。盖自元至正之季，顾仲瑛筑玉山草堂，招诸名士倡和，而熊梦祥、卢昭、秦约、文质、袁华，所居在雅村、鹤市之间，皆州人也。明中叶，张沧洲以诗才重馆阁，与李茶陵相并而早死，名不甚传。桑民怿、徐昌国本六州人，家穿山与凤里，名成后徙去。至瑯琊、太原两王公而后大。两王没二十年后，十子出。然余考十子，大抵师法梅村，故诗皆以绵丽为工，悲壮为骨，中以端士、伊人、虹友为最。

卓忠贞公后人

明户部侍郎卓忠贞公敬靖难不屈，与方正学俱夷族，其子孙有脱者流寓仁和，从外家之姓，曰宋氏。万历中有为鸿胪寺鸣赞者名文炎，忠贞公七世孙也。既仕显乃复其姓，子孙复为浙之瑞安人。其子禺字海幢。吴梅村为作墓表。其子辛彝仕秘书院编修。又有卓尔康，字去病，发之字左车，俱以文章名。左车兼好释氏，俱见《梅村集》。

惜抱轩诗文

惜抱轩诗文，皆得古人精意。文品峻洁似柳子厚，笔势奇纵似太史公。若其神骨幽秀、气韵高绝处，如入千岩万壑中，泉石松风，令人冷然忘返，则又先生所自得也。或谓文学六一，余意不尔。集中文以记、序、墓志为最，铭辞不作险奥语，而苍古奇肆，音节神妙，殆无一字凑泊。昔范蔚宗自称其《后汉书》论赞，以为奇作，吾于先生碑铭亦云。

文章最忌好发议论，亦自宋人为甚。汉、唐人不然，平平说来，断制处只一笔两笔，是非得失之理自了，而感慨咏叹，旨味无穷。此盖文章深老之境，非精于议论者不能，东坡所谓绚烂之极也。先生文不轻发议论，意思自然深远，实有此意，读者言外求之。

诗以五古为最，高处直是盛唐诸公三昧，非肤袭貌取者可比。七古用唐调者，时有王、李之响；学宋人处时入妙境，尤不易得。七律工力甚深，兼盛唐、苏公之胜。七绝神俊高远，直是天人说法，无一凡近语矣。

五古中如《送演纶归里》、《邳州黄山》二首，俊逸神到，居然太白。《景州开福寺塔》一首岂逊盛唐诸公《慈恩寺塔》耶？他如《山寺题沈学子步屧寻幽图》、《赵北口舟中作》、《吴戍桥》、《南旺湖》、《岳麓寺遇刘朴夫》等作，神似崔、王。《田家》一首，虽学渊明，却近储太祝。《由桥头驿至长沙》一首，则步骤大谢；《九日渡湘水》一首，则小谢也。

七古中，《泖湖渔舍图》、《送朱子颖之淮南》、《送余伯扶重游武昌》等作，是东川、龙标逸篇。《酬胡君》、《唐伯虎匡庐瀑布图》、《赠沈方谷》、《唐伯虎赤壁图》等作，横逸之气，直逼太白。《万寿寺松树歌》、《沈石田画桧歌》、《赠钱鲁思》等作，则沉壮苍老，入少陵之室。若《元人〈散牧晚归图〉》、《延祐元年江西乡试卷》、《魏三藏菩提流支译〈金刚经〉拓本》、《新城道中书所见》、《唐人〈关山行旅图〉》等作，则东坡得意之篇，真杰作也。

七律中全篇如古意效西昆体《出塞》、《南朝》、《金陵晓发》、《河上杂诗》、《彰德怀古》、《吊王彦章》、《怀刘海峰》、《怀王禹卿》、《临江寺塔》等作，皆沉雄高浑，调响气劲，唐音之尤者。若《清苑》、《望郎山漫兴》、《泥汊阻风》、《谢简斋惠黄精》诸作，则又苏、黄妙谛也。佳句尤多，摘录于左。七言如：「伊阳风雨从中出，洛下山川向北多。」「行穷南汶山初见，吟到澄江叶尽飞。」「斜阳万里背人去，落叶千声与客悲。」「寒吹满空云出塞，暮天无色日平关。」「寒朝不隔中原望，白日遥悬大海流。」「沧海雾摇孤月上，青天影合二流来。」「中原日落关城白，西楚河来天地黄。」「春草不知韩信垒，秋风曾到项王台。」「千秋遗迹寻黄石，一片寒阳下白楼。」「屠市故人从偶语，屏风侍史不知名。」「紫陌莺花故人陕，黄河风雨郡城楼。」「归人夜夜听山雨，落雁声声下郡楼。」「尽室相看浮汶去，数山如画入船来。」「贾舶霾云吹暗浪，佛图悬日照空矶。」「藏史著书归苦县，祠官侍礼在甘泉。」「安定有城名第一，陇西出将每无双。」「十月清霜天地肃，一江空水古今寒。」「南国市朝非曩日，西风阑槛又经年。」五言如：「水淡松兹郭，月生天柱峰。」「河水流中国，寒阳下塞门。」「连峰勃海外，流亩穆陵西。」「筒水浇青圃，檜风陨白花。」「单车度淇水，秋雨绿王刍。」「闭门生径草，空砌堕邻花。」「风丝垂缢女，雨蔓长牵牛。」「连朝江路冷，数点岸花春。」「帆势遥投戍，涛声故近人。」右凡数十联，皆精深华妙。七言绝句如：《送人往郢出湖口》、《淮上有怀》、《留别扬州诸君》、《湘阴江上》、《送吴殿麟》诸首，在唐人中犹为高作。若《黄河曲》二首，则「黄河远上」之亚。秦汉宫辞，即似龙标；《竹枝》等篇，何殊梦得？若在明贤中，使王、李见之，能不击节耶！

梅村言诗

梅村言：「晚近诗家，好推一二人以为职志，靡天下以从之，而不深惟源流之得失。有识慨然，思拯其弊，乃訾謷排击，尽以加往昔之作者；而竖儒小生，一言偶合，得躐而跻于其上，则又何以称焉？」此有为而言。所谓「晚近诗家，好推一二人」，盖指剽窃王、李之辈；所谓「有识」即指牧斋；「竖儒小生」，盖指程孟阳也。又云：「即以瑯琊王公之集观之，其盛年用意之作，瑰词雄响，既芟抹之殆尽；而晚岁隤然自放之言，顾表而出之，以为有合于道。诎伸颠倒，取快异闻，斯可以谓之笃论乎？」如此，即直斥牧翁议论之不公允矣，观此文，可见钱、吴二公之同异。

又作《龚芝麓诗序》云：「牧斋深心学杜，晚更放而之于香山、剑南。其《投老》诸作为几工。既手辑其全集，又出余力以为博综二百余年之作，其推扬幽隐为太过，而矫时救俗以至排诋三四钜公，即其中未必自许为定论也。」又《与宋尚木论诗书》，论竟陵、云间之得失甚至。可见牧斋之偏论，当时钜公至好，亦已非之，不待阮亭始排之于身后也。

梅村送浮屠文

儒者作送浮屠文字，昌黎而外，惟欧公最善，此外率皆乱道。梅村诗人，于文章本非作家。其于儒者之学，既无所得；于佛法亦属影响之间。其生平皈奉佛法，盖沧桑身世之感，有托而遁，与牧斋同旨，非真能知佛法者也。集中《赠炤如序》一篇，言论乖谬，令人齿冷，此等文不作可也。

史纠

明季太仓朱明镐作《史纠》，谓陈寿《三国志》有四阙：不志历学，不传列女，不搜高士，不采家乘，在史法宜增。其论南北朝也，谓蜀、魏、吴、晋之志，入于《宋书》，梁、陈、齐、周之志，入于《隋书》，在史法宜改。于《唐书》，则欧阳主记志及表，宋主列传，一书之内，矛盾异同。宋仁宗命裴煜等五臣从容较勘，不闻一言之厘正，故修《唐书》者其病在分。于《宋史》则孝宗本纪编年纪事，前后乖错，最为不伦。诸臣列传诠次缪乱，几有七失。盖元顺帝求成书之速，不三年而宋、辽、金三史告竣，皆仰成于脱脱之手。故修《宋史》者，其病在易。

右所论识皆甚正。所著有《书史异同》、《新、旧唐书异同》二书先成；其余，曰钞月撮，曰史典、史几、史略、史风、史游、史嘉、史芸、史异、史最、史俳、史鉴、史粲，凡十二种。

说苑诸义

刘向《说苑》引古事多误，如齐景公伏尸哭晏子；晏子没十七年，景公饮大夫酒；司城子罕相宋，逐君（《君道篇》）；阳虎得罪于卫，北见简子（《复恩篇》）；介子推相荆（《尊贤篇》）；咎犯见晋平公（《正谏篇》）；齐景公饮酒至司马穰苴家（同上）；晋平公三年亡国（《权谋篇》）；晋胜智氏，明年阖庐袭郢（同上）；汤谋伐桀，不供贡职（同上）；叔向杀苌宏（同上）；秦始皇欲禅天下（《至公篇》）；仲尼见梁君（《立节篇》）。按：春秋梁亡在孔子前，战国之梁在孔子后）之类，不特王伯厚《困学纪闻》及汝上王氏（模）所举数条，盖各据所见录之，古人阙疑之义也。二王氏讥其诋悟，此不足为子政病。其书称引广博，崇德尚礼，有本有末，《谈丛》中尤多名理，子书中最为驯雅者矣。至于天人性命之际，道德精微之辨，则固有不及宋儒之精者。曾子固作序论之，乃识见特著，未为不中也；特以其身心处功夫少而务谈其外，以为枉己而为之，又不著其忠直之美，遂为后人所疑。明人何良俊乃辨之，谓言道不必数数于精微之际，可谓陋矣。盖何氏第知搜葺为长，于义理全无所晓，故其言如此。然为此议论最易惑人，以其浅而便于好务外者。近世考据家专以此类谬说为正，动即借口以自文，其不明义理，害于人心学术，非小故也。子固本逆虑后世人必有此议，故著《序》论其非以防敝，非于子政有所寄也。读者不解前人深意，若以子固为好攻驳古人者，抑何其浅妄之甚哉！

《尊贤篇》：「贤圣之接也，不待久而亲；能者之相见也，不待试而知矣。故士之接也，非必与之临财分货，乃知其廉也；非必与之犯难涉危，乃知其勇也。举事决断，是以知其勇也；取有让，是以知其廉也。故见虎之尾而知其大于狸也，见象之牙而知其大于牛也。一节见则百节知矣。」此观人之法。

伯牙鼓琴，「方鼓而志在泰山，少选之间而志在流水」，「少选」二字始见此。

「魏文侯见段干木，立倦而不敢息。及见翟璜，踞堂而与之言。翟璜不悦。文侯曰：『段干木官之则不肯，禄之则不受，今汝欲官则相至，欲禄则上卿，既受吾赏，又责吾礼，毋乃难乎？』」甚矣，赏之不可受也。为士者不可以不知。

《敬慎篇》：「官怠于宦成，病加于少愈，祸生于懈惰，孝衰于妻子。」曾子谓曾元语。

《善说篇》：鄂君子晳泛舟，越人拥楫而歌曰：「滥兮抃，草滥予，昌枑泽予，昌州州，𩜱州焉乎？秦胥胥，缦予乎？昭澶秦逾，渗惿阿湖。」鄂君不解，乃召越译，楚说之曰：「今夕何夕兮，搴洲中流。今日何日兮，得与王子同舟。蒙羞被好兮，不訾诟耻。心几顽而不绝兮，知得王子。山有木兮木有枝，心说君兮君不知。」鄂君「乃㩉修袂行而拥之，举绣被而复之。」余按：乐府古辞中如「朱邪」、「妃呼豨」等，皆不可解，盖古歌本声，即此越歌之类也。其辞不知云何，后世拟乐府者，乃并此类字用之以为声，使古人译之，岂不可笑耶！

《奉使篇》：「越使诸发执一枝梅遗梁王」，此事在陆凯折梅之前，世人少用。

孟子云：「秦楚构兵」，《奉使篇》：「秦……毂兵」。按：古读「毂」字音与「构」近，毂兵即构兵也。

「贞良而亡，先人余殃；猖蹶而活，先人余烈。」……篇》。

新序多与说苑异

《新序》所引楚共王逐申侯，晋文公遇栾武子，叶公……问乐王鲋之类，王伯厚讥之，以为引事失实。余按：其中如赵简子上羊肠之坂，群臣推车……虎会独不推，而《说苑》以为晋文侯，「虎会」作「随会」。晋平公浮西河，船人固桑进曰……《说苑》以为赵简子，固桑作古桑。燕相得罪将出亡，责士之不足养。大夫进曰：「财者君……所轻，死者士之所重也」。《说苑》以为宗卫相齐遇逐，门尉田饶对之云云，其辞亦多不同……晋侯赏从亡者，介之推作《龙蛇之歌》，《说苑》既同载之，又以为舟之侨。凡如此类舛……不知孰是？大约汉人质直，意重在其事之善恶，取言足为法戒而已，固不暇斤斤而考较之……今世儒者，但用功于彼此同异之末，而忘其立言之本旨，自以为善读书而轻诋訾古人者，……政之所讥哉？

《新序》本三……今存只十篇，曾子固作序，惜其二十篇不可得见。余观此书，大要与《说苑》相出入，不可……政作此孰为先后。然其精要，《说苑》皆已载之，疑即《说苑》之稿本，后乃删取成之耳。《……苑》首尾备具，条理秩然，实胜《新序》，不独以其残完之异也。

中和颂

常璩《华阳国志》云：「蜀自汉兴，至于哀平，皇德隆熙，牧守仁明，宣德立教，风雅英伟之士，命世挺生，感于帝恩，于是玺书交驰于斜谷之南，玉帛践乎梁益之乡，而西秀彦盛，或龙飞紫闼，允陟璇玑；或盘桓利居，经纶皓素。故司马相如耀文上京，扬子云齐圣广渊，严君平经德秉哲，王子渊才高名隽，李仲元湛然岳立，林翁孺训诰互远，何君公谟明弼谐，王延世著勋河平；其次杨壮、何显得意之徒，恂恂焉，斯盖华岷之灵标，江汉之精华也。故益州刺史王襄悦之，命王褒作《中和颂》，令胄子作《鹿鸣》声歌之，以上孝宣帝。帝曰：此盛德之事，朕何以堪之？即拜为郎。」

按：王褒作颂在宣帝时，所数诸人，自扬子云以下，皆在其后。《汉书·王褒传》：益州刺史王襄「闻褒有俊才」，「使褒作《中和》、《乐职》、《宣布诗》，选好事者令依《鹿鸣》之声习而歌之。时汜乡侯何武为僮子，选在歌中。久之，武等学长安，歌太学下，转而上闻。宣帝召见武等观之，皆赐帛，谓曰：「此盛德之事，吾何足以当之！」褒既为刺史作颂，又作其传。」师古注曰：颂「即上《中和》、《乐职》、《宣布诗》也。」其诗不传，与其下《圣主得贤臣颂》盖异。

陈蕃悬榻

陈蕃悬榻之事，世皆知为徐稚，不知自有两事。《蕃本传》云：「再迁为乐安太守。」「郡人周璆，高洁之士。前后郡守招命莫肯至，唯蕃能致焉。字而不名，特为置一榻，去则悬之。璆字孟玉，临济人，有美名。」此事世罕言之。由徐孺子名高，其著又见《世说》，文人多好读之，少检《蕃传》者。其用入文章则自王子安始。徐孺子，南昌人。蕃为豫章太守，亦有悬榻之事。子安作《滕王阁序》，正用本地故事也。蕃先为乐安太守，后至豫章，则周璆事乃在其先也。

渭阳情

世称甥舅为「渭阳」，本《世说》，袁湛谓谢绚父子「世无渭阳情」也。按《后汉书·马防传》：肃宗诏曰：「舅氏一门，俱就国封，四时陵庙无助祭先后者，朕甚伤之。其令许侯思愆田庐，有司勿复请，以慰朕『渭阳』之情」。盖用重耳事始此。

杜诗

七律诗，五六两句最难工，以上四句雄骏直下，至此力竭，气难转运故也。昔人论此，推义山《马嵬》一首，其五六云：「此日六军同驻马，当时七夕笑牵牛」，盖用逆挽法也。然此法亦本少陵。《诸将》第一首云：「见愁汗马西戎逼，曾闪朱旗北斗殷」。第二首云：「胡来不觉潼关隘，龙起犹闻晋水清。」义山实本于此。盖以锁上斗转，更开收结，章局既变化，而气骨益见开拓，此等当从《国策》、《史记》来。如《史记》叙荆轲刺秦王一篇，而「秦法」云云忽然拓开，即此法也。

太白《登谢朓楼》诗末云：「人生在世不称意，明朝散发弄扁舟。」杜《暮归》诗末云：「年过半百不称意，明日看云还杖藜。」语意极相似，而气象迥然不同，李则豪放，杜则悲壮也。

杜七律当以《诸将》第一，《秋兴》次之，《咏怀古迹》又次之。若《白帝城最高楼》及《暮归》二首，虽是拗体，而雄炼自然，老横无敌，笔力真可以屈铁，无一弱字，岂非空前绝后？后来得此种奡兀之妙者，惟山谷一人而已。东坡亦间有之，而沉雄不及，惟得此横放耳。少陵《赠太常张卿垍》诗起云：「方丈三韩外，昆仑万国西。建标天地阔，诣绝古今迷」四语，《钱笺》谓：「垍尝求致宝符，得膺主眷，意主含讽。」《朱注》谓：「垍由尚主身贵，得接禁掖，意主夸美。」浦二田则是朱而非钱，家惜抱伯祖两非之，而别取须溪，云称其出使绝域。余意此皆过泥，其实不然也。杜公此诗，通首贡谀之词，不遗余力，初不必切定张垍。此四句，特比兴体，不过颂其声价之高远，气概之阔大耳。五六两句，方从其身关到官位恩宠上，意甚明了。解者必拘拘求事以实之，殊牵率无味，并此诗雄阔之气失之矣。

陈平盗嫂

古人以盗嫂诬者有二：一陈平。平本与嫂恶，而兄出其嫂者。一第五伦。章帝尝以诘之，伦曰：「我乃无兄。」此二事也，世多混用之。明刘希尹词曰：「把我这没嫂嫂的陈平，也串下一个招误也。」

栈道三关

王阮亭《秦蜀驿程后记》云：栈道有四：从成、和、阶、文出者为沓中阴平道，邓艾寇蜀由之；从两当出者为故道，汉高攻陈仓由之；从城固、洋县出者为斜骆道，武侯屯渭上由之；从褒、凤出者，为今云栈道，汉王之南郑由之。余所经历谷中惊湍飞栈，鸟骇兽逸，殊有孙樵之赋不及详者。其他三道险隘又可想见。因忆李供奉云：「迩来四万八千岁，不与秦塞通人烟。」欧阳四门云：「秦虽有心，蜀虽有情，五万年间，复不相接」，近实录也。下岭次褒城县。褒城，古褒国，禹封其子为褒侯，都此。元微之诗「花疑褒女笑，栈想武侯征」是也。又云：自风陵𡍼渡黄河，抵潼关陕西境。

同年杨临淄树滋（端本），潼人也，作关志，有《兵略》一卷，述古攻守得失之故甚具。其言曰：入关有三道：潼，入关之正道也。商武关，入关之孔道也。汉祖破秦由此入咸阳。朝邑，古临晋地，自夏阳至关，平旷百里，大河易渡。汉祖往来关中，尝由临晋；七国反，亦欲兵由此入，入关之隙道也。韩邦靖曰：「一方不靖，三险俱失」，诚哉是言。然武关万山险阻，一将偏师，可以无虞；朝邑虽平旷百里，命将建营，中路设炮数十，南北巡守，大河即天堑也。若潼关之守，则禁沟（在关城南三十里，一曰禁谷，一曰禁坑。）最为要地。昔黄巢从禁坑陷关，近李自成亦由禁坑破关，非「一方不戒，三险俱失」之明验欤？此设险者所当知，故备录之。

刘文房诗

「天涯片云去，遥指帝乡忆。惆怅增暮情，潇湘复秋色。扁舟宿何处，落日羡归翼。万里无故人，江鸥不相识。」此刘文房《晚泊湘江怀故人》诗也。又一首题作《桂阳西洲晚泊古桥村怀人》云：「洛阳离别久，江上心可得。惆怅增暮情，潇洲复秋色。故山隔何处，落日羡归翼。沧海空自流，白鸥不相识。悲蛩满荆渚，辍棹徒沾臆。行客念寒衣，主人秋夜织。帝乡片云去，遥指千里忆。南路随天长，征帆杳无极。」余谓二诗不当重复若此，当是本作后一首，既从删改耳。

娇客

今人称女婿为娇客，此非佳语也。《老学庵笔记》云：秦桧有十客，曹冠以教其孙为门客，王会以妇弟为亲客，郭知运以离婚为逐客，吴益以爱婿为娇客，施全以利刃为刺客，卞异以出入其家为狎客，曹诔以献计取媚为说客，此为九客耳。秦既葬其亡父于建康，有蜀人史叔夜者，怀鸡絮号恸墓前，其家人喜，因厚遗之，遂为弔客，足十客之数。（管小异云：计上所引共只八客，恐有脱误。）

释氏经卷

余未睹藏经全部，仅就诸家目录中校其卷数，而学士大夫所传习者，不过数十种耳。顷闻唐人《一切经音义》中多世所未见之本。暇日记其卷目于左，惜客中无隋唐史及《通志》得以考其同异也。

《大方广佛华严经》五十八卷　《大方等大集经》二十九卷　《大集日藏分经》十卷　《大集月藏分经》十卷　《大威德陀罗尼经》十九卷　《法炬陀罗尼经》二十卷　《大般涅槃经》四十卷　《摩诃般若波罗密经》四十卷　《放光般若经》三十卷　《光赞般若经》十卷　《道行般若经》十卷　《小品般若经》八卷　《明度无极经》四卷　《长安品经》五卷　《胜天王般若经》七卷　《仁王般若经》二卷　《金刚般若经》（无卷。凡三本：一本冲法师译，一本菩提留支译，一本真谛法师译。）　《菩萨见宝三昧经》十四卷　《贤劫经》十三卷　《华手经》十二卷　《大灌顶经》十二卷　《菩萨缨络经》十二卷　《佛名经》无卷　《月灯三昧经》十卷　《十住断结经》十卷　《观佛三昧海经》八卷　《五千五百佛名经》五卷　《大方广十轮经》三卷　《大方便报恩经》七卷《宝云经》六卷《金光明经》五卷《大云经》四卷《密迹金刚力士经》五卷《菩萨处胎经》五卷《大集贤护菩萨经》四卷《大方等陀罗尼经》四卷《海龙王经》四卷《央掘魔罗经》四卷《观察诸法行经》四卷《七佛神咒经》四卷《菩萨本行经》上、中、下三卷《称扬诸佛功德经》上、下二卷《力庄严三昧经》上、下二卷《须真天子经》上、中、下三卷《般舟三昧经》上、中、下三卷《等目菩萨所向经》上、下二卷《密迹金刚力士经》（、疑重出）《东方最胜灯王如来经》《成具光明定意经》《太子须大拏经》《太子墓魄经》《须赖经》《金色王经》《独证自誓三昧经》《摩诃摩耶经》《如来方便善巧咒经》《胜鬘经》《须摩提经》《梵女首意经》《月明菩萨经》《灭十方冥经》《出生菩提心经》《普门品经》《心明经》《不思议光菩萨所说经》《文殊师利向菩萨署经》《德光太子经》《施灯功德经》《菩萨诃色欲经》《人本欲生经》《不必定入印经》《魔逆经》《济诸方等学经》《菩萨行五十缘身经》《弥勒菩萨所问本愿经》《坚固女经》《演道俗经》《宝纲经》《百佛名经》《观无量寿经》《不空羂索经》《观药王药上二菩萨经》《请观音经》《十一面观世音经》《观世音菩萨授记经》《鹿母经》《鹿子经》《除恐灾横经》《温室洗浴众僧经》《四不可得经》《诸德福田经》《虚空藏菩萨所问持几福经》《菩萨投身饿虎起塔因缘经》《频毗娑罗诣佛供养经》《萨罗国经》《天土太子辟罗经》《阿弥陀鼓音声陀罗尼经》《八阳神咒经》《幻士仁贤经》《后出阿弥陀偈》（以上皆无卷）《妙法莲华经》八卷（三藏法师玄奘译）《正法华经》十卷 《悲华经》一卷 《大悲分陀利经》五卷 《大方等大集菩萨念佛三昧经》十卷 《念佛三昧经》三卷 《楞伽阿跋多罗宝经》四卷 《入楞伽经》九卷 《大萨遮尼乾子经》四卷 《菩萨行方便境界神通变化经》上、中、下三卷 《大般泥洹经》六卷 《大哀经》七卷 《虚空藏经》八卷 《阿差末经》七卷 《无尽意经》四卷 《宝女经》上、下二卷 《菩萨净行经》上、下二卷 《无言童子经》上、下二卷 《伅真陀罗所问经》 《持世经》三卷 《宏道广显三昧经》四卷 《阿耨达龙王经》（无卷）《普超三昧经》上、下二卷 《阿阇世王经》上、下二卷 《等集众德三昧经》上、中、下三卷 《集一切福德经》上、中、下三卷 《广博严净不退转经》二卷 《佛说阿惟越致遮经》上、中、下三卷 《胜思惟梵天所问经》六卷 《思益梵天所问经》四卷 《持心梵天所问经》四卷 《度世经》六卷 《渐备经》五卷 《十住经》二卷 《如来兴显经》三卷 《罗摩伽经》上、下二卷 《菩萨本业经》（无卷） 《诸菩萨求佛本业经》（无卷） 《道神足无极变化经》四卷 《宝如来三昧经》上、下二卷 《四童子经》上、下二卷 《方等般泥洹经》上、下二卷 《哀泣经》上、下二卷 《慧上菩萨问大善劝经》上、下二卷 《文殊师利现宝藏经》上、中、下三卷 《维摩诘经》上、下二卷（一名《佛法普入法门三昧经》） 《奋迅王菩萨所问经》 《大庄严法门经》上、下二卷 《顺权方便经》上、下二卷 《乐缨络庄严方便经》 《大云轮请雨经》 《大云请雨经》 《大方等大云请雨经》 《德护长者经》上、下二卷 《月光童子经》 《申日经》 《善思童子经》上、下二卷　《大方等项王经》　《法镜经》上、下二卷　《郁伽长者所问经》　《郁伽罗越问菩萨行经》　《无量清净平等觉经》上、下二卷　《阿弥陀经》上、下二卷　《无量寿经》上、下二卷　《虚空孕经》上、下二卷　《虚空藏菩萨经》　《虚空藏菩萨神咒经》　《弥勒成佛经》　《弥勒来时经》　《无量寿佛经》　《药师本愿经》　《正恭敬经》　《离垢施女经》　《无垢施菩萨分别应辨经》　《无畏德女经》　《阿阇世王女阿术达菩萨经》　《尊胜菩萨陀罗尼经》　《第一义法胜经》　《大威灯光仙人问经》　《龙施菩萨本起经》　《菩萨睒子经》　《了本生死经》　《稻秆经》　《无所希望经》　《象腋经》　《一切法高王经》　《佛遗日摩尼宝经》　《胎藏经》　《无垢贤女经》　《无量门微密持经》　《阿罗目佉陀罗尼经》　《无量门破魔陀罗尼经》　《舍利佛陀罗尼经》　《一向出生菩萨经》　《前世三转经》　《太子刷护经》　《善法方便陀罗尼经》　《金刚秘密普门陀罗尼经》　《华积陀罗尼经》　《华聚陀罗尼经》　《解节经》　《放钵经》　《拔陂经》　《孔雀王咒经》　《兜沙经》（此译《云行业经》）　《大乘律》（单本）　《优婆塞戒经》六卷　《佛藏经》（不计卷）　《大方广三戒经》二卷　《宝梁经》二卷　《梵网经》二卷　《菩萨藏经》（无卷）　《法律三昧经》　《菩萨内戒经》　《净业障经》　《文殊净律经》（俱无卷）　《大智度论》一百卷　《般若灯论》十三卷　《大庄严经论》十五卷　《摄大乘论》十五卷　《十住毗婆沙论》十四卷　《大乘庄严经论》十卷　《十地论》八卷　《地持论》十卷　《菩萨普戒经》九卷　《菩提资粮论》二卷　《宝性论》

三卷 《佛阿毗昙》上、下二卷 《百论》上、下二卷 《发菩提心论》上、下二卷 《三俱足论》 《宝髻菩萨经论》 《十二门论》 《缘生论》 《正法念经》六十八卷 《中阿含经》六十卷 《增一阿含经》五十卷 《杂阿含经》四十八卷 《长阿含经》二十二卷 《别译阿含经》二十卷 《贤愚经》十六卷 《起世经》十卷 《杂宝藏经》八卷 《普曜经》七卷 《修行道地经》五卷 《生经》五卷 《阴持入经》上、下二卷 《中本起经》上、下二卷 《兴起行经》上、下二卷 《达磨多罗禅经》上、下二卷 《义足经》上、下二卷 《毗耶娑问经》上、下二卷 《那先比邱经》上、下二卷 《般泥洹经》 《五百弟子自说本起经》 《僧护因缘经》 《奈女祇域经》 《处处经》 《胞胎经》 《过去佛分卫经》 《八师经》 《含头谏经》 《大迦叶本经》 《楼炭经》五卷 《妇人遇辜经》 《大般涅槃经》上、下二卷 《辩意长者子所问经》 《佛般泥洹经》 《四自侵经》 《普法义经》 《七女经》 《所欲致患经》 《梵网六十二见经》 《遗教经》 《寂志果经》 《解怠耕者经》 《梵志阿跋经》 《优填王经》 《七佛父母姓字经》 《佛入涅槃金刚力士哀恋经》 《梵志颇罗延问种尊经》 《佛灭度后金棺葬送经》 《阿罗问士佛吉凶经》 《罗云忍辱经》 《阿罗分别经》 《四辈经》 《罪福报应见正经》 《业报差别经》 《摩诃迦叶度贫女经》 《五母子经》 《中心经》 《阿遬达经》 《龙王兄弟经》 《玉耶经》 《沙曷比邱功德经》 《盂兰盆经》 《树提伽经》 《杂藏经》 《卢至长者经》 《须摩提长者经》 《饿鬼报应经》 《瑠琉王经》 《灯指因缘经》 《力士移山经》《谏王经》《大爱道般泥洹经》《五王经》《波斯匿王太后崩尘土坌身经》《末罗王经》《四谛经》《佛大僧大经》《阎罗王五天使者经》《邪祇经》《长寿王经》《时非时经》《阿那律八念经》《梅桧树经》《魔娆乱经》《新岁经》《赖托和罗经》《贫穷老公经》《梵魔喻经》《自爱经》《鹦鹉经》《转轮五道罪福报应经》《未生怨经》《七处三观经》《十八泥犁经》《比邱听施经》《泥犁经》《马有八态譬人经》《罪业报应教化地狱经》《迦旃延说法没尽偈经》(以上无卷)《过去现在因果经》小乘重译三卷《太子本起瑞应经》上、下二卷《阿兰若习禅法经》上、下二卷《修行本起经》上、下二卷《摩登伽经》上、中、下三卷《四分律》六十卷《十诵律》六十卷《僧起律》四十卷《五分律》三十卷《善见律》十八卷(以下小乘律论。)《鼻柰耶律》(一名《因缘经》)十卷《摩德勒伽律》八卷《萨婆多毗尼毗婆沙》九卷《大爱道比邱尼经》上、下二卷《大比邱威仪》上、下二卷《优婆塞五戒相经》《优婆塞五戒威仪经》《舍利弗问经》《戒消灾经》《解脱戒本》《僧祇戒本》《四分戒本》《十诵戒本》《弥沙塞戒本》《比邱尼羯磨》《四分比邱尼戒本》《僧祇比邱尼戒本》《十诵比邱尼戒本》(以上三种戒本亦称羯磨)《沙弥威仪经》《沙弥尼离经》《阿毗昙毗婆沙论》五十五卷《迦旃延阿毗昙论》三十卷《舍利弗阿毗昙论》二十卷《俱舍论》二十一卷《出曜论》十九卷《成实论》十四卷《解脱道论》十卷《杂阿毗昙心论》十一卷《立世阿毗昙论》十卷《尊婆须密所集论》

七卷　《法胜阿毗昙论》六卷　《四谛论》四卷　《阿毗昙心论》四卷　《分别功德论》四卷　《十八部论》　《明了论》　《随相论》　《佛本行集经》六十卷　《撰集百缘经》七卷　《陀罗尼杂集经》十卷　《六度集》八卷　《佛本行赞经》六卷　《付法藏传》六卷　《佛所行赞》五卷　《治禅病秘要经》三卷　《禅秘要法》二卷　《禅法要解》上、下二卷　《治禅病秘要法》　《百喻集》四卷　《菩萨本源集》三卷　《四阿含暮抄》上、下二卷　《法句经》上、下二卷　《旧杂譬喻经》上、下二卷　《杂譬喻经》　《孛经抄》　《思维略要经》　《佛医经》　《分别业报略集》　《龙树为禅陀迦王说法要偈》　《无明罗刹经》上、下二卷　《四十二章经》　《宾头卢为优陀延王说法经》　《宾头卢为王说法》　《阿育太子法益坏目因缘经》　《马鸣菩萨传》　《提婆菩萨传》　《婆薮槃豆传》　《大菩萨藏经》二十卷　《大乘十轮经》七卷　《说无垢称经》六卷　《解深密经》五卷　《分别缘起经》上、下二卷　《能断金刚般若经》　《菩萨戒本》　《称赞净土经》　《佛地经》　《示教胜军王经》　《如来记法住经》　《六门陀罗尼经》　《般若多心经》　《瑜珈师地论》一百卷（大乘论）　《显扬圣教论》二十卷　《对法论》十六卷　《摄大乘论》十卷　《广百论》十卷　《佛地经论》七卷　《掌珍论》上、下二卷　《王法正理论》　《大乘成业论》　《正理门论》　《大乘五蕴论》　《阿毗达磨俱舍论》二十九卷（小乘律）　《阿毗达磨顺正理论》八十卷右共四百三十五种，有卷数者凡九十种。唐贞观中，沙门玄应奉敕撰音义，与陆德明《经典释文》同例。意当时释藏经未必止此，此特玄应所已撰释者耳。其卷数特就其书音释所及者录之，未足为定也。

胡元瑞云：六藏经四千五十余卷（卷疑作部），而诸家书目所载，仅存百数十种，盖唱偈疏忏等，于文义相远，不得尽收也。然以西天经总较之，直百之一耳。因录此广异闻，不必论其有无。

《涅槃经》四千八百卷，四十卷在唐。《菩萨经》一部，二千一百卷，三十六卷在唐。《虚空藏经》一部四百卷，二卷在唐。《首楞严经》一部一百一十卷，三卷在唐。《恩义经大集》一部五十卷，四卷在唐。《决定经》一部一百四十卷，四卷在唐。《宝藏经》一部一百四十卷，二卷在唐。《华严经》一部二万三千卷，八十一卷在唐。《李真经》一部九十卷，三卷在唐。《大般若经》一部一千六百卷，六卷在唐。《金光明品经》一部一千卷，十卷在唐。《维摩经》一部一百七十卷，十二卷在唐。《金刚经》一部一百卷，一卷在唐。《正法轮经》一部一百二十卷，二卷在唐。《佛本行经》一部一千二百卷，三卷在唐。《摩羯经》一部三百五十卷，四十卷在唐。《五龙经》一部三十二卷，二卷在唐。《大集经》一部一千二百卷，三卷在唐。《法华经》一部一百卷，十卷在唐。《瑜珈经》一部一百卷，三卷在唐。《宝常经》一部一千卷，七十卷在唐。《西天论经》一部三千三百卷，三卷在唐。《僧祇经》一部五百七十卷，十卷在唐。《西天佛国杂经》一部九千五百卷，三十卷在唐。《起位论经》一部二千卷，五十卷在唐。《未曾有经》一部一千五百卷，五十卷在唐。《三论别经》一部二百七十卷，十二卷在唐。《大智度经》一部一百八十卷，十卷在唐。《宝藏经》一部四千五百二十卷，一百四十卷在唐。《本阁经》一部八百五十卷，二十卷在唐。《正律文经》一部二千卷，十卷在唐。《因名论经》一部二千二百卷，五十卷在唐。《难识论经》一部一百卷，十卷在唐。《具舍论经》一部二千卷，十卷在唐。

余按：胡氏所列右凡三十四种，在唐者七百四十二卷，才及玄应所释三分之一有强，其卷目亦多不合。盖玄应所释，据唐时藏经本，此所据第宋以后文人所见本也。其原经全帙，凡六万七千四百三十二卷，髡徒夸诞之说，盖不足论，非如玄应所释，乃当时实有其书也。胡氏又云：考《隋志》释氏书目共一千九百五十部，六千九百五十八种；唐开元藏目五千四十八卷；贞元增二百七十卷；宋累朝增益又七百余卷。今藏大抵仍开元旧数，盖其间不无存没也。《通志》所收，仅一千七百余卷，又不皆藏中者。然则彼教经典前后著录者，亦正自多所损益矣。至牟子《理惑论》谓佛所著经，凡十有二部，合八亿四千万卷，大卷万言已下，小卷千言已上者，又何其诞漫不根之甚耶？（道光二十六年，余在察木多，见前藏司经卷之堪布，问藏中经卷之数，答语喃喃不辨，殊属芒然。盖彼中不名经卷，别有名称，而译者不晓，可恨也！）

小颜

颜师古注《汉书》，世号小颜，如小毛公、小司马之类。《索隐》：《武帝本纪》中解「侵寻」义，引小颜说，云：「师古叔父游秦亦解《汉书》，故称师古为小颜。」小颜之称，盖本于此。

按：颜游秦之注，今已不存。小司马《索隐》《高帝纪》中解「楚歌」义，颜游秦云：「楚歌犹吴讴也。」《孝文纪》中，「中大夫令勉」，「颜游秦以令是姓，勉是名，为中大夫。据《风俗通》：令姓，令尹子文之后也。」《封禅书》：「五百岁当复合，」「按大颜历评诸家，而云周平王封襄公为诸侯，至昭王五十二年西周献邑，凡五百一十六年为合，亦举全数。」《平准书》：「级十七万，凡直三十余万金。」大颜云：「一金，万钱也，计十一级，级十七万，合百八十七万金。而此云三十余万金，其数必有误者。」又「爵得至乐卿」，「按此言武功置爵，唯得至于乐卿也。臣瓒所引《茂陵书》，后人记其爵失次耳。今注称十爵至十八庶长为乐卿，十九至二十为乐公，乃以旧世爵释武功爵，盖亦臆说，非也。大颜亦以为然。」又《张释之传》解「锢南山」义，大颜云：「北山青石肌理密，堪为碑椁，至今犹然，故《秦本纪》作阿房，或作郦山石椁是也。」故帝欲北山之石为椁，取其精审，释之答言，但使薄葬，冢中无可贪，虽无石椁，有何忧焉？若使厚殉，冢中有物，虽并锢南山，犹为人所发掘也。又《李将军列传》解「莫府」，按大颜云：「凡将军谓之莫府者，谓兵行舍于帷帐，故称莫府，古字通用，遂作莫。《尔雅》训莫为大，非。」《卫将军骠骑列传》解「剽姚」义，大颜按：「荀悦《汉纪》作『票鹞』，『票鹞』，劲疾之貌，上音频妙反，下音弋召反。」又《司马相如传》「故删取其要归正道而论之，」「大颜云：『不取其夸奢靡丽之论，唯取终篇归于正道耳。』」又「盖号以况荣」，大颜云：「盖语辞也。言盖欲纪功立号，受天之况赐荣名也。」《货殖列传》「适齐为鸱夷子皮，」大颜曰：「若盛酒者鸱夷也。用之则多所容纳；不用则可卷而怀之，不忤于物也。』」以上凡十一条，于义皆优。师古注《汉书》当亦有采获，今书不引及之，何耶？

阏氏

阏字，《说文》「遮，拥也，从门于声。」孙强《玉篇》：「于达切」，又「于虔反」。引《汉书》云：阏氏，单于妻。今按《汉书·陈平传》颜师古注云：「阏氏音焉支。」《韩王传》注云：「阏，音于连反；氏，音支」。小司马《史记·索隐》《匈奴传》云：阏氏「旧音于连、于曷反，匈奴皇后号也」。习凿齿《与燕王书》云：「山下有红蓝花，足下先知不？北方人探取其花染绯黄，挼取其上英鲜者，作烟肢，妇人将用为颜色。吾少时再三过，见烟肢，今日始视红蓝，后当为足下致其种。匈奴名妻作『阏支』，言其可爱如烟肢也。阏，音烟。想足下先亦不作此读《汉书》也。」右习氏所称「山下」，未言何山，意即焉支山也。《十道志》云：焉支、祁连二山，皆美水草，匈奴失之，乃作歌曰：「失我焉支山，使我妇女无颜色；失我祁连山，使我六畜不蕃息」是也。

桐城禁书记考

禁书目中，吾乡著作凡十有余种，今记于左：

《亦园全集》先七世祖职方著（公名孙，下字上非下木，明崇祯庚辰进士，兵部职方司主事）

《楚岳游草》　孙晋著（字名都，号鲁山。天启乙丑进士，兵部右侍郎，总督宣大诸军事）

《左忠毅公全集》　左光斗著（万历丁未进士。《明史》有传。）

《环中堂诗集文集》　方孔炤著（字潜夫，万历丙辰进士，兵部职方司郎中，以忤魏忠贤削籍。崇祯初，起尚宝卿，迁副都御史，巡抚湖广，忤杨嗣昌，坐兵败系狱。嗣昌死，屯抚河北。门人私谥贞述先生。）

《全边纪略》　前人撰。

《读书堂稿》　叶灿著（字以冲，万历癸丑进士，国子监司业。天启末，削籍。崇祯初，起教习庶吉士，迁南京礼部尚书，追谥文庄。）

《太白剑》　姚康著（本名士晋，字康伯，号休那。）

《浮山前集》、《后集》、《浮山文集后编》、《流寓草》　方以智著（字密之，崇祯庚辰进士，授翰林检讨，晚为僧，名宏智，字无可，号药地。所著别有《通雅》，不在禁书内。）

《无他技斋稿》 蒋臣著。

《田间诗集》、《文集》、《所知录》 钱秉镫著（字饮光，号田间。别有《诗学》、《易学》，不在禁内。）

《读史纲》、《读史编》 左昊著

《涂山集》、《涂山续集》 方文著

《木厓集》、《续集》 潘江著

《龙眠风雅》 潘江选

《白鹿山房文集》 方中发著

《时述堂遗集》 方其义著

《南山集》、《意园文集》、《戴田有全集》、《忧患集》、《孑遗录》 俱戴名世著

桐城逸事

刘焘字尚载，桐城人。成化间举人，官至长沙知府。为诸生时，与友人同赴省应选贡，途中风雨骤至，因解装暂憩野亭，共赋《送春诗》。忽一老父衣龚荷笠至，闻吟诗，亦请笔砚，顷刻诗成，诗云：「怨风怨雨总皆非，风雨不来春亦归。蜀魄啼残花影瘦，吴蚕吃尽柘阴稀。枝头绿软梅

初熟，口角黄干燕学飞。我亦欲归归未得，担头犹挂旧簑衣。」二人诵之大惊。老父曰：「山居咫尺，能枉过乎？」袖出枣二枚啖之。因与同行，数里，天渐暝，前阻一溪，溪有竹筏，老父招二人登焉：二人不可，谢归。老父登筏长啸而去。比归，则稻已登场，距去时半载矣。刘后寿至九十余。右事见王阮亭《皇华纪闻》。云门人刘亢章，字贞士，言其家乘所载甚确，前朝诗所述建安莎衣道者，非事实也。宋牧仲中丞《筠廊偶笔》亦载此事，传闻又异。三说当以刘为实录。

文字当从友朋改窜

曹子建《与杨德祖书》：「世人著述，不能无病，仆常好人讥弹其文，有不善者，应时改定。昔丁敬礼尝作小文，使仆润饰之。」敬礼曰：「卿何所疑难？文之佳恶，吾自得之，后世谁相知定吾文者邪！」王俭出所作令任昉点正，昉因定数字，俭拊儿叹曰：「后世谁知子定吾文者。」

本朝魏敏果公与阮亭投契甚深，每作文诗，质之阮亭，一字一句瑕类必指。公大喜，尝有谢札云：「于论文谈艺之中，见吾心不欺之学，」此皆前辈佳话也。唐牛僧孺以诗谒刘梦得，刘为飞笔点窜，牛深憾之，为相后，与梦得诗云：「莫嫌恃酒轻言语，曾托文章谒后尘，」始吐其怨。刘大愧，答诗云：「犹有旧时冠剑在，待公三日拂尘埃。」牛意稍解，云：「三日二字不敢当。」噫！即此可见君子小人用心之别。盖奇章之谿刻记恨如此，何怪其与李文饶党怨之深哉！他如揭曼硕以诗不平虞道园，拂衣径去，虞以诗寄之亦不答，此犹不过彼此争名之见耳。其甚乃至如李于麟之绝谢茂秦，章扬之绝艾千子，隙末凶终，皆由于此，吁可叹矣。

科第不宜轻薄

《唐摭言》载：卢肇登第后寄诗某云：「刚道是龙人不信，果然夺得锦标归。」此事颇为寒士吐气，然亦大伤忠厚。且一状元耳，便自矜如此，何其褊也！阮亭《香祖笔记》载一事云：庚戌状元蔡昆旸（启僔），公车过淮安，谒山阳令邵某，邵其乡人也。批其名刺云：「查明回报」。蔡怒而去，至京遂状元及第，题一绝句于扇寄邵云：「去冬风雪上长安，举世谁怜范叔寒。寄语山阳贤令尹，查名须向榜头看。」此事绝相类。然卢肇名位卒薄，蔡亦官止春坊、中允而卒，二人生平皆他无可称。可见此等笔墨报复，特轻薄子所为，固非远大之器也。罗念庵状元及第归，其妇翁贺曰：「且喜吾婿了此一件大事。」罗正色云：「人当以立志圣贤为大事耳，此何足道耶？妇翁大惭。合三事观之，可以消涤鄙俗之见矣。

烟草

《分甘余话》云：「韩慕庐宗伯（菼）嗜烟草及酒，康熙戊午与余同典顺天武闱，酒杯、烟筒不离于手。余戏问曰：『二者乃公熊、鱼之嗜，则知之矣，必不得已而去，二者何先？』慕庐俯首思之良久，答曰『去酒』，众为一笑。后余考姚旅《露书》：烟草产吕宋，本名淡巴菰，以告慕庐。慕庐时掌翰林院事，教习庶吉士，乃命其门人辈赋《淡巴菰歌》。「辽海刘廷玑《在园杂志》云：「烟草名淡巴菰，见《分甘余话》，而新城又本之姚旅《露书》，产吕宋。关外人相传：本于高丽国。其妃死，王哭之痛，夜梦妃告曰：『冢生一草，名曰烟草。』细言其状，『采之焙干，以火燃之，而吸其烟，可以止悲，亦忘忧之类也。』王如言采得，遂传其种。其在外国者名『发丝』，在闽者名『建烟』，最佳者名『盖露』，各因地得名，如石马、余糖、浦城、济宁、干丝、油丝，有以香拌入者，名香烟；以兰花子拌入者，名兰花烟。至各州县无名者甚多。始犹间有吸之者，今则遍天下矣。」

《蕉树山房集》：《咏烟草天香词》一阕，序云：「烟草，《神农经》不载，出于明季，自闽海外之吕宋国移种中土，名淡巴菰，又名金丝。薰食之法，细切如缕，灼以管而吸之，令人如醉。祛寒破寂，风味在曲生之外。今日伟男髫女，无人不嗜；而予好之尤至，恨题咏者少，令异卉之湮郁也。暇日斐然命笔，传诸好事。」词云：「瀛屿晴空，星沙翠剪，耕龙罢种瑶草。秋叶频翻，春丝细吐，寄与绣囊函小。荷筒漫试，正一点温馨相缭。才近朱樱，破处堪怜，薰风初袅。娇寒战料峭，胜槟榔，为销残饱。旅枕半倚，薰透梦兰人悄。几缕巫云尚在，溅唾袖，余花未忘了，唤剔春灯，暗索醉抱。」

识小录卷六

麒麟阁十一人

《汉书·苏建传》：「甘露三年，单于始入朝。上思股肱之美，乃图画其人于麒麟阁，法其形貌，署其官爵姓名。唯霍光不名，曰大司马、大将军、博陆侯姓霍氏，次曰卫将军富平侯张安世，次曰车骑将军龙頟侯韩增，次曰后将军营平侯赵充国，次曰丞相高平侯魏相，次曰丞相博阳侯丙吉，次曰御史大夫建平侯杜延年，次曰宗正阳城侯刘德，次曰少府梁丘贺，次曰太子太傅萧望之，次曰典属国苏武。皆有功德，知名当世，是以表而扬之，明著中兴辅佐，列于方叔、召虎、仲山甫焉。凡十一人，皆有传。自丞相黄霸、廷尉于定国，大司农朱邑、京兆尹张敞、右扶风尹翁归及儒者夏侯胜等，皆以善终，著名宣帝之世，然不得列于名臣之图，以此知其选矣。」

按：十一人自霍光、张安世、韩增、赵充国、杜延年、刘德、苏武，皆迎立宣帝者。魏相首上封事，请夺霍氏权。丙吉以保养宣帝微时旧恩。望之以雨雹奏对，言「大臣任政，一姓擅执，请躬万机，言启帝心，卒以霍氏诛任用。梁丘贺以筮《易》知有兵，遂止宣帝入庙。由是言之，此十一人皆于帝有社稷功，故图之，不以德望也。

云台二十八将

《后汉书·朱景王杜列传》：「论曰：中兴二十八将，前世以为上应二十八宿，未之详也。然咸能感会风云，奋其智勇，称为佐命，亦各志能之士也。」「永平中，显宗追感前世功臣，乃图画二十八将于南宫云台，其外又有王常、李通、窦融、卓茂，合三十二人。故依其本第系之篇末，以志功臣之次云尔。

太傅高密侯邓禹　中山太守全椒侯马成　大司马广平侯吴汉　河南尹阜成侯王梁　左将军胶西侯贾复　琅邪太守祝阿侯陈俊　建威大将军好畤侯耿弇　骠骑大将军参蘧侯杜茂　执金吾雍奴侯寇恂　积弩将军昆阳侯傅俊　征南大将军舞阳侯岑彭　左曹合肥侯坚镡　征西大将军阳夏侯冯异　上谷太守淮阳侯王霸　建议大将军鬲侯朱祐　信都太守阿陵侯任光　征虏将军颍阳侯祭遵　豫章太守中水侯李忠　骠骑大将军栎阳侯景丹　右将军槐里侯万修　虎牙大将军安平侯盖延　太常灵寿侯邳彤　卫尉安成侯铫期　骁骑将军昌成侯刘植　东郡太守东光侯耿纯　捕虏将军扬虚侯马武　城门校尉朗陵侯臧宫　骠骑将军慎侯刘隆　横野大将军山桑侯王常　大司空固始侯李通　大司空安丰侯窦融　太傅宣德侯卓茂。」

按：二十八人中，常为大将军者十一人：邓禹、吴汉、盖延、冯异、耿弇、祭遵、岑彭、寇恂、贾复、朱祐、陈俊，余多不过偏将，功名威望皆有等差。今所列二十八人次等，多不可晓，李通、王常皆有功亲贵，与诸将绝席，而不在二十八人者，盖光武以谶名推合之耳。来歙功名威望，殊出诸将之右，而亦不之及，虽非谶文，不与二十八人比，要与窦融、王常争烈矣，奈何独遗之乎？

凌烟阁二十四人

唐太宗贞观十七年，图画功臣于凌烟阁：长孙无忌、赵郡王孝恭、杜如晦、魏征、房玄龄、高士廉、尉迟敬德、李靖、萧瑀、段志元、刘宏基、屈突通、殷开山、柴绍、长孙顺德、张亮、侯君集、张公谨、程知节、虞世南、刘政会、唐俭、李世勣、秦叔宝，凡二十四人。愚谓无忌椒房之戚，孝恭帝叔之亲，虽有大功，固当别论；今考其赞襄帷幄，则功不如房杜，战胜疆场，则功不如二李，直谏不如魏征，忠节不如敬德，乃褒然居元功之首，人谓太宗无私，吾不信也。昔汉明帝以马援椒房之戚，不与云台，夏侯胜以帝师名儒而不与麒麟阁，以功在社稷，非徒以为荣也。以伏波之功，犹避嫌不与，诚慎重其选，无使人议其私，且不使后世贵戚冒功者得以借口也，文皇于此愧明帝远矣。

昭勋崇德阁

宋理宗宝庆二年三月，建昭勋崇德阁。赵普、曹彬、薛居正、石熙载、潘美、李沆、王旦、李继隆、王曾、吕夷简、曹玮、韩琦、曾公亮、富弼、司马光、韩忠彦、吕颐浩、赵鼎、韩世忠、张浚、陈康伯、史浩、葛邲、赵汝愚，凡二十四人，皆图形其上。此则通一代将相功名昭著者列之。然宋代名臣极选，固不尽于此，而此中所列，亦或未尽当也。

明功臣庙

明太祖洪武二年，立功臣庙于鸡鸣山。论功列祀二十一人，命死者塑其象，生者虚其位。《明史·礼志》功臣庙「正殿：中山武宁王徐达、开平忠武王常遇春、岐阳武靖王李文忠、宁河武顺王邓愈、东瓯襄武王汤和、黔宁昭靖王沐英。」「西序：越国武庄公胡大海、梁国公赵德胜、巢国武庄公华高、虢国忠武公俞通海、江国襄烈公吴良、安国忠烈公曹良臣、黔国威毅公吴复、燕山忠愍侯孙兴祖。东序：郢国公冯国用、西海武庄公耿再成、济国公丁德兴、蔡国忠毅公张德胜、海国襄毅公吴桢、蕲国武毅公康茂才、东海郡公茆成。」

按：此二十一人中无冯胜。洪武四年，大封功臣，冯胜封宋国公，位邓愈上。又廖永忠封德庆侯，傅友德封颍国公，王弼封定远侯。此皆身冒百战，而庙不及之者，以诸人皆不忠，故也。然胜以细故失帝意，洪武二十一年赐死。永忠以善杨宪，宪诛，既为帝所嫌，又以僭侈，洪武八年赐死。友德以请怀远田，失帝意，洪武二十七年，不知何罪赐死。弼亦以次年赐死，皆非死罪也。至李善长之功，尤不在萧何下，乃以请免私亲干怒，文致其罪，入胡党，杀之，并其家属七十余人，子祺仅以尚公主免死，谪徙。于是株及吉安侯陆仲亨、延安侯唐胜宗、平凉侯费聚、南雄侯赵庸、河南侯陆聚、宜春侯黄彬、豫章侯胡美、荥阳侯郑遇春等，皆坐胡党诛死，且条列其罪，作《奸党录》布告天下，功臣、宿将尽矣。世皆咎帝之忍刻，是诚有之。然善长身为元勋第一，当惟庸谋逆，遣善长弟存义说之，善长虽不从其谋，乃为之隐而不言，何也？史谓：帝不诛存义，免死安置，而善长不谢，帝以是衔之。余谓非衔其不谢，乃恨其不告耳！是其死不无自取，惜哉！以帝之果于诛戮，兼多猜忌，而群小复希旨钩连，锻炼具狱，此中诬陷，不问可知矣。故谓诸臣死不以罪，而为帝之惨刻可也；谓诸臣无罪，而皆由帝之意旨，则不然也。盖武人粗疏，不善检束；而奸人舞文，傅会成狱。及辞成具上，虽以汤武仁明，犹觉死有余罪，况忌刻之君哉！善乎王国用之辨善长曰：「善长与陛下同心，出万死以取天下，勋臣第一，生封公，死封王，男尚公主，亲戚拜官，人臣之分极矣。藉令欲自图不轨，尚未可知；而今谓其欲佐胡惟庸，使善长佐惟庸事成，不过勋臣第一而已，宁复有加于今日乎？且善长岂不知天下之不可幸取？当元之季欲为此者何限？莫不身为齑粉，覆宗绝祀，善长胡乃以衰倦之年身蹈之也。凡为此者，必有深仇急变，大不得已，或至相挟以求脱祸。今善长子祺托陛下骨肉亲，无纤芥嫌，何苦而忽为此？」此言可谓得情之论。惜乎不及善长未死奏之也。史言：帝逮存义鞫之，词连善长。于是御史交章劾善长，坐以大逆，会星变，言者谓其占当移大臣，遂赐善长死。

嗟乎！书生不知大体，逢君之恶如此，言者之口诚可畏哉！良由善长功高位绝，若辈儒生后进为所轻忽，久以为嗛，而无如之何，一旦得间，争上言以泄其私忿，而不顾诛戮元功之大体，遂使有明一代子孙视诛股肱大臣如刈草芥，岂不以此欤？嗟乎，安得房魏之臣，深明大义，通达国体者，于斯时一言悟主也！然则，明祖之杀戮功臣，在诸臣不善自全，其祸犹小；而奸人佞口，傅会罗织者，其祸实大。遂以英明开国之君，而成惨刻之政，吾不以咎明祖，而惜诸臣；不以咎诸臣，而恨言臣也。

诚意伯

青田始与章溢、叶琛、宋濂同以聘致。帝谓「我为天下屈四先生」。既佐帝定天下，谋画计事，敷陈王道，帝独以比子房，常呼「先生」而不名，其见重如此。然尝考汉宣帝之图麒麟阁也，霍、赵、魏、丙十一人皆文臣；明帝之图云台也，及太傅卓茂，唐太宗之图凌烟阁也，及房、杜、魏、虞，则知不专以武功。今诚意以功名终始，而明祖功臣庙二十一人，独不及之，何也？以是知青田之不居功，其德识为深远矣。诸臣惟自以为功，故上立庙而心实忌之。青田惟不自名功，故不入庙；祸亦不及。此与子房辞赏辟谷，先后同一意云。

吾家两公

先曾祖编修公及伯祖惜抱先生，仕皆不久。编修以康熙四十一年壬午生，雍正七年己酉拔贡，乾隆元年丙辰举人，七年壬戌进士，授编修，九年甲子充顺天乡试同考官，与修「三礼」，十三年戊辰归里，时四十七岁。以乾隆三十六年辛卯卒，年七十岁。

惜抱以雍正九年辛亥生，乾隆十五年庚午举人，二十八年癸未进士，授庶吉士，改礼部祠祭司主事，戊子为山东乡试副考官，庚寅为湖南乡试正考官，转刑部郎中，与四库馆纂修，三十八年甲午乞养，时四十四岁。在官者十一年遂归。

编修归后，往来天津、维扬之间，主书院讲习。晚年里居，犹日以经史自课，寒暑无辍，有事则次日必追补之，易箦时犹丹铅在握也。

惜抱归后，历主梅花、敬敷、钟山书院，先后四十年。嘉庆十五年庚午，重与鹿鸣，进秩四品，时年八十矣。今岁八十有四，犹在钟山，与诸生讲论不倦。顷自江宁来者，皆言耳目聪明，齿牙未豁，著读之暇，惟静坐为主，行步轻健如飞，见者以为神仙中人。岂非学道有得，内养功深者与？庚午岁，同与鹿鸣者为阳湖赵耘菘先生，亦八十余，然行步需人扶掖矣。今岁甲戌会试，大兴翁覃溪先生再与琼林，年已九十。先辈典型，南北辉映，学者以为盛事云。

梁山舟先生嘉庆丁卯亦重与浙江鹿鸣，亦八十许。

地气寒热

中国在赤道北二十三度之下，值冷带暖带之交，为温带，故气候和平，寒暑昼夜进退适中。然亦江南、两湖、江西、河南、山东、四川、浙江为然。南自闽、广、云、贵则多热；北自直隶、山、陕则多寒。其间南北相距不过十度之外，而不同如此，则地气之故，非由天也。盖地之寒热有系乎天者，视太阳之远近；有系乎地者，视山水之高深。高山之下，夏有重阴；深潭之下，夏有沍寒，此其征也。然云、贵多山，闽、广近海而多热，何也？中国南境在赤道北二十度，而夏至日行在赤道北二十三度。则五月以后正居太阳之下，阳气直下，其热不亦宜乎？江湖之间，在赤道北二十三度余，太阳至春秋二分，正行赤道中，斜射二十三度之外，故冷热适中。若中国南境则斜射犹在二十度以内，其热安能遽退？若中国北境，则赤道北三十度，太阳至春秋分已去远矣，故早寒。及冬至，则太阳在赤道南二十三度，距中国北境四十余度矣，故大冷。而交广为中国南境，则在赤道北二十度内，太阳斜射近十余度，宜其无大冻严寒也。然近二十年来，地气亦稍有变。余童时见里中冰厚五六寸，风雪则檐溜成柱，此其常也；十余年来不复见之，冬亦无甚酷寒，惟春多寒耳。及至广五六年，亦皆冬暖春寒。己巳以前，人犹少衣重裘者，庚午元旦，余时夹衣犹觉微热；今则皆狐裘迎春矣。此方寒暑，较吾乡殊不太远也。岂非天道南行，太阳最高，又有移宫之差乎？

辨水性

李太尉辨石头城下水，以味识之，此事人皆知之矣。《三国志·蒲元传》：元性多巧思，于斜谷为诸葛亮铸刀三千口。元自言汉水钝弱不任淬，用蜀江爽烈，是为大金之元精，天分其野。乃命人于成都取水。元以淬刀，言「杂涪水不可用」，取水者悍言「不杂」。元以刀画水，言杂八升。

取水者叩头云：于涪津覆水，遂以涪水八升易之。元以竹筒盛纳铁珠璜中，举刀断之，应手虚落，因曰神刀。此事颇僻，暇为录出。一以味辨，一以刀辨，而此事在李先，尤足异也。

量天尺

本朝治历，专用西法，其最重者莫如量天尺。推步十二宫，分首星度数既准，然后七政进退，得以考焉。大约宫星之差，前后三十年必进一度。今查康熙五十五年丙申，犹用牛二尺，子宫首牛初度，丑首箕三，寅首房一，卯首亢初，辰首翼十，已首星七，午首井九，未首觜十，申首卯五，酉首娄初，戌首室十，亥首尾初。至乾隆二十五年庚辰以后，则用斗廿二尺，子宫首斗廿二度，丑首箕一，寅首氐十七，卯首角八，辰首翼十，巳首星五，午首井廿七，未首参八，申首毕二，酉首奎十，戌首室八，亥首虚八，此钦天监所用量天尺也。然以逐年冬至日躔推之，则其尺宫实不尽然。如康熙丙申年十一月初八亥时冬至，日在箕三度，为丑宫首度。及乾隆五年庚申十一月廿二午时冬至，则日在箕二度，为丑宫首度。仅二十五年宫星已进一度矣。及至二十五年庚辰，用斗廿二尺，则冬至宜在箕一度，为丑宫首度。然是年十一月十五未时冬至，日仍在箕二度，为丑宫首度。至四十六年辛丑十一月初七，冬至始在箕一度，为丑宫首度，此又四十余年，宫星进一度何也？盖钦天监所颁外间量天尺，有度而无分，内用则有度有分。每年挨分递进，其数甚细，颁尺不及逐年更易，而推太阳躔度，则必核尺之分数、杪数而后密。世所行七政、四余，所载尺度特疏，仅约其大概而已。若必核算，则每岁有每岁之尺，安得十年之后犹有旧尺哉？今世推五星者，遇歧度之星，每至不准，由此故也。余意创为活尺，法视逐年太阳冬至躔度为丑宫首度星度，以此推之，十二宫庶得其稍近之真度乎？

太阳躔次

或问十二次配十二宫，乃正月建寅，太阳不躔析木而躔娵訾，十一月建子，太阳不躔元枵，而躔星纪，何也？曰建寅建子者，以斗杓言也。娵訾，星纪者，以日躔言也。太阳与斗柄南北易行，而不相及焉。建者一月而易方，躔者亦逐月而易位，今为一图于左：

庚午冬至后太阳逐月躔次图：

庚午冬至後太陽逐月躔次圖

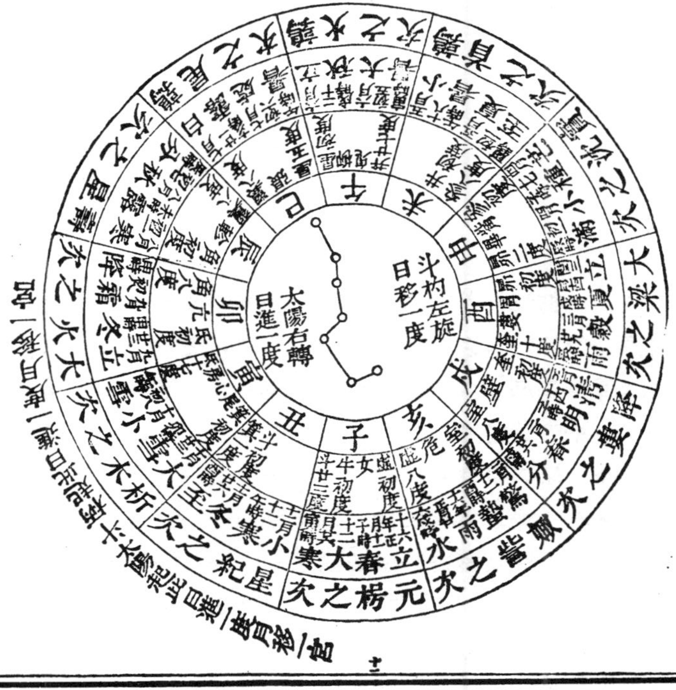

右图依嘉庆十五年，现用乾隆庚辰后量天尺推算，内子丑寅卯等一层为地盘外，元枵星纪等一层为天盘，此分定四方十二宫，为不动之虚位，中间自箕一度至斗廿二度一层，为列宿宫分度数，以二十八宿分十二宫，配十二次，为本年不动之位，以太阳加临于箕一度，为丑宫星纪躔次，于节气始交，冬至一次摄二气十二次，而二十四气周是为太阳躔次，而节气于以分焉。太阳凡交一宫，每日右进一度，十五度而一节，三十度而一月，此逐日移动者，观太阳所躔可以定节矣。北斗居列宿之中，斗杓值大角之间，此万古不易之位也。及其左旋亦日进一度，月移一宫，移遍十二宫，而四时备焉。故角宿移值，东方寅宫则斗柄指寅为正月，角宿移值东方卯宫则斗柄指卯为二月，斗之所指，角宿在焉。则又星盘动而地盘不动，故观斗杓所建，可以知时矣。故于子宫元枵之间，书立春者，非子月立春也。元枵者太阳之次，立春后太阳躔此耳。此以太阳言，非以斗杓言也。太阳之次与斗杓之建相背而行者，斗柄左旋太阳右转故也。观者无惑焉。

嘉庆庚午冬至日七政躔次图：

嘉慶庚午冬至日

七政躔次圖

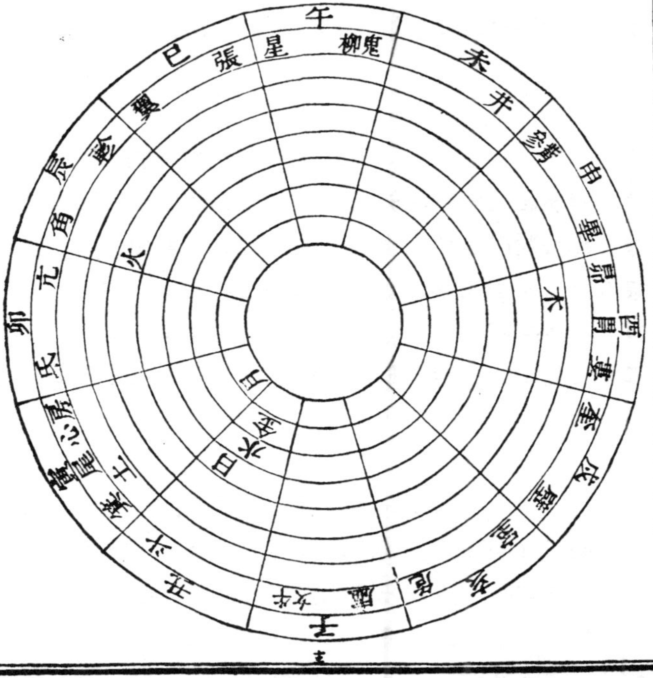

此嘉庆庚午十一月二十六日酉时冬至日月五星躔次图也。图为九重，内则地球，人所立也。由月轮天而上，金、水、日、火、木、土列宿宗动，以次愈广焉。布十二宫于宗动者，以是为不动之体，易为识也。其列宿分宫度数，亦以差焉。用现行量天尺也。是日也，日在丑宫箕一度，月在寅宫亦箕一度，歧度也。水在斗三度，金在斗三度，皆丑宫也。火在角二度，辰宫也；木在胃八度，酉宫也；土在尾五度，寅宫也。识于此，为上下求其故者改焉。

五星出东井

嘉庆四年己未五月廿六日癸未，水星在井初度，土星在井二十三度，火星在井三十度，凡三星聚于东井。金星于是年四月十七日乙巳交井初度，及会火、土二星同守者几一月，行至五月十四日辛未始出。惟木星于是年九月十三日戊辰交井初度，不及会诸星，则是年五星皆先后出井也。是时方用师川楚，将帅多不利，民人死亡无算，然不三年而荡平振旅，岂其应欤！考东井为蜀分野，金者太白主兵会，火土共守井分最久，疑主蜀地受兵为近，木者岁星，独不及会此。仁君有德，卒告成功之象，而是数年禾谷颇多成熟，则亦未始非其征也。

星变

嘉庆十六年辛未八月，有星孛于大角，尾长三尺，其光直指紫微垣九十余日，拂太微垣及天市垣梁宋星而灭。十八年癸酉九月，遂有逆贼林清之事。时车驾方自热河回跸，行至白涧闻警，宫中搜捕三日始靖。二十一日车驾入城，复闭九门大索，而八卦教贼于九月初六日自直隶长垣起，转掠数邑，据滑县城，山东、河南应者蜂起，饥民从而肆扰，山陕、湖北，一时蠢然。大兵数月乃罢。孰谓天象不可畏哉？当时见者，或以为彗星，非也。彗者，尾细、数十，如拖帚之状，此独一首尾，特光盛长而已，是孛非彗也。大角者天门，将军不守，妖星起内，直犯中垣，其象甚急，故贼潜起禁中，卒至天市垣梁宋诸星而灭者，外贼由直隶蔓延东豫，中窜陕楚，而卒殄于河南，受兵亦河南最甚，是其应也。中拂太微者，时车驾在外，未及京师而闻警。太微为巡守之宫，故兆之也。皇后在宫中，遇警而安，则以星光及左右枢而止，幸不至垣内也。国家方鼎盛，圣德媲美尧舜，而奸民辄敢犯顺如此，岂非由太平日久，门禁疏懈，久为所窥之故哉！

瀛国公

宋德祐帝㬎，以度宗咸淳七年辛未生，十一年乙亥七月即位，时年四岁。德祐二年，元世祖至元十三年丙子三月，伯颜入临安，以帝及皇太后全氏、福王与芮等北去至燕，废为瀛国公。太皇太后谢氏以病留临安，九月始北行。至元十九年壬午迁瀛国公及宗室于上都。时瀛国公年十二岁。二十二年乙酉，谢太皇卒于燕，则未至上都也。二十五年戊子，遣瀛国公学佛于吐蕃，是时瀛国公十八岁矣。二十九年，宣德院言宋全太后犹在，瀛国公盖二十二岁。文宗至顺三年壬申八月，文宗崩。十一月鄜王薨。燕帖木儿请立文宗子燕帖古思。皇太后曰：「吾子尚幼，妥欢帖睦尔在广西，今年十三，且明宗长子，于理当立。」乃遣使迎之，是为顺帝。按是时帝年十三，逆计当生于仁宗延祐七年庚申。考是年瀛国公年当五十，未知尚在否？野史言顺帝为瀛国公子，以年数计之，尚不尽谬。明宗自言妥欢帖睦尔非己子，此语虽出自文宗之口，然未必无因也。岂迈来的果尝为瀛国公所娶耶？但不知瀛国公卒于何年，当更考之。

顺帝至正十二年五月，御史彻彻帖木儿等言：诸处群盗辄引亡宋故号以为口实，宜徙和尚完普及亲属于沙州安置，禁人交通。帝从之。完普盖瀛国公子也，是时瀛国公已没矣。

脱脱足食

元顺帝至正十三年，脱脱言：京畿近水得地利，召募江南人耕种，岁可收粟麦百万余石，不烦海运，京师足食。帝曰：「此事利国家，其议行之。」于是立分司农司，以右丞悟良哈台，左丞乌古孙良桢兼大司农卿，给分司农司印。西自西山，南至保定、河间，北抵檀顺，东及迁民镇，凡官地及元管各屯田，悉从分司农司立法佃种，给钞五百万锭，以供工贾、牛具、农器、谷种之用。又略仿前兼集贤学士虞集议，于江淮召募能种水田及修筑围堰之人各千人为农师，降空名敕牒十二道，募农民百人者授正九品，二百人者正八品，三百人者从七品，就以领其所募之人。所募农夫，人给钞十锭，期年散归。按：脱脱此计，可谓善矣！惜乎国祚不久，无成功也。

韩苏二公

东坡以文章自命而好佛，生平不以明道为己任，故不修边幅，滑稽戏谑，皆率意为之。昌黎以卫道自任，居于孔孟之徒，志趣可谓极大，然亦不甚谨饬，好博塞之戏，及喜听无实驳杂之说，又与浮屠往来，致其徒盛相夸饰，谓公为彼所屈服，盖疏放之讥，亦贤者之过也。故张籍前后以书规之云：「欲举圣人之道者，其身亦宜由之也。比见执事多尚驳杂无实之说，使人陈之于前以为欢，此有累于令德。又商论之际，或不容人之短，如任私尚胜者，亦有所累也。先王存六艺，自有常矣。有德者不为，犹以为损，况为博塞之戏，与人竞财乎？君子固不为也。今执事为之，废弃时日，窃实不识其然。且执事言论文章，不谬于古人，今所为或有不必出于世之守常者，未为得也。」水部此书，可谓直谅矣。公答书心是之而未能辞服，岂习俗移人，贤者不免欤！《新唐书》言籍性狷直，尝责愈喜博塞及为驳杂之说，不能著书若扬雄、孟轲以垂世，盖即指此。唐孔戣《私记》云：「退之丰肥善睡，每来吾家，必命枕簟。」其亦与怡然整巾、终日静坐者异矣。虽然，后之乐于放诞、动凿礼法所拘囚者，固不可以韩苏二公借口；而自得之学不及先儒，文章气节道义又不及二公，但检边幅为容饰者，亦乌得自许先儒，而轻诋韩苏也哉？

文人喜言老

昌黎生于唐代宗大历三年戊申，顺宗永贞元年守江陵府法曹参军，时年三十八岁。《上李巽书》云：「学成而道益穷，年老而智益困。」又云：「发秃齿豁，不见知已。」以未四十之年而遽言老，盖老者衰病之辞。公贞元十九年，《与崔群书》云：「近者左车第二牙无故动摇脱去」，时年三十六耳。乃齿落发秃有老之渐，故辄言老，年岁固不计也。

少陵《赠翰林张四学士垍》诗云：「此生任春草，垂老独漂萍。」在开元、天宝间，杜公年亦仅三十许，而已云「垂老」。又《乐游园》诗：「数茎白发那抛得。」《投赠哥舒》诗：「已见白头翁」，时天宝中年，公才四十，固已称翁耶！天宝十三载秋大雨，杜作《秋雨叹》云：「老夫不出长蓬蒿」，时公仅四十三，已称「老夫」矣。

东坡通判杭州，时年三十九，《戏子由》诗云：「如今衰老都无用。」又熙宁五年吉祥寺《赏牡丹》诗：「人老簪花不自羞，花应羞上老人头。」时东坡实年三十七耳。岂文人结习好言老耶？抑好用精神者血气易衰耳！

余未三十，两鬓已星星见白，故知诸公非欺人语也。

耆英诸贤生卒

《闻见录》元丰五年，文潞公留守西都时，富郑公以司徒致仕，乃集洛中卿大夫年德高者为耆英会，就资圣院为大厦曰耆英堂，命郑奂画象其中，时富公年七十九，潞公与度汝言皆七十七，王尚恭七十六，赵丙、刘凡、冯行己皆七十五，楚建中、王慎言皆七十二，张问、张寿皆七十，王拱辰时留守北京，愿与其会，年七十一。独司马温公年未七十，亦请入会，凡十三人。洛阳多名园古刹，水竹林亭之胜，诸老须眉皓白，衣冠甚伟，每宴集，都人随观之。

按：富公卒于元丰六年闰六月，以此录推之，当生于真宗景德元年，卒年八十岁。神宗二年，以病辞位，出判阿南，改汝州，公言「新法臣所不晓，不可以复治郡，愿归洛养病。」许之。寻封韩国公致仕，计家居凡十五年。潞公元丰六年以太师致仕。哲宗绍圣四年卒，年九十二，则生于真宗景德三年。温公卒于元祐元年，年六十八，则生于真宗天禧三年。

又按：王拱辰仁宗庆历中为御史中丞，欲倾范文正及富郑公，黜王益柔、苏舜钦等十余人，皆知名之士。拱辰喜曰：「吾一举网尽矣。」由是杜祁公、范文正、富郑公同日罢去，韩魏公亦旋罢。未为正人，乃亦请与耆英之会，与郑公同游处，能无所愧乎？

留梦炎

留梦炎衢州西安人，以宋丞相降元，衢人至今耻之。相传梦炎死时年七十三，临死叹曰：「早知七十三，悔不六十九。」谓衢州初陷时不能死也。余按：元将唆都陷衢州，在帝㬎德祐二年丙子五月，梦炎降元。元世祖二十六年己丑，谢叠山被执至燕，不食疾甚，留梦炎犹使医持药杂米饭进之，叠山怒掷之于地，计是时去梦炎降元十一年矣，安得有六十九之语。

衢人又言：陈总河鹏年始为西安令，行乡征粮。至徐忠庄公言祠，徐氏子孙张公象，陈为之避坐。更生留氏祠，留氏亦张梦炎象，陈见之大怒，仆象于地，杖之二十。先是留氏子孙犹盛多兴者，自杖后留氏遂败，乃无入庠者。陈公湖南湘潭人，历仕至苏州府，奉旨摄布政使，被逮褫职；以学使沈涵荐，授霸昌道，不数月为南河总督，卒谥恪勤。或言其殁为河神，今南河祠之。

王缑山

《王缑山全集》诗五卷，文十二卷，其子太常烟客所编，明万历丙辰丁巳间刻，有冯元成时可、陈仲醇继儒两序，余见之王蓬壶明府所。冯、陈序中皆言江陵不服忧，吴、赵两太史疏纠之，祸叵测，文肃争之丧次，江陵怒甚。时缑山方十四岁，和《归去来辞》以招其父。文肃公出以示人曰：「吾不归，将无为孺子所笑？」以是名动京师。余以其言推之：江陵夺情在万历五年丁丑，文肃时为学士，逆计之，缑山盖生于嘉靖四十二年甲子戊子，顺天发解，年盖二十五；辛丑擢鼎，年盖三十八矣。将卒时，病中《与顾泾阳书》云：「求复其十四年前伴食面孔，尚不可得，」谓文肃罢相时也。太仓罢相在万历十年九辛卯，二十一年癸巳复入阁，二十二年甲午五月复罢，以再罢之年推之，则缑山卒年当在丁未，年盖四十四岁。故冯、陈序中，皆以年不足为言。今录于此：

缑山诗沿七子，文颇明白平正，要非作者。独《学艺初言》中，有数条论当时文章风气颇当，

国家定试士之路，其优等不过曰「通」。余家有前壬辰乙巳墨卷，榜首只批「平通清顺」而已，此不但见先辈古朴，而亦见先辈得文章大义，识「通」字之难也。近世未求「通」，先求奇，遂至步步枳棘，少一篇首尾成章者，真可喟叹。惟夫下劣之士，始讳为「平通」，而究其血脉神理，谬戾殆有甚焉！无惑乎天下之争好怪矣。

严沧浪论诗云：「诗有别才，非关书也。然非多读书则不能工。」惟时艺亦然，上乘之文，著不得一句学问，乃类极肤浅者；而真肤浅文却自不同。天下惟大智若愚，大巧若拙，此非明眼人不能辨也。今人见时文中，斑斑驳驳，好用古书者，便道有学问。到家见得古人真处，下笔之时，如织纯锦，梭梭顶接，何处可下杂色？又如食前方丈，下著自然不轻。有司但能令士子实实读书，则文体不正而自正矣。

文章与世高下，的的不谬。非文章关世运，乃世运自兆文章耳。以气运论文，不当论其名家杰出者，当论其大凡。成弘之文，如婴儿之始孩，浑是一团元气；正嘉之中年而后，神骨才情始畅茂而完足；癸丑而后，肤革充满，神采为所障瘾，不免痴肥；至隆万则臃肿一清，而气亦为少索矣，然筋骨固自在也。午酉之交，奄奄就尽。流至今日，非但怪诞者化为魑魅魍魉，即世所号为平

正者，亦如跛眇具形、骷髅戴发，都非完人。当天下全盛之时，而元气涣散，有以水搏沙之象，是则深可虑也。默移之道，又不在文章矣。

今世有欧阳公，文体可即正乎？曰：甚难。彼刘几等辈，皆胸中实有文章，不过故为怪以投时好，一拨转即正矣。若今人粗知章句，已为近日时文恶套蟠据胸中，譬人生不识菽粟，菽粟何由自进？临场之时，一班后生，苟非迟钝不能变化者，类皆摇唇鼓舌，慕为新奇，其平日苦心积学之士，即颇仓皇改步，而常苦意跨两歧，反不如少年墨浓笔饱，粗豪动人。则有司之「所好反所令」势也；士子之「从所好」而「不从所令」，亦势也。文体何由而正？故厘文体不在口说，亦不在临时，非以真精神实倡而徐导之，虽三令五申，只为戏矣。

右四条言场屋文风之弊，可谓尽之。而自来选时文墨卷家，皆取其别条而不及此，则正缑山之所讥耳。近日墨卷之弊，则更有甚于此者，愿有志之士于此观之。

缑山《与顾泾阳书》云：不佞累辱先生以道义见知，两年以来不通片纸者，避世嫌也。今先生且脂车出国门，敢致书稚登效其惓惓焉。不肖窃观天下之乱，莫大于人心之不和，始于相睽，而成于相激。相激不已而门户，而戈矛，朋起角立，若有真是非、真邪正者，而其端十之九皆误也。盖近年以来，官府堂陛之交隔，而百误渐生。大小臣工之不相能也，阁、部之不相通也，不知自何日始也。意其初不过薄物细故，礼文体统之龃龉，亦或一人一事有小异同而已，而不幸与事变会，又不幸而与圣怒会。天下有一种居奇、献新之徒，睫耳莠口，遂饰无以为有，张小以为大，喻讽其言语描写其笑貌以为真，而君子皆瞷焉有外心。于是，远者高蹈，近者前却，讽者嗫嚅，憨者诟骂，而当事之意不能无少望，曰：「我何负于彼，而弃我至是也？」而庸知彼之望我殆有甚焉者也。于是相与疏；疏则居奇，献新之徒，又各以诪张煽惑者，同耳而异入，而心始大疑。疑则谓人皆腹刃也，皆窃铁也。举凡责难求备于我、道听途说于外者，视为借口讼词索瘢之隐计，而不知其未必至此也。彼爱之人，我亦爱之，核其根源，如蕉子卸叶，不尽不止，是固可以不辨。虽然人情不大相远也，未有事不白、心不平而不辨者也。求白而反不白，求平而反不平，则势不得不争。既争矣，此正则彼邪，此直则彼必曲。以各误之见，持不服之心，而挟乐成其误之党，求胜不求是，而争不得不成，盖其间非无虚衷好善，欲以口舌为调人者，而常苦于壁坚而不得进，列成而不可解，以求盟为护，以免胄为耻，则有徘徊太息，退守其误而止耳。此近年以来，不和之大较也。家君之至于是也，此风旧矣。无何，遂有赵之谪、刘之哄，一则偶有望而可疑之事，一则先有望而见疑之心，而其后实则皆洞然无疑以去。去之后，眉睫肘臆之变幻，又不知凡几。安知误不复化为真，而要之终不可谓之不误也。幸遇先生掌铨事，冲虚而高远，贞固而圆融，不惟徼其肺腑与家君久通，而且敷历其肾肠，以告于百执事。家君辄举以告小子，而辄自喜也。曰「泰交其为之兆乎？」今家君在告逾月，而先生遽以遣去。自此隔者愈隔，争者愈争，天下事尚可为耶？虽然，及今尚可谓之误也。惟天下真豪杰为国家虑深远，故不即误以为真，而且即真以为误。以待君子，则如周公于召公；以待小人，则如郭子仪于鱼朝恩。彼岂以畏途而容之？以为天下事，诚不可以激也。激则不白不平之极，何所不至？其究必下挟其同以为公，上挟其独以为势。所谓误者将真，而国之祸不知所终矣。家君受事两年，幸不得罪于公论，且旦暮随先生去，他何暇恤哉！而恤吾两人已去之后，其为世道忧者方大也。

按《明史》万历二十三年甲午三月，吏部郎中顾宪成削籍。五月大学士王锡爵罢。先是，大计京官，吏部尚书孙鑨与考功郎中赵南星力杜请谒，尽黜执政私人。于是众多憾之。给事中刘道隆劾南星专权植党，贬南星三秩，鑨亦夺俸，遂乞休去。群臣之争，国本也，大学士惟王家屏与言者意合。申时行、王锡爵皆宛转调护，亦颇以言者为多事。宪成主文选，凡所推举，多与执政牴牾。至是会推阁臣，宪成举家屏，忤帝意，削籍归。锡爵之再入阁也，密请建储，以践大信。帝手诏欲待嫡子，令元子与两弟且并封为王。锡爵惧失上指，立奉诏拟旨进。又外虑公论，因言汉明帝马后、唐明皇王后、宋真宗刘后，皆养诸妃子为子，请令皇后抚育元子，而生母不必崇位号，以上压皇妃，亦拟旨进。帝竟下前诏，令有司具仪。于是举朝大哗。礼部尚书罗万化、给事中史孟麟等，诣锡爵力争。廷臣谏者章日数上。锡爵偕赵志皋、张位请追还前诏，不从。已而谏者益众。岳元声、顾允成等十余人，遮锡爵于朝而争之。锡爵请下廷议，不许；请面对，亦不报。因自劾求罢。帝迫公议，乃寝前命。锡爵居政府，当请罢江南织造，停江西陶器，减云南贡金，力争不宜用廷杖，为世所称，特以阿「并封」旨被物议。既而赵南星斥，赵用贤放归，论救者咸被谴责，众指锡爵为之，因连章自明，乞罢归。缑山与泾阳书，盖在是时。以顾被谴，惧得罪公论，故缑山为文作书以自解耳。其言甚费而曲，其用意亦良苦矣。书中云「避世嫌者，缑山以执政子当仕翰林，泾阳司文选，不得通谒也。所云「不和始于相睽，成于相激」，而归其过于「居奇献新之徒」，似谓当时顾、赵诸公，与太仓迹稍阔，而众言者于疑似之间，构成疑隙，致诸公意有不满，遂力白其误，以自解免。又谓「其始不过薄物细故、礼文体统之龃龉。」余以当日事情考之，殊不然也。诸公所争者建储之大义。太仓始密疏请建储，继乃阿曲调停，孙、赵之斥罢，以力杜请谒、黜执政私人，而太仓不救，并论救者亦咸被谴。执政何人？虽有百口何能解？计其不和皆关大体，非仅如郭英乂与鱼朝恩坐位之比也。乃以为「薄物细故、礼文体统之龃龉」，岂非不伦耶！若云顾泾阳与太仓迹稍疏隔，则尤不然。顾公札记中载为文选时，与太仓相见，论甚数。泾阳入都，往谒太仓相国。太仓曰：「近日朝廷有一怪事，朝议之所是，外间必以为非。」公曰：「外间亦有一怪事」。太仓问「何怪？」公曰：「大约外间之所非，朝廷必以为是」也。太仓默然。观此，可见两公之所争。而太仓调停之说，盖不特建储一事，即举劾之际，亦持此见。缑山云云，盖正白其所以调停之意也。「睽隔」之云以语赵、顾二公，似乎不切，然能自知惧得罪于公论，而以书辨免，要为不昧心者。是时太仓已上章乞罢，犹未得告，故云「在告」，已而果去，遂不复出。太仓犹贤乎哉？（又鲁公《争坐位帖》所谓郭令公者郭英乂，非郭子仪也。缑山云：「郭子仪之于鱼朝恩」，亦误。）

《缑山集》末，又有《与顾泾阳光禄书》云：「比疾病缠历，疑于大贤謦咳绝矣，不图教命远辱，命童子倚案读之，为之慨然！居平谓忠恕二字难体贴。斯何时也？翁乃以伊周相业为家君劝驾，即此似亦体贴未尽处。使出而如姚崇十事，应答如响，则为姚崇亦足矣；如其不然，求复其十四年前伴食面孔，尚不可得，何论伊周耶？精神力量，长短自知。其次则知父者莫若子。某一身之外，惟知为老亲营菟裘，课鱼鸟而已，此外非所敢闻命矣！当今时事虽大纷；然较量亦有胜前代者。惟学术滥放不可复理。初犹不肖者自占便宜耳；今遂欲掀翻孔孟棋局，以妖髡代之。此何可长？此时言伊言周，总是画饼，于此下一砥柱，乃真勋业。要其道亦惟大聪明人守村学究蒙说，如是而已。盖道本无不明；谭道者自晦之。开门户，则自不免多生徒，多生徒则自不免立异说。即南宋大儒，吾未敢以为不落窠臼也。先生为斯文宗生，幸少加意！」余谓缑山得第后，一为翰林，即请终养，归侍亲盘桓，能为太仓画止足之计，不谓无见。若于道学，则本所不解，所云「妖髡」亦不知何人，俟检泾阳原书考之。

援鹑堂

先曾祖堂名援鹑，出扬子《寡学篇》「春木之芚兮，援我手之鹑兮。」言孔子教人有以手援而醇和也。盖字与醇同，非鹑鸟之谓也。

明人论史之疏

明人读书好议论，而不考始末，往往谬误。陈仁锡论《汉书》中吕后戚姬事，曰「隆准公晏驾，而戚夫人之毒，吕雉不能忘情矣。何不发于惠帝之三年？萧相国之力也，何不发于惠帝之五年？曹平阳之力也。王陵之力，厚于曲逆，然一戆而决裂乘之。吕娥虐焰，不可复遏。陈平仅以权谲胜之，其视萧、曹二相国不动声色，而妒后烈祸潜消于冥冥者，竟何如也？萧曹没而人彘之祸，上及天子，远及宗社，吾是以知才之不逮，不可诬也。」右说可谓详矣，而不知赵王如意之薨，固在惠帝元年，而「人彘」之事即在如意死后，正当萧相国之时也。《惠帝纪》元年冬十二月，赵隐王如意薨。（太初以前汉承秦历，以冬十月为岁首，十二月盖元年之三月也。）

《外戚传》云：「高祖崩，惠帝立，吕后为皇太后，乃令永巷囚戚夫人，髡钳衣赭衣，令舂。戚夫人舂且歌曰：「子为王，母为虏，终日舂薄暮，常与死为伍！相离三千里，当谁使告汝？」太后闻之大怒，曰：『乃欲倚汝子耶？』乃召赵王诛之。使者三反，赵相周昌不遣。太后召赵相，相征至长安。使人复召赵王，王来。惠帝慈仁，知太后怒，自迎赵王上，入宫，挟与起居饮食。数月，帝晨出射，赵王不能早起，太后伺其独居，使人持鸩饮之。迟帝还，赵王死。太后遂断戚夫人手足，去眼熏耳，饮瘖药，使居鞠域中，名曰『人彘』」。史文明白如此，乃曾不详考，漫为「萧曹殁后」之说，不知萧薨在惠帝二年，曹薨在惠帝五年，「人彘」之事至是亦已久矣。且宫掖之事，惠帝以亲子所不能争之于其母者，萧曹外臣乌能禁畏之使不发乎？论史如此，岂不令人失笑？

门生名刺

近时乡、会试，门生谒房、座师，柬刺名氏，不称门生。盖乾隆中曾奉上谕：「国家取士，乃公义求贤，并非私恩。明代士大夫，师生结党，风俗相沿，徒顾私恩，而忘国义，大为恶习。以后不许为『门生』、『老师』之称，以防党弊。」由是见房、座举主，不敢称门生，但具名氏而已。

请分子

都下风俗，自五品官以下，遇庆会具柬遍召同年、寅好、乡亲，假馆设席延宾，至各具贺金，主人受贺，演剧终日，谓之「请分子」。每分多至八金以上，少至一金以下。每会可敛百金，除费计赢若干，以为主人之得。盖京职俸入甚廉，借此为筹措计也。此风既盛，乃下逮优伶亦为之，不必庆贺，但设席遍延所识达官观剧而求赏，亦名「请分子」。其分金较常则倍焉，有十数金至数十金者。

半字

吾桐方植之诗名《半字集》。「半字」出释氏书，言未满之义。唐僧玄应云：凡有四十七字，为一切字本。其十四字如言三十三字，如是合之，以成诸字，即名满字。满者善义，以譬常住；半字者恶义，以譬烦恼。虽因半字为字根本；得成满字乃是正字。

识小录卷七

安徽积欠

嘉庆二十三年万寿恩诏：普免天下积欠钱粮，各省欢腾，争造册送户部。安徽民欠三百万，凤阳一府最多。巡抚康公、布政司韩公阅册已定，未奏，迁去。继抚姚公疑民欠不实，行令诸道府人为核减，皆震公威，勒令诸州县减造十分之四，以其欠数虚报存库，州县苦之。布政使嵩公与首府申瑶争之不可。抚军径奏以为官吏侵欺，造册不实，请展限核减。朱批云：「损上益下，朕之愿也。存心刻薄，有伤政体。」姚大惭，六百里行文，以原册上。大哉王言，古称「荡荡如天」，何以加焉！此说得自景明府燮。

大行遗诏

嘉庆二十五年七月，驾幸滦河。二十三日圣躬弗豫。二十五日，至避暑山庄，戌刻龙驭上宾。遗诏曰：「朕仰蒙皇考高宗纯皇帝授玺嗣位，亲承训政三年，唯以敬天、法祖、勤政、爱民为保邦制治之大经。履位以来，严恭寅畏，惟日孜孜、思天立君以为民，以养以教，责在一人。亲政之初，值川、楚邪匪未靖，训励统兵大员，整饬戎行，筹笔四载，逋寇以次歼除。嗣见海宇乂安，闾阎乐业，朕怀保惠愿与民休息。乃十八年复有奸民作慝，阑入禁门，逆党勾连曹滑，蔓延三省，幸赖上天佑顺，渠魁捕戮，馀孽殄夷，为期曾不再月，中外肃清。朕深思邪教之害民，屡申训谕，以肃吏治，以正人心，整纲整纪，期于政清而俗厚，盖未尝一日去诸怀也。黄河自古为中国患。先是云梯关下海口淤垫，下壅上决，屡有漫溢之警。朕不惜帑金，堤防疏浚，俾复故道，奏安澜者越六七年。上秋霖雨异涨，豫河南北漫口数处，而武陟横流，穿连入海，为害最重。今春督治，甫告成功，而南岸仪封复溃，饬谕河臣于秋后兴筑，业已程工拨帑，计今冬可期葳事。朕轸念民生，惟惧一夫失所，遇四方水旱之灾，蠲租发粟，随奏辄下。上年朕六旬正庆，薄海臣民，胪欢献祝，爰戴出于至诚。朕思逮以实惠，诏蠲免积欠钱粮，凡二千余万，以期家给人足，共登熙皞。今岁自春徂夏，以及于秋，旸雨应时，各省皆报丰登，朕心悦豫。孟秋中旬，恪遵彝训，将举木兰秋狝大典，先驻跸避暑山庄。朕体素壮，未尝疾病，虽年逾六旬，登陟川原，不觉其劳。此次跸途偶感暍暑，昨仍策马广仁岭，迨抵山庄，觉痰气上壅，至夕益甚，恐弗克瘳。朕仰遵列祖家法，於嘉庆四年四月初十日卯初，预立皇太子，亲书密旨，缄置秘椟。十八年禁门之役，贼逾宫墙，皇太子手发火枪，连毙二贼，余党惊坠，禁御获安，厥功甚钜，因建储之命未宣，先封智勇亲王，以奖殊庸。今疾弥留，神器至重。允宜传付，乃命御前大臣、军机大臣、内务府大臣、公启密缄。皇太子仁孝智勇，必能钦承付托，其即皇帝位，以嗣大统！为君之道在知人，在安民，朕尝论之详矣。然体而行人，善继人之志，善述人之事。』可不勉哉！朕贵为天子，年逾周甲，获福亦云孔厚。惟我后嗣克成予志，使天下永享太平之福，则朕之愿慰矣。朕受玺后，二兄一弟同予侍养。今春庆亲王先逝；自兹存者惟仪亲王，成亲王，遂不获相见。其二王一应罚俸处分著概予宽免！《书》载虞帝陟方，古天子终于狩所，盖有之矣。况滦阳行宫为每多临幸之地，我祖神御在焉，予复何憾？丧服仍依旧制，二十七日而除。布告天下，咸使闻知！」

八月初四日内阁抄奉上谕：「朕受皇考大行皇帝鞠育，顾复深恩，昊天罔极！圣寿虽年逾六旬，天体丰腴，精神强固，朕宫廷侍奉，正幸爱日方长，期颐可卜。本年巡幸滦阳，朕沿途随扈，圣躬行健如常，跸途所经，偶感暍暑，仍登陟弗倦；乃遘疾遂至大渐。朕抢地呼天，追攀莫及！敬惟皇考临御二十五年，荡平寇乱，绥靖兆民，宵旰勤劳，曾无一日稍纾圣虑，薄海臣黎，仰荷仁帡，共享升平之福。今銮辂巡方，不数日间，猝遭大故，龙驭上宾，凡有血气者，悲哀感恋，罔非出于至诚，况朕之受恩深重，万倍寻常者乎！钦奉皇考遗诏：丧服仍旧制二十七日而除，朕心实有所难安，惟有恪遵古制，敬行三年之丧，庶几稍尽哀慕之忱于万一。其天下臣民仍照定例行，著王大臣会议具奏，钦此。」群臣议上，请如遗诏。大行梓宫，七月二十九日至滦河，八月朔日大敛，十二日奉移殡宫回京，二十二日至京师，奉安乾清宫。今上八月二十二日卯时行即位礼。以明年为道光元年。九月初十日，奉移大行梓宫暂安观德殿。皇上步送掖行。十六日行大祭礼。十七日都中百官除缟素，换戴缨帽，服元青。道光元年三月十一日，奉移梓宫，自京起行，二十三日奉安昌陵。

额经略

经略威勇公额勒登保，初从福贝子讨白莲教匪，即以勇略善战闻。贝子卒于军，公继为经略，所向克捷，贼畏之。每战，张左右翼，使降贼居左，张红旗；乡勇居右，张黄旗，皆为前锋。大军继之。贼遇大军皆易之；独见红黄二旗，则相惊曰：「二侯兵至矣，」皆奔。公既善用兵，赏罚悉当。每战，以两人肩竹兜乘之，铳炮矢石常从肩耳过，左右失色，公不少避，督战益力。尤严操守，赏士巨万不惜，而不以一钱自奉。诸督抚使上饱遗，一无所受。以故卒能平贼。大兵岁久，诸将无不蓄货财。凯旋日过芦沟桥，虽名将如德侯，亦辎重垒垒。公独萧然行李数骑而已。初有一子为侍卫，卒。公方治军，得书不言，亦无戚容，中夜归帐乃哀，明日治事如故。归京师后，复生一子，上赐之名，甫数月，而公卒。上亲临奠，取子置诸膝而哭甚哀，即命袭侯封，逾岁卒。公竟无子，乃别立嗣。或疑公忠勇果毅，已贯天人，而诛戮不无太过云。

音都统

叶尔羌办事大臣、副都统音公登额，字健斋，满州镶黄旗人。初以侍卫讨八卦教贼，收复滑县有功，为宣化总兵，赐黄马褂、花翎。嘉庆二十五年，调镇台湾，旧制：台湾镇道得奏事。台镇为挂印总兵，王命在焉。每决囚，皆道至镇署会鞫行刑。奏事列衔，道居镇后；决囚，坐次如之。上元叶公为台道，以争坐次不洽，又奏事由道主稿，他镇武人，不谙律例，悉听之，公则兼娴吏事，在宣化日奏稿皆自为之。至是，阅道中稿时有商改，遂为叶所衔。道光元年，叶公方大用，陛见奏公有微词，上犹念公功，第改镇天津而已。四年，以副都统为叶尔羌办事大臣。

时西域承平久，喀什噶尔参赞大臣斌静虐回部，回民怨之，潜奉故和卓木之孙张格尔谋作乱。上闻回疆不靖，使宗室永公为参赞，侦获张格尔不得，切责之。永芹忧死。更以伊犁将军庆公往，领队大臣巴彦带出卡逐张格尔不遇，围别部回二百余人，歼之。回人大恐。张格尔遂自敖罕拥众至，安集延助之，诸城响应，和阗、乌什二城同时陷，喀什噶尔被围。叶尔羌守兵止五百人，悬绝无援。贼至，公督兵出战，殁于军。喀什噶尔亦陷，庆公被难。道光五年十一月也。明年正月奏至，上震怒，以大学士伊犁将军长公为扬威将军，陕甘总督杨公遇春，山东巡抚武公隆阿为参赞，提督杨公芳为前锋，率大兵讨之，三战皆捷，遂复四城，张格尔遁走。上方诘责诸将，而张格尔复收余烬，伯克诱之，诈以内应，除夜潜至，卡伦有备不克入，将遁。杨芳与总兵胡超追获之。西域平。大臣以公及庆公死事上闻，赠公都统，赐恤荫袭如制。公二子：长海洪阿，为古城营游击，次哈当阿，尚幼，随公在军，城陷走失，逾年乃至大军，上闻而怜之，命伊犁将军德英阿护之以归。

唐镇军

今漳州镇总兵唐文淑，广西柳州府马平县人。乾隆五十三年，从福贝子征林爽文至台湾。其后为四川守备。教匪乱，终始在军中。历功至松潘镇总兵，失察将备交代钱粮事，降千总。逾五年，复为副将，迁四川建昌镇。道光八年改漳州。

为余言数十年兵事贼情如绘。尝言福贝子在台湾平贼后，驻郡未行。民间赌博甚盛，彻夜街衢皆满。贝子患之，遣游击往捕，竟为博徒拒伤。贝子怒，严责守令，获其人、斩以徇，而民间博如故。然后知习俗锢人，以贝子百胜之威，不能禁也。

又言：教匪乱时，从额经略为翼长，前后获贼男女，有司讯供，由翼长过堂开单，呈经略定罪，凡三等：贼目以上凌迟；持械拒敌官兵者斩；被掳者释遣。大约愚民被胁者众，以尝拒敌，经略悉诛之不赦。尝乞请再三，经略曰：「诸君皆欲为阴功耶？好生固天心，而劫数亦天意也。若辈从贼，即在劫中，诛之，俾劫数速完，不亦可乎？」复屡哀之，始下令：从贼不及三月免死，遂多全活。然有曲为开谕，而自甘就戮者不少。盖为邪说所中，竟无术活之。是岂所谓劫中人乎！

又言：在湖北获一贼目，家固素封，而甘作贼。既诛已，其妻及妹自投。妻年二十余，有殊色，自陈某之妻，愿就从死。公语以「罪人不孥」，将释之。妇曰「身为贼人妇，夫死义不可生，不杀亦愿以全尸死，但求送小姑见翁姑，则感恩耳。」问以既知大义，胡听夫作贼？曰固尝谏之，不听也。遣去，再三不可，泣别其姑，投缳而死。姑十五岁，公使人送诸其家。如此妇者亦可哀也。

观将军

荆州将军观公喜，本名观音喜，后改今名，字吉兰，陕西驻防镶白旗人。尝从征大小金川及白莲教匪。历功，道光二年，代音公登额镇台湾。余方被议罢。公以台人爱余，引为兄弟交。数从问事。余竭诚告之。

上元叶公以台湾道再迁为闽抚，建言台湾戍兵骄悍，费繁无用，请由台地召募。上命与总督议之。闽督庆公未议罢去，叶公兼督篆，檄公议改。公以问余。余言其不可，且为说以上。公善之，寝其事。未几，叶公罢去。赵文恪来督闽浙军，遂定议仍如旧制。四年春，公以疾归陕。五年起镇真定。入觐，上犹问台湾戍兵事。公面对：制不可改，且陈召募之害甚悉。上嘉纳，以公知兵，擢为杭州将军。七年，移荆州。九年正月入觐，数召见，宠待有加，赐紫禁城骑马。四月回镇，寻病，乞归，八月卒。公历戎行久，所至训练士卒甚勤励。而各营骄惰成习，皆惮公之严也。公每语人曰：「某武人守职，唯知操兵养马而已，不知其他。」又以台湾戍兵事得自余言，逢人辄称述之。其让善如此。数以书问余所急，在台日尝助余以千金，代偿官负，有古人之风焉。

董文恪公

上元董文恪公教增，乾隆丁未一甲第三人及第，由翰林入直枢庭，出为藩臬，强毅不阿，督抚皆敬惮之。开藩四川日，公宴相尚豪侈；公务为俭约，力矫其敝，宴集不作剧。总督勒公以春酒召公，至门已通刺矣，闻音乐声返去不入，勒公为之撤乐，乃复尽欢。一时侈风为衰。

嘉庆十三年，巡抚安徽。百文敏奉督两广军。时海寇方张，文敏锐意灭贼，过皖贻公诗云：「岭南一事君堪羡，杀贼归来啖荔支。」及寇受抚，公与文敏书曰：「昔蒙赠诗，当改一字为『降贼归来』也，文敏默然。

十七年移抚广东，承文敏抚贼之后，诸降人桀骜陆地，为闾阎害。公惩治甚力，然不肯妄杀。广州府有死囚，遇赦减等改军而逃，获之拟斩。公以加等律不应死。按察使持之。一日公会，公问按察使曰：「某囚可以不死，君必欲杀之，何也？」对曰：「此广州府所议。」总督蒋公攸铦在坐，亦以为然。公诵元次山诗云：「安人天子命，符节我所持，」此囚竟得免死。

二十二年督军闽、浙。闽中钱粮疲甚，民间抗欠成风。公议清积欠。福清县武生林弥高惯讼包粮，阻众不纳。县令亲捕，为其党截夺，官役皆伤。公使福州守及参将往围捕不获。公怒，奏褫两人顶带；及获之，弥高遗书其党，使劫持通县抗征，无一人敢纳者。巡抚史公致光患之。公毅然升堂，亲讯弥高，得其致书状，立缚出斩之。福清人闻之大惧。又见弥高已死，钱粮乃纳，积逋亦完。

诸郡抗欠之风乍敛，强宗悍族方谋完纳积欠。奏入，上甚嘉焉。未几，有恩诏普免天下积欠。民间妄希恩泽，欠风复炽。

二十五年以疾乞归，道光元年卒。赐恤如制，谥文恪公。尝谓：「人不可作无益事，不可为无益语，不可用无益钱。」又云：「刻于己为俭，俭于人为刻。人知俭与刻之分，处世之道过半矣。」赵文恪尝叹为名言，载之《日录》中。文恪又言：公任蜀藩时，峨眉猓夷不靖。公率兵驰往。时图功者众，咸请进剿。公曰：兵凶战危，圣人用于不得已，且玉石不分，遽行歼灭，非所以体皇仁。坚不允。廉得汉奸挑衅激变者十一人，夷匪首事者六人，集众诛之。夷众帖然。余谓公此事与赵文恪在粤西治庆远会匪事相类。庆远匪民廖五桂结众横行乡里。村有二墟。蓝耀青者居新墟，尝结天地会侵暴旧墟。五桂为旧墟长，思结龙虎会敌之，匿名揭帖有「平治大元帅令地方助饷」语，以恐吓村众。有司以闻。布政使请往，将大其事。公不可，自往察之，得其状。捕耀青及五桂并诛之，其党众数十人发遣流徒有差。郡邑安堵。两文恪如出一辙，录之以为抚绥边疆之法。

董公督闽，患漳、泉二府多械斗劫掠。余时为龙溪令，亲捕得渠魁五人，讯其案，皆数十起，既承伏，召其族长于庭，诘之，各具状请罪。一日杖毙之，尸诸城门。凶徒股栗皆逃出境。巡抚史公以不如制疑之。余曰：「漳人苦斗久矣。凶狠之徒，常杀人数百如儿戏；官军莫可如何，吏捕率不得正凶。今幸擒之，若逐案传质按问，则系累必数百人，非除暴安良本意。且漳州距省六百里，市转招解经时，即依律治之，凶民无由知儆。今朝捕而夕诛之，万民环堵，所谓刑乱国用重典耳」。独公闻而韪之。每守令至漳，必语曰：「治法可问姚令，又以逃凶积案疏劾同安、漳浦、长泰三令，」而于龙溪则曰：龙溪积案亦多，惟该令姚莹，洁己奉公，宽猛兼施，境内遂无械斗抢掳之案，臣等仰体皇上爱惜人才至意，未经并参」云。

张保者，粤海盗首，故肆扰七郡，戕二大将，粤人恨之入骨。以受抚予守备官，所至，粤人图杀之。百文敏去粤，乃携之入都，改官闽中，数迁至澎湖副将。莹将之台湾，入辞于公。时闽洋有盗，公方治舟师。莹进言曰：「张保罪大，不诛而受赏者，欲其効力也。今数载未有殊功，迁副将，窃以为过。何不使击贼？胜则收其功，败可治其罪，即为盗杀，亦不足惜，」公深然之。保遂周旋海上，盗平而保亦死。余常谓封疆大吏，当有宏毅之量、明果之识，非徒孜孜寡过而已，董公其庶几乎！

煦斋英公

协办大学士英和，定圃尚书文定公子，少有异才。和珅欲婿之不可，颇衔之。乾隆癸丑，公登进士。殿试恐为所中，乃变易书体，得免。仁庙亲政，和珅伏诛，以公不附其党，嘉焉，洊至大用。今上即位，首言开捐之弊，上深纳之，有「永停捐例」之旨。海内翕然，吏治一变。

道光五年，高堰河决，漕运不前。公力请海运，江督琦公，苏抚陶公助之。时议惧险，仅分运苏、松诸帮，已而海上舟安抵通仓。识者皆伟公策，欲久远行之，不果。盖漕运、仓场二总督以下食河运之利者，不便海运，多方尼之也。

公感恩遇，知无不言。为户部尚书，深以国用为忧。张格尔事起，西域用兵，计费千万，有请于易州开矿者，公未察，奏之，幸上英明不许。太仆少卿梁中靖奏：酌增常捐事例，以裕军需，西事方亟，廷议皆以为宜行，公亦不能持前说。然公判度支，边饷莫筹，亦共谅公之非得已也。公尝数主试，尤风雅爱才。六十寿日，诸门生故旧颂祝之词甚众。公独取桐城诸生刘开诗以张堂中，观者叹刘诗之工，而益服公之好士也。

万年吉地初营宝华峪，上命庄亲王及大学士戴公相度地形，而公督工程。公荐户部某郎中为监督。先是公为内务府大臣久，习知吉地工巨，财力匮耗，颇以尚俭为言，与上意合。尝燕暇，从容举汉文帝薄葬事，上称善。至是遂议于旧制小有裁省。道光五年，余在都中。闻某为监督，节省丁费三十万。曰：「嘻，其败矣！昔嘉庆中，吉地年久费巨，工犹未善，盛公以此得罪，某何能省费若是，其工可知矣，英公必为所累。」友人刘元恩在工当议叙，余戒之曰：「君其辞之！」刘曰：「诺。」七年工竣。戴公，英公皆晋宫衔，某擢内阁侍读学士、某故粗鄙，希旨节省，工不坚而众恶之。八年，上闻地宫有水，使人视之，验。车驾临视，则孝穆皇后梓宫下见水迹，上大悲恸，逮问诸人。公及二子革职，戍黑龙江；庄亲王以先薨免。戴公初逮，祸且不测。皇太后言「不可以吉地事诛大臣，」乃释归。某亦遣戍。方英公之被逮也，尽封家财登诸籍，戒家人曰：「上必籍没，悉以献，敢匿一物者，吾以闻。」遂皆入官无隐。然公家数世贵显，悉所有不及数万，天下悲公之忠荩而误于非人也。

汪文端

协办大学士礼部尚书山阳汪公廷珍，乾隆己酉一甲第二人及第，典试文衡者二十余年，学行文章天下仰之，无异辞。今上在潜邸日，公为上书房总师傅，尽忠辅导；登极后，献纳尤多。道光三年二月十七日，朱谕：「礼部尚书汪廷珍，于嘉庆十七年，皇考简用上书房师傅，与朕朝夕讲论，非法不道，学问渊博。迨至二十三年受任总师傅以来，倍加勤慎，考古证今，言皆中道，使朕通经义，辨邪正，受益良多。又自朕观政后，畀以左都御史、尚书之任，办理均能妥协。是汪廷珍于师道、臣道之义，可谓兼备矣。今日临雍讲学，因思曩昔讨论之功，眷怀旧况，用沛恩施。汪廷珍著加太子太保衔。用示朕崇儒重道之意。」天语煌煌，可见公所学之正。启沃圣心，用成仁孝太平之治，可与古大臣争烈矣。公风裁严峻，正色立朝，无所亲附，出入内廷，大小臣工见之无不肃然。八年卒，谥文端，天下无异辞。

许提督

福建水师提督许公松年，字乐山，台州人。嘉庆中，由偏裨从提督李公长庚击蔡牵，数有功。迁漳州镇总兵，洊至水师提督。金匮孙文靖公初为盐巡道，有隙。孙后为闽抚，致书蒋砺平相公短之。许知，语人曰：「是且为闽督，必受其伤，当先避之耳。」而孙顾善接之，不能决。未几，孙果督闽、浙军，益厚许，所言皆听。许大喜过望，遂无去志。

道光五年，台湾闽粤庄分头械斗，镇道不能靖。许巡阅至台，奏辞颇张大。孙文靖亦飞章继之。是时，张格尔方有事，朝议大军进征西域，以山东巡抚武公隆阿尝镇台湾，将授参赞大臣，督兵渡海，其实台人固未反也。而许已使人晓谕，两造愿罢斗听官理治，惟匪民惧诛未就捕。孙闻武公将至，亟上言请止；即自渡海，相机剿抚。上方忧西事，得奏，改命武公西行。孙至台湾，民间已稍定矣，乃纵兵大捕，诛遣五百馀人，而劾提督无功。先是斗事之起，以彰化县粤籍人与闽籍人失猪相争，互有掳掠。官治之不得要领，匪民乘机焚抢，遂分头相攻杀，蔓延及嘉义、淡水。许严责官吏，声言将大有参劾，辞厉而气骄，众惧，诉于总督。孙公至，乃密奏许查办不协机宜，总兵蔡万龄惧懦酿乱上褫许、蔡职，交总督随营差遣，事竣放归。孙公之奏也，出许不意，及褫职命下，无可申辨。许愤懑甚，取冠投地，须目皆张，始知为人所图。归未几，疽发背死。

王提督

浙江提督王公得禄，字玉峰，福建嘉义县人。世丰于财，兄弟各五十万。乾隆末，林爽文作乱，以武举集义民，助官军杀贼立功，授水师营守备。嘉庆中，蔡牵纵横海上。数从李公长庚出贼，洊至澎湖协副将。十一年，蔡牵进鹿耳门，结台湾匪民数万人，围台湾府城，为陆营于洲仔尾，大小船数百号，自鹿耳门至府城下联络三十里。蔡逆自拥大帮巨舰，踞鹿耳门，凿民舟沈塞港道，以绝援师。时李公及金门、澎湖舟师大集，阻门外不得进，使公以六百人驾小舟自安平港入侦之。一望贼帆弥满，众皆失色。公多备火器，至夜乘风焚之，鼓噪大呼，军殊死战，贼舟延烧几尽，焚杀溺死无算。公遂入屯柴头港，贼气夺。明日，自洲仔尾攻府城北门。官兵出战，为贼所乘，将退。贼甚众，追击。公将六百人，排枪齐进，蹑贼后大呼攻击，贼惊却扰乱，城内军返，夹攻之，贼大败溃，进追至洲仔尾，遂破其营。蔡牵乃遁。叙功进总兵。

明年，李公追蔡牵、中飞炮卒。公为提督，总统闽、粤、浙三省舟师击贼，败困之。蔡牵穷蹙。十四年，追贼于黑水洋，首及贼，乘夜轰击。蔡牵坐船高大，急难攻。公用火箭火罐齐发，先焚其篷。贼乱。公自以战舰直撞贼舟，毁其柁楼，蔡牵沉海死。二十余年巨寇遂平，论功晋子爵，世袭，赏双眼花翎，为厦门水师提督。十年，迁浙江提督。众短之于巡抚，遂乞病归。时年五十三。公短小精悍，善战，身先士卒，故所在有功。自灭蔡逆，威名益著，其去也人皆惜之。

罗天鹏

湖北提督罗斯举字天鹏，四川东乡县人。少亡赖，数行窃，令捕之，杖毙，弃诸野，中夜而苏，匍匐至老妪家，周之，遂改行娶妻。忽患奇疾，百方不治。一道人过门，曰：有方可救，但得钱三十千乃能配药。罗自念贫窭，安得三十千钱？乃语妻曰：「吾病且死，若亦饿死耳。若苟鬻身，可得三十千钱买药，则两活矣。」妻不可，强之再三，泣而从之。鬻于某氏。得资治药，病果瘳。白莲教乱起，投身军营，每战为前锋，骁勇绝伦，历功至湖北提督，世袭轻车都尉。其初贵为游击时，遣人访其妻，重金赎之，为夫妇如初，以报其鬻身救夫之义也。

道光十三年，湖南永州苗赵金龙作乱，罗受命与总督卢公坤往平之。贼已困将擒矣，时上以尚书宗室禧恩为大臣，督军未至。诸公议待禧至，罗曰「困久师怠，贼必遁」，不听。遂一战歼贼且尽。禧为内亲信，大臣督抚以下，皆降屈为礼，怒其不待，盛气陵之。罗独不屈，且面折之曰：「诸公贵人多顾忌，罗斯举一亡赖耳，受国厚恩至提督，惟以死报，不知其他。」禧甚怒，而无如之何。罗每与人言生平作贼事，不少讳，尝使人历叙其事，亦奇男子也。

汪尚书

兵部尚书浙、闽总督汪公志伊，字稼门，桐城人。乾隆辛卯举人，以知县起家，历江苏巡抚，两广总督，内召工部尚书，改督浙、闽。风裁严重，所至厉节操，饬吏治，处事坚定，有古大臣风，同时督抚咸推敬之。

嘉庆初，白莲教既平，两湖多盗，江上尤甚。公严治之，多所诛捕，始靖，公去久而民益思之。二十一年，公在闽，藩司李赓芸为改教知县朱履中所讦，谓李为汀漳龙道修军船，假用其三千金。李固公所荐举也，素有廉称，公弗之信，而不敢隐，请勘问。而厚李者咸为李周旋。履中言前寨非其所为，乃家人何佳窃印文妄讦。公以其辞不情，斥之，案问何佳则乌有也。公怒，严鞫履中，吐贿和状，且出在漳用银簿为证；李不肯承。福州守徐以捞随两司会推，李坚执如初，案久不定，公促之，李乃缢。公乞病退。上别命大臣往勘，厚李者复谋使人呈请为李建祠，言其清操，而阴为飞语都中，谓督抚与李有嫌，徐以捞勘供致自尽。遂坐履中诬讦，与以捞皆论遣，公与巡抚革职。闽中人知其事者，谓漳厂修船，例由龙溪县中文领价，归道承修，司银未至，县中暂垫而道偿之，非赃私也。李为人狷急，素以清名，恐涉嫌不承。公峻待绅士，不礼于公者皆恨公而厚李。建祠之请以中公也。或曰：李供词颇涉及厚李者，故与汪公为难。然其人亦公所荐举，洊至闽督，乃阴险如此。今诸人皆殁矣，未审地下作何相见也。李仅一子，有神童誉，李死后两岁而亡，竟无后。

识小录卷八

俞都转

俞德渊字陶泉，甘肃平罗人。嘉庆丁丑进士，由庶吉士改授江苏荆溪令，有声。林公则徐、贺公长龄咸重之，调长洲县，甚得民心。迁苏州府督粮同知。

道光八年，海运告竣，以巡抚陶公澍奏，擢知常州府，调江宁。会两淮盐法大坏，库贮久虚。十年冬，上命尚书王公鼎、侍郎宝公兴至江南与总督议改盐法。先是陶公为巡抚，稔知两淮积弊，尝极论之；上颇有意兴革，召还总督蒋公，遂以陶公代钦差大臣议多主罢官商，盐归场灶科税，以德渊有心计，使与议事。德渊上言曰：「日者所议盐归场灶，其法有三，一曰归灶丁，以按锹起科。盖沿海草场四万余顷，给丁割草煎盐，已按亩征收折价。今正杂引课，势不能再取于地，只当取之于盐。惟论盐必计斤，而各场煎丁，零星散处，日煎日卖，用力勤惰不同，获盐多寡自异，不能计斤定课明矣。无已，则征之于锹。通泰二十场，额锹二万五千余口，每口岁煎盐三四万斤，以引课加盐价，每当锹输银一百五十两，共银三百七十余万两，而淮南引课可足。灶丁既按锹认课，则盐即己物，听其售与何人，无论远近商民，随资贩卖，出场后不问所之，脚费外别无浮费，人自乐趋，盐价自贱。且使小民任意营生，何官何私，行所无事，此真旷然无忌之善政也。然其中难行者有三焉：一在灶丁之逋欠，一在鐅镬之私煎，一在灾祲之借口。灶丁皆滨海穷民，篷栖露处，身无完衣，平日煎盐所得，不过佣资餬口，今忽责以百余金之课，按月限完，恐贫人骤得多钱，未经入官，钱已他用，至期甘受追比。追比过严，逃亡立待，势必设立头长承总包纳。若辈均系同类，容隐分肥，一官何能遍察？至于煎盐用鐅，由官给领，私铸有禁，立法本严。闻近时各场私鐅之数与官鐅等，一经官查，则埋掷草土之中，官去而私煎如故。今既计鐅征课，则官鐅之盐课入倍于盐本，其私鐅之盐转得贱售，以夺官盐之利，即纳课之丁，亦将添置私鐅，隐射逃课。且不独鐅而已，凡炊饭之锅镬，无不可煎盐。现行例中，有所谓镬子盐者，即锅煎也。此而不禁，则大海之潮，取之不竭，势必烂贱堆积，灶病而课可忧。禁之则海滨辽阔，官外之私，既百计藏匿，官中之私，复影射多方，此又不能一概禁绝者也。又闻场灶煎盐，必赖天时。积潦之年，海潮泛滥，各灶即有淌消之患；再值洪湖盛涨，五坝全开，则各场即有浸没之虞。向者灶户值阴雨久即赴场商借贷钱米，天晴煎盐扣还，前后套欠既多，往往有逃亡者。如成灾稍重，场商必多方捐赈，所以有盐义仓之设也。然皆商捐，官不过问。今以课归丁，稍遇水旱不齐，必借口求蠲求缓。往时荡课不过数万，节年以来，因灾减免者不可胜数，况数百年之引课，何能禁其吁求？不为缓课，必且求借口粮。国家一视同仁，岂能不加抚恤，更恐各场因灾停煎，灶丁素无积贮，而各省价必骤昂，此又不可不预筹也。

「二日归官场。以给单收税，照各场产额摊定，每斤课银若干，由运司给发用印空单，存贮场大使所，无论商民买盐，先赴场官报明斤数纳课，请填印单，赴灶买盐。出场后，另于要隘委员查验，盐单相符，即截角放行，不论何省何地，听其运售。场官给单后登印簿，知会委员；其委员亦截角后知照场官核簿，以防偷漏。各场所收课银，按月解交运库。如此商课改为税课，场官作为税官，人人可以卖盐，即平日贩私之徒，一经纳课，任意所适，此亦荡然维新之善政也。然其难行亦有三焉：一在额数之难定，一在稽察之难周，一在官吏之难恃。两淮各场照引定课，如伍祐场产盐二十余万引，应征课银六十余万两，等而下之，如梁垛场产盐七万余引，亦应征银二十余万两。今就场抽税，不限以额，则听其尽征尽解，乌知岁收果有若干？若试行之初，即责以一定之额，则每场应收银数十万两，场官守单待请，毕竟一月发单几何，毫无把握。且水次有远近，盐色有高低。倘盐高路近，群趋归之，而僻远之场，竟售者无几，场官无计招之使来，此额数之难定也。至请单之法，原以杜私，而人情贪利，虽小必争。两淮盐价，斤止数文，而纳税倍于盐本，逃千引之课，即省银数千，难保盐贩不串通灶户，私相交易，或藉单影射，以数百斤之税，冒运数千万斤之盐，即有委员查验，而场地千里，港汊支河，无处不可越行，虽多派巡役查缉，而若辈惟知营私，苟以利，何难为所欲为？此稽察之难周也。或谓就井抽税，滇省行之矣。何独不行于两淮？顾闻滇盐产于井，地有定所，难以私增，其地近而易查，一井官可守也。淮盐煎于镦，晒以池，镦则随时可增，池则随地可开，其势涣而无纪，一场官不可守也。乌得以滇盐为例乎？江苏财赋重地，至大州县不过十万，即如淮浒各关，临督重任，每年抽税亦不过三四十万。今以一场大使，而责以数十万之税课，官卑任重，负荷难胜。况场署皆近海滨，无城郭之卫、营汛之防，起解收藏，均多可虑，此又官吏之未可尽恃者也。

「三曰：归场商。以认缴纳课，招徕殷实之户，报充垣商，听于某场认缴若干口，完课银若干两。灶户煎盐，即归本商场垣堆贮，经理出卖，酌给灶丁工本。其贩盐者，从垣交易，应售价值，亦官为酌定，毋许抬价居奇。秤桶遵制，由运司较准颁发。所有垣商认充，须殷实五家互保，完课立定卯限，赴场大使衙门报纳。至每岁销盐若干，由垣商自为营运，官不与闻。而赴场买盐仍不问其何人，出场售盐，亦不问其何地。以商领灶，而事有所统，以课归商，而责无旁贷，此亦寓散于整，随时变通之良法也。然其难行者亦有三焉，一在疲商之钻充，一在殷户之规避，一在垣外之私售。通泰各属，场商多借本营运，近者日形疲乏，因负欠多欲退无路。今闻招商认课，必且营谋投充，联名互保，只图孤注一掷，将来完课有无，姑置度外，迨至卯期，则设法腾挪国课，必多贻误；使大加裁汰，另招新商，则四方好事之徒，如游士幕客，官商长随，皆得应募而来，并广求当路致书，为赤手成家之计。此辈一经得路以后，驱除更难。此场商之难于选择也。如谓各省殷户原不乏人，贪夫趋利若鹜，宜有不招自至者，惟事当变法之初，非常之原，黎民所惧。彼富厚之家，心计素工，兢兢保守，安肯挟重资而谋不可知之利？纵日后不无垂涎，而事前必多观望，此殷户之未易招徕也。必不得已，则仍谋之于商，无论在场在扬，第就平素业盐之人，择殷厚者，佥为垣商，认缴纳课，而疲乏者，一概裁除，庶可收得人之效。惟此法施之商垏，商缴，则顺而易，行之灶垏、灶缴，则逆而难。盖商垏商缴商产也；灶垏灶缴灶产也，以灶户自置之产，而一旦属之商人，无异掠贫民之业，使富民代为管领，以世业而变为佃农，孰甘心焉？况商之殷厚者，其经理多委之商夥、商厮，此辈专以剥削为能，借贷则要以重息，秤收则勒以重斤，灶既积怨于商，必与民贩勾通盗卖，其势然也。况垣中有课之盐，价数倍于灶上，私贩亦必舍垣而趋灶，盐不归垣，课何从出？则恤灶私之法，又不可不深长思矣。

「以上三法，共有九难，姑就三者兼权之，则招商认缴一条，犹为彼善于此。苟得其人，讲求尽善，或可徐观厥成。顾事难图始，果欲行之，则宜先定章程，清灶佥商，改官易制诸事，非行之三年，不能粗立规模。此一二年中，课额未可常悬也，场盐未可以停售也，各岸食盐未可以久缺也，然则新旧接替之时，非熟思审处，其何能变通以尽利乎？至两淮捆盐之夫，淮北则永丰坝向万余人，淮南则老虎泾不下数万人，皆无赖游民，以此为业。百余年来，世代衣食于此，一旦失业，此数万众安往？其患又不止于私枭拒捕而已。」

议上，陶公深然之。乃与王、宝二公定计，不归场灶，仍用官商如故。惟奏罢盐政，裁浮费，减窝价，凡积弊病盐者悉除之。淮北课少，又无商，改行票盐。章程初改，运使难其选。陶公举德渊以知府超授两淮盐运使。在任五年，正课无缺，运库遂充。德渊风裁严峻，植身俭约，虽登膴仕，妻子常布素。扬州俗尚华侈，德渊乘岁数荒歉，诸商疲乏之后，力崇朴实，黜浮靡，风俗一变，郡中至无优剧。既善会计，又知人能任。诸滞岸商惮往运，辄遣官代之，千里行盐，稽核价用，琐屑悉当。每运恒有盈利，尽以充库，无私取，故人惮其明而服其公。身为陶公荐举，而持法无所阿。当涂黄左田尚书家居，有子中民，在淮候补盐大使，陶公以黄清贫，属德渊予中民优差。德渊曰：「优差以待有功，中民无功不可得。」公曰：「吾已许之矣。」德渊曰：「以德渊辞，可也」，坚不予。公乃使中民之芜湖缉私，便省视焉。其他事多此类。陶公益重之。

林公则徐于时人少所推许，独于德渊曰：「体用兼赅，表里如一。」十五年冬，陶公入觐，数称德渊贤，谓其才可大用，以地方循良，久在盐官，可惜。上亦嘉之，将晋用，而德渊病卒荆溪。长洲、江宁士民闻者，咸为流涕。相与请祀之名宦。两淮盐政及运使，素有丰称，多以财交结权贵人与四方游客，以其余赡给寒士，取声誉，皆商资也。嘉庆中，某为盐政，极意挥霍。一时白食之徒，竞求贵人一纸书，即千金可得。奔走若狂，恬不为耻，风俗人心大坏。自陶公力裁浮费，洁己恤商，德渊复谨守管钥，寡酬应，虽商力渐充，库贮常足，而失望者众，扬人尤以为怨，言者亦时相攻讦矣。

寸阴丛录

自序

待罪蓬州，地僻事简，公余读书，偶有所得，辄笔录之。自念数十年来，崎岖险阻，幸得便安之地，可以其暇隙从事于此，岂必悬车乡闾间，陇亩徘徊，而后云返初服哉？生无百岁，此地此时，不可长得。迟暮向学，亦诚晚矣！且以其愚疏拙狂，直数蹈愆尤，圣明皆宽恕而优容之。一日之息，片刻之安，无非天赐也。敢不兢兢以进修自励哉？乃抄为四卷，名之曰《寸阴丛录》云尔。

寸阴丛录卷一

贾生

《汉书·贾谊传》贾生之死，年三十三。后四年，齐文王薨。文帝思贾生言：「分齐为六国，尽立悼惠王子六人为王。」按《文帝纪》齐分六王在十六年丁丑。是时生死已四年，盖死于前十二年也。更上溯三十二年，当生于高帝六年庚子。文帝初立，因吴公荐征贾生，年当二十有二。故本传云：「谊年二十余，最为少」也。绛侯周勃实毁之，出谪长沙，度湘水，作弔屈原文，所云「阘冗尊显兮，谗谀得志」是也。及绛侯为人所告，逮系长安狱治。贾生乃上书曰：「夫尝已在贵宠之位，天子改容而礼貌之，今而有过，束缚系绁，输之司寇，小吏詈骂而榜笞之，非所以令众庶见也。」一若忘其毁己者。以此见贾生不以私憾废公义，不独才任公卿，其德量亦不可及。然既不至公卿而且不寿，何哉？

方正学先生死事

明人陈建著《粤滨逸史》论方正学先生死事，曰：「正学之忠，至矣，独惜其不死于金川不守之初，宫中自焚之际，与周是修辈为伍，斯忠成而不累其族也。「余按：周之从容就义，诚善矣，然考先生本传：六月乙丑，金川门启，燕兵入，帝自焚。是日，孝孺被执下狱。此据《成祖日录》，必不误也。意成祖既纳姚广孝之言，城下不杀先生，必预戒将士：入城先就其家执之，故即于是日下狱。《成祖纪》云：谷王穗、李景隆等开门纳王，都城遂陷。是日，下令大索齐泰、黄子澄、方孝孺等五十余人，榜其姓名曰「奸臣」，盖五十余人，皆平日谋燕用事之臣，平日所切齿者。先生是日即已被执，乌得从容死于其家乎？且是修以衡府纪善留京，预翰林纂修，燕兵渡淮，与肖用道上书指斥用事者，京城失守，留书别友人，付以后事，入应天府学，自经由不在用事者榜索之列，故甚暇也。岂与方同其情事哉？明人好议论而疏于考实，所言非也。

世传先生十族之祸，以激烈而成，亦非。当时族诛者众矣；先生至于十族，死者八百余人。盖先生名重天下，门人戚友皆习其学，成祖深忌之，藉是尽杀以灭其口耳，此所以族之至十也。先生死事，莫详于郑晓《吾学编》，《明史》本传全取之。当时不草诏，所以折成祖者辞极严正，而非激烈，足以觇先生所养，俗传皆过为之辞耳。

曾子固

曾子固以集贤校理兼判官告院，充英宗实录检讨官，皆清高内职也。而罢出知福州，召判太常寺，既还内，复改知明州，徙亳州，又徙沧州，屡改外官，且自近益远，不乐为之。乃因移沧州过阙上疏，盛颂列祖功德，欲为歌颂，自拟风人之义，得留判三班院，迁史馆修撰。余谓宋时待臣下最宽厚有礼，故得自陈。近侍文学之职，诚子固所长也；然以颂述功德为辞，得毋有微嫌否？昌黎《谏佛骨表》正直之气，千载凛凛；及《潮州谢上》一表，殊不厌人心，虽苏长公有「无宁乞怜君父」之解，究为前后不称。惜翁《古文辞类纂》录此二文，盖以文章论耳。

卫青尚主年岁

幼时读《汉书》，疑卫青初为平阳公主家骑，及后贵尚主，恐年不相伦。顷细考之，乃得其实。按青本传，称元封五年薨，而不言其年岁。考「建元二年春，青姊子夫得入宫幸上。」其年大约十五以上，青为其弟，当不及十五岁，方为侯家骑，从平阳主，此侯即平阳侯曹寿也。其姊入宫，青初给事建章宫，为「大长公主所执囚，欲杀之。骑郎公孙敖往篡之出。上召为建章监，旋为太中大夫，计其年未二十也。元朔二年封侯，又三年为大将军，不过三十耳。其尚平阳主不知何年。以时事推之，当在为大将军后方贵盛，霍去病初贵，尚未得并大将军之时，盖元狩二三年间也。青是时年三十四、五矣。平阳主为武帝姊，元狩二年帝年三十六，主年稍长，盖年三十七八岁。平阳侯曹寿以恶疾就国，更以青尚之，主年长于青约三四岁耳。青死在元封五年，年约五十。未尚主前已有三子封侯，未知主有无所出。

又按：《史记·功臣侯表》平阳侯曹时以孝景四年嗣，二十三年薨。元光五年共侯襄嗣，十六年薨。元鼎三年，今侯宗嗣。「今侯」太史公作《史记》时也。班表从之。元鼎在元狩后，中间并无曹寿嗣侯事。意寿尚主时，次本当嗣侯，而时襄现在，及以恶疾就国，既免尚主，遂并不得嗣侯耳。

吕夷简

宋仁宗景祐二年，参知政事宋绶编修《中书总例》成四百一十九册，上之。降诏褒谕。吕夷简尝奏使绶为之也。夷简谓人曰：「自吾有此例，使一庸夫执之，皆可为宰相矣。」近世毕秋帆编《续通鉴》载之。

余按：此即东坡制策中所谓「大臣不过遵用故事，小臣不过谨守簿书」者也。遵循成例者，曹司之职耳。宰相者，上辅君德，下安黎庶，进贤任人，黜退不肖，乃徒执一例为之，乌足贤乎？况其凭权怙宠，排挤正人，嫉妒贤能哉！从古小人排挤善类，无不以故事成例为言；庸主不能别择是非，亦以为成例果足依据也，可胜叹哉！是时辽以肖孝穆为北院枢密使，其所荐拔，皆忠直之士。尝语人曰：「枢密选贤而用，何事不济！」辽自肖哈绰为枢密，以吏才进，其后转相仿效，多不知大体。孝穆叹曰：「不能移风易俗，臣子之道固若是乎？」北朝宰相之言如此，夷简能无愧死！方且助废郭后，挤李迪，逐范仲淹、孔道辅、余靖，贬尹洙、欧阳修，以忠直为朋党而倾陷之也，仁宗卒莫之悟，何哉？盖夷简本有过人之才，又李宸妃死，以夷简之言厚殓，帝深得夷简，终身不衰也。

历代开基圣主

历代圣主开基，统一区夏，其降生也皆在前代极盛之后，不必及其危乱也。三代以前无论矣，汉高祖之生也，在秦始皇元年，六国犹在，二十五年而后统一，又十五年而后秦亡。唐太宗之生也，在隋文帝开皇二十年，又四年，炀帝立；又十五年而后隋亡。宋太祖之生也，在后唐明宗天成二年丁亥，更历晋、汉、周三代九主，三十四年而后代周。明太祖之生也，在元明宗天历元年戊辰，更历文宗、顺帝二代，四十年而后为明。我太祖高皇帝之生也，在明世宗嘉靖三十八年己未，更历穆宗、神宗、光宗、熹宗、庄烈五代七十七年，世祖章皇帝诞降，又八年，而后为大清统一之顺治元年。元太祖之生在金世宗、宋孝宗南北极盛之时，称帝于宋宁宗之开禧二年丙寅，更二十二年夏亡；更八年，金亡；更四十七年，而宋始亡。以是知天心不肯遽亡人国也，人主祗承天命，可不深知所敬畏乎哉？

三游

荀悦论「三游」曰：「世有三游，德之贼也。一曰游侠，二曰游说，三曰游行。立气势，作威福，结私交，以立强于世者，谓之游侠。饰辩辞，设诈谋，驰逐于天下，以要时势者，谓之游说。

色取仁，以合时好，连党类，立虚誉以为权利者，谓之游行。此三者乱之所由生也。伤道害德，败法惑世，先王之所慎也。国有四民，各修其业，不由四民之业者，谓之奸民。奸民不生，王道乃成。凡此三游之作，生于季世，周秦之末尤甚焉。上不明，下不正，制度不立，纲纪弛废；以毁誉为荣辱，不核其真；以爱憎为利害，不论其实；以喜怒为赏罚，不察其理。上下相冒，万事乖错，是以言论者计薄厚而吐辞，选举者度亲疏而举笔，善恶谬于众声，功罪乱于王法。然则利不可以义求，害不可以道避也。是以君子犯礼，小人犯法，奔走驰骋，越职僭度，饰华废实，竞趋时利。简父兄之尊，而崇宾客之礼；薄骨肉之恩，而笃朋友之爱；忘修身之道，而求众人之誉；割衣食之业，以供响宴之好。苞苴盈于门庭，聘问交于道路，书记繁于公文，私务众于官事。于是流俗成而王道坏矣！是以圣王在上，经国序民，正其制度，善恶要于功罪，而不淫于毁誉，听其言而责其事，举其名而指其实。故实不应其声者，谓之虚；情不覆其貌者谓之伪；毁誉失其真者谓之诬，言事失其类者谓之罔。虚伪之行不得设，诬罔之辞不得行。有罪恶者无侥倖，无罪过者不忧惧。请谒无所行，货赂无所用。息华文，去浮辞，禁伪辩，绝淫智。放百家之纷乱，一圣人之至道。养之以仁惠，文之以礼乐，则风俗定而大化成矣」。荀悦此言，司马温公取之，载入《通鉴》。余谓不但人君，凡为士大夫皆当诵之。

王介甫

王介甫《上仁宗皇帝言事书》曰：「方今制禄，大抵皆薄，自非朝廷侍从之列，食口稍众，未有不兼农商之利，而能充其养者也。其下州县之吏，一月所得，多者钱八九千，少者四五千以守选待除守阙通之。盖六七年而后得三年之禄，计一月所得，乃实不能四五千，少者乃实不能及三四千而已。虽厮养之给，亦窘于此矣。而其养生、丧死、婚姻、葬送之事，皆当于此出」。「以今之制禄，而欲士之无毁廉耻，盖中人之所不能也。故今官大者，往往交赂遗、营赀产，以负贪污之毁；官小者，贩粥乞丐，无所不为。夫士已尝毁廉耻以负累于世矣，则其偷惰取容之意起，而矜奋自强之心息，则职业安得而不驰，治道何从而兴乎？又况委法受赂、侵牟百姓者，往往而是也？」

余按：介甫此言「制禄之薄，不足以养廉耻」可为善矣。及异日得志，更行新法，乃力为掊克，取盈于上，而不顾天下之怨咨，何耶？宋初诸道监帅司及州军边县正赐钱外，皆有公使钱以佐其厨馔，不使扰民，又著令许收遗利，以此州郡得以自恣。若帅宪等司，则有抚养、备边诸库以助公使。盖前代优给大小诸臣，禄入之厚，未有如宋者，不如介甫所云也。岂介甫未执政时，于本朝制度尚多未谙，而以己意言之耶？特其文甚美，不可不使人主知耳。异时新法减削公使钱太甚，东坡作诗讥之云：「忧来洗盏欲强醉，寂寞空斋卧空瓻。公厨十日不生烟，更望红裙踏筵舞。」虽甚其辞，而新法之刻剥臣下，与此书大相反矣。不独为词臣时，盛取言官随宰相入见，及身为执政，乃拒之也。

泰阶六符

东方朔谏武帝，愿陈泰阶六符，以观天变。应劭注引《黄帝泰阶六符经》曰：「太阶者，天之三阶也。上阶为天子，中阶为诸侯、公卿、大夫，下阶为士庶人。上阶上星为男主，下星为女主。中阶上星为诸侯三公，下星为卿大夫。下阶上星为元士，下星为庶人。三阶平则阴阳和，风雨时，社稷神祇咸获其宜，天下大安，是为太平。三阶不平，则五神乏祀，月有食之，水润不浸，稼穑不成，冬雷夏霜，百姓不宁，故治道倾。天子行暴令，好兴甲兵，修宫榭，广苑囿，则上阶为之奄奄疏阔也。」孟康曰：「泰阶，三台也。每台二星，凡六星。符，六星之符验也。」

余按：《史记·天官书》曰：「魁下六星，两两相比者，名曰三能。三能色齐，君臣和；不齐，为乖戾。」苏林谓「三能」音「三台」，盖即东方朔所言之泰阶也。《天官书》又有「斗魁戴匡六星曰文昌宫：一曰上将，二曰次将，三曰贵相，四曰司命，五曰司中，六曰司禄。」与三阶不同，亦自六星。太史公世掌此事而博学淹通，当以为据。泰阶六符虽依托黄帝，恐未可信。轩辕时何有卿、大夫、元士之名耶？六国秦汉之间，百家言多矣，无不托名古圣以自重其书者。《汉书·艺文志》天文家有《泰阶六符》一卷，似即此书，而不云《黄帝经》，应劭所云，不知谁所加也。李奇注曰：「三台谓之泰阶，两两成体，三台故六，观色以知吉凶，故曰符。」

墨子非命

墨子有《非命》篇。班固推其本意曰：「顺四时而行，是以非命。」苏林曰：「言儒者执有命，而反劝人修德积善，政教与行相反，故讥之也。」如淳曰：「言无吉凶之命，但有贤不肖之善恶。」

余按：墨子之言，原非无理，但见止一隅耳，夫命理精微，天道玄远，本非一端可尽。如人之夭寿、贫富、贵贱，各有其数，若于其始生，即有造物者命之，而无关于人事，则人将不必修德积善矣；国家开创，若于其造邦，即定其祚之修短，则治乱皆不以人为，而乱臣贼子皆受命而生矣，又何必讲求治道、勤理民事乎？然而，天实为之，不可诬也。盖天地万物无非一气运行，而万物各受天地之气运以自为其生，于是有强弱、厚薄、灵蠢秉质之不齐；寿夭、贫富、贵贱，随遇而异数，天无容心于其间也。如父母之生子，岂不欲其有寿无夭，有富无贫，有贵无贱，有强无弱，有厚无薄，有灵无蠢哉？然而不能，天之于人亦若是而已。不有夭，安见寿；不有贫，安见富；不有贱，安见贵；不有弱薄与蠢，安见强厚与灵？夫气运流行，天亦不能有春秋而无冬夏，日月不能有盈满而无亏蚀，山川不能有流峙而无崩竭也，况于人乎？惟其有之，故气也，运也，所以为天也。至于人之贤不肖与善恶，国之治乱兴衰，则人事为之，圣人所以参天地而为三才也。五常三德，人之性也，实天予之，若曰尔无以气运之穷，失其所以为人也。家虽贫贱，子不可以不孝，父不可以不慈；国运虽衰，君不可以不仁，臣不可以不忠。五常之德不失，而后三纲立，天心顺矣。气运虽衰，可以稍补，譬人之病，感乎六气，而药石治之得理，可以去其病而健其身，虽气尽终亦必死，而无困苦疾痛之患，则药石之攻，乌可已乎？人能如此，斯可无憾于心，无恶于人，故曰：「尽其道而死者正命也；桎梏死者非正命也。」彼墨子者，恶足以知之！

汉艺文志分列诸家不可晓

班固《艺文志》盖本之刘歆，去《辑略》而为「六略」，其序论九流所长及蔽，善矣。惟所列诸篇，亦有不可晓者。如《周史》《六弢》言取天下及军旅之事，入儒家；《管子》入道家；尸子为商君之师，《尉缭子》为商君学，不入法家；《公孙尼》不入儒家；《于长天下忠臣》，入阴阳家，皆本《七略》而无出入，未得其说。其《诗赋略》列屈原以下二十家及刘向、王褒为第一；陆、贾以下二十一家及张丰、朱宇为第二；孙卿以下二十五家及华龙、路恭为第三；《客主》以下杂赋十二家为第四，不知分第之意云何？岂以工拙次之耶？扬雄入第二，岂更不若刘偃、蔡甲乎？雄虽后自悔之，而不失为工也。《兵书》五十三家，有《孟子》一篇，不著其名；以列阴阳，假鬼神为助，盖非邹孟子矣。

太史公中书令

《汉书·司马迁传》：「谈为太史公」。如淳曰：《汉仪注》「太史公，武帝置，位在丞相上，天下计书，先上太史公，副上丞相。序事如古《春秋》。迁死后，宣帝以其官为令，行太史公文书而已」。晋灼曰：「《百官表》无太史公在丞相上。又卫宏所说多不实，未可以为正。」师古曰：「谈为太史令耳。迁尊其父，故谓之公。」余按：《汉书·百官表》不惟无「太史公在丞相上」语，并无太史令之职。《后汉·百官表》亦无「太史纪时事」语。岂迁为太史令得罪后，遂阙其官耶？抑或迁愤失职就腐刑辱其先，而不列入表，班固作《志》，遂亦因之耶？迁本传言：谈「卒三岁，而迁为太史令，紬史记石室金匮之书。」又云：「太史公既掌天官，不治民。」则是官固兼天官及纪载二职，亦甚重矣。《百官公卿表》不列之何耶？《后汉·百官志》太史令一人，六百石。掌天时星历。

又云：「凡国有瑞应、灾异掌记之。」本传云：迁后「为中书令，尊宠任职。」按：《百官表·少府》下云：又中书、谒者、黄门、钩盾、尚方、御府、永巷内官者七官，令、丞、诸仆射、署长、中书、谒者等七官皆有令、丞，迁为中书令，是内官之尊者。前汉时中常侍诸官，亦引用士人，以参其选，不尽奄人。迁又已就腐刑，故为之。《后汉·宦者列传》云：「孝武数宴后庭，或潜游离馆，故请奏机事，多以宦人主之。中兴后，宦官乃用阉人，不复杂调它士矣。」若然，则汉时中书令，不过请奏机事之内官，而后世遂为宰相，非其义矣。

尚书

尚书一官，古主奏事之职。《汉书·百官公卿表》少府属官有尚书。尚者，奉也。少府掌山海池泽之税，以给供养，尚书盖主奉其事者。因少府为内供奉，其职甚亲，故以中书谒者宦者仆射、中黄门诸中官，皆属焉。如今之内务府是矣。尚书本少府之属，不属中书。《石显传》云：显与宏恭「皆少坐法腐刑，为中黄门，以选为中尚书。」则别于少府之尚书矣。下文「萧望之领尚书事，建白以为：尚书，百官之本，国家枢机，宜以通明公正处之。武帝游宴后庭，故用宦者，非古制也。宜罢中书宦官，应古不近刑人。」元帝不听。」盖自宣帝时即任中书官，以恭为令，显为仆射。元帝被疾不亲政事。恭死，显代为令，委以政。事无大小，因显自决。是时少府之尚书权甚轻。表言：「成帝建始四年更名中书谒者为中谒者令，初置尚书员五人」，未言所属。

按：《前汉书·贾捐之传》云：「京兆郡国首，尚书百官本，」更通萧望之所言所领，则前汉时本别有尚书，主京兆郡国，不止少府所属，而表无之。《后汉·百官志》云：「尚书令一人，千石。」本注曰：「承秦所置，武帝用宦者更为中书谒者令，成帝用士人，复故。掌凡选署及奏下尚书文书众事。」「尚书仆射一人，六百石。」本注曰：「署尚书事令不在，则奏下众事，尚书六人，六百石。本注曰：「成帝初置尚书四人，分为四曹：常侍曹尚书主公卿事；二千石曹尚书主郡国二千石事；民曹尚书主凡吏上书事；客曹尚书主外国夷狄事。世祖承遵，后分二千石曹，又分客曹为南主客曹、北主客曹，凡六曹。」右本注所言，较前表为备。表言成帝置尚书员五人，岂并尚书仆射计之耶？盖萧望之言「成帝始行之，而本注云「复故」，又云「承秦所置」，则前汉武帝以先即有之，前表未详，范志所以言其职分未悉也。

古时县令尊贵

古时郡守、县令皆尊贵，二千石无论矣。前汉《百官表》云：「县令、长，皆秦官，掌治其县。万户以上为令，秩千石至六百石。减万户为长，秩五百石至三百石。皆有丞尉，秩四百石至二百石，是为长吏。百石以下有斗食，佐史之秩，是为少吏。」「县大率方百里」。《后汉·百官志》云：「每县、邑、道，大者置令一人，千石；其次置长，四百石；小者置长，三百石。」县万户以上为令，不满为长。」「丞各一人。尉大县二人，小县一人。」《明帝纪》云：「馆陶公主为子求郎，不许，而赐钱千万。谓群臣曰：「郎官上应列宿，出宰百里。有非其人，则民受其殃。」」向未解郎官出宰之事，今读《百官志》乃悉其说。《志》云：尚书六曹「侍郎三十六人，四百石。」注引蔡质《汉仪》曰：「尚书郎初从三署诣台试。初上台称守尚书郎，中岁满称尚书郎，三年称侍郎。客曹郎主治羌胡事，剧迁二千石或刺史，其公迁为县令。秩满自占县去，诏书赐钱三万，与三台祖钱，余官则否。治严一月，准谒公卿陵庙乃发。」盖当时之重县令如此，宜汉时吏治之善也。

唐世犹沿此制，昌黎本传「改都官员外郎，即拜河南令」是也。后世以县令为卑官，而微贱视之，自非有志自好者为之，吏治尚可问乎？明代有行取之例，本朝时有特旨保举。为县令者可毋自弃矣！

古尚书郎尊贵

今制：六部郎中、员外，保举始得转御史。是御史重于部郎也。古时不尔。蔡质《汉官仪》曰：「御史中丞遇尚书丞、郎避车，执板往揖，丞、郎坐车举手礼之，车过远乃去。郎见左右丞对揖，无敬称」，曰：左右君；丞、郎见尚书，执板对揖，称曰明时见令、仆射执板拜，朝贺对揖，其仪如此。按尚书丞、郎秩皆四百石，而御史中丞秩千石，与尚书令同秩，为御史台率，何以敬礼尚书丞、郎如此，或侍御史遇尚书丞、郎之仪耶？然侍御史秩六百石，亦与尚书同秩也。古以尚书喉舌之官，其重若此。盖古今官制相去远矣。此以职司而尊之，故不论秩耳！

后汉时，郎官甚多，光禄勋属五官中郎将下，有五官中郎、五官侍郎、五官郎中。左右中郎将下，有左右署郎、中郎、侍郎。虎贲中郎将下，有虎贲中郎、侍郎。羽林中郎将下，有羽林郎，又号岩郎，皆更直宿卫之职也。光禄大夫下有议郎，则掌顾问应对，无常事。谒者仆射下，有灌谒者郎中，掌宾赞、受事及上章报问。以上诸郎官皆不治民事。惟尚书六曹侍郎主郡国公卿事，故尚书侍郎皆从三署诣台。侍九年三转，乃得之。其公迁为县令，三台祖饯，以荣之。」意馆陶公主所

「求郎」，尚书郎也，故明帝难之。若他署郎甚众、不难其选矣。《郑宏传》云：建初中，「为尚书令。旧制，尚书郎限满，补县长令史丞尉。宏奏以为台职虽尊，而酬尝甚薄，至于开选，多无乐者，请使郎补千石令，令史为长。帝从其议。」然则此制中有改易，及宏奏复之，传反以改制为旧制，误也。

《汉官仪》又云：「尚书入直台中，官供新青缣白绫被、或棉被，昼夜更宿，帷帐画通中枕卧旃褥，冬夏随时改易。太官供食，五日一美食，下天子一等。尚书郎伯使二人，女侍史二人，皆选端正者。伯使从至止车门还，女侍史絜被服、执香炉烧熏，从入台中，给使护衣服也。」右见《药嵩传》注，嵩附《钟离意传》后。

古人敬慎卜筮

古人行事，一准乎义、考诸礼，且谋诸人矣。一毫之疑，未定所是，必断以筮龟，盖质诸鬼神也。是为人谋、鬼谋，敬慎如此。世人私欲既多，惟事求福鬼神，不以其正，鬼神其肯告之乎？

小学

古人有小学，以对大学言之也；有少仪，以对仪礼言之。若曰此其学之小者，此其仪之小者耳，非童子有事之义也。然而童子实从事焉，为其浅易也。数与方名、书契，是小学之目也。古者必有其书，闾里之师口授而诵习之。其书已亡矣，后世乃有《说文》之学，音韵之学，训诂之学，皆后人为之，非孔氏之为也。孔子所用皆古文，初不知有李斯、程邈，何知许慎哉？孙炎、周舍之伦，更不足言矣。惟训诂之说，始自《尔雅》，然孔子未尝言之也。或以为周公所作，其中多周公时未有之言，则或七十子之所为欤？先儒谓周公作，《释言》以下或孔子、子夏所增足，或叔孙通、梁文所补益，张揖论之，世皆遵用云尔。陆德明以先儒多亿必之说，善哉其言！然孔子古文既亡，惟《说文》可正文字之体，舍韵书难定音读之讹，非训诂莫通经文之义，则三者实六经之阶梯门户也。昔人讲之已详，穷年殚精者众矣，择其善而从之可也。守阶梯门户，而堂奥仍莫之见焉，或疑堂奥之乌有，则此阶梯门户亦安所用之哉？今之为小学者，皆不见堂奥，反疑为乌有者也。陆子谓玩物丧志，诚俗学之针砭也哉。

孔子非周公反政

《三国志·注》魏将篡汉。太史丞许芝等上言：《春秋大传》曰：「周公何以不之鲁？盖以为虽有继体守文之君，不害圣人受命而王。周公反政，尸子以为孔子非之，以为周公不圣，不为兆民也。按尸子即尸佼也，以孔子非周公反政为不圣。许芝等贼臣助逆，敢于诬毁先圣如此，《纲目》之作，乌能已乎？守文之君观此，益不可不只畏天命矣。

郑康成以病道卒

范书《郑康成本传》：袁绍举玄茂才，「表为左中郎将，皆不就。公车征为大司农」，「乃以病自乞还家。」「五年春，梦孔子告之曰：『起，起，今年岁在辰，来年岁在巳。』既寤，以谶合之，知命当终，有顷寝疾。时袁绍与曹操相拒于官渡，令其子谭遣使逼玄随军。不得已，载病到元城县，病笃不进，其年六月卒。」传文如此，是其病卒于元城甚明矣。

及考《三国志·袁绍传》注引《九州春秋》曰：「绍延征北海郑玄而不礼，赵融闻之曰：『贤人者，君子之望也。不礼贤，是失君子之望也。夫有为之君，不敢失万民之欢心，况於君子乎？失君子之望，难乎以有为矣。』」又引《英雄记》载「太祖作《董卓歌》辞云：『德行不亏缺，变故自难常。郑康成行酒，伏地气绝，郭景图命尽于园桑。』」如此之文，则玄无病而卒。余书不见，故载录之。」余按：此裴松之之言也。据曹操《董卓歌》辞，以康成无病而卒，与范书本传大异。余意曹操与袁绍相持，操势非绍比，而礼贤下士；绍志得意满，骄慢宾客，虽知康成名德为时所重，然征之而不能礼，且用兵官渡，非用经儒之时，乃使其子强逼康成随军，岂礼贤之道乎？康成遂以其时病卒，故操闻而作歌，以甚绍之恶，使失人心，董卓以比袁绍也。乃谓康成行酒，而伏地气绝，岂其然乎？阿瞒诡诈之言，固未足信，裴乃引之以为康成无病而卒，非也。故当以范书本传为实。既至元城不进，何缘为人行酒乎？不惟诬袁绍并污康成，盖恨其就绍而不附己耳。康成家北海之高密，地属青州刺史。初为北海太守孔融所礼，及后绍以其子谭为青州，攻逐孔融，就其家强逼之行。袁、曹皆非汉室良臣，康成岂肯有所附耶？余故表出而辨之。

蟾精吐雹

蓬人言：近三十年间，有二猎人山行，雷雨，避大树下。山坳中有深潭，见水中若有物动，谛之，水底平出一棹一椅如公坐状，一小儿双髻出水底升座，以笔东指，则黑气一道自笔端出，东升至空，而雹大作，巨者如碗；更西指亦然。猎人燃铳击之，雷雨交加，小儿、公座皆不见。明日往视，则水面浮一三足蟾，大如车轮，死矣。乃知小儿即蟾之精也。蟾能为雹不足异，乃不畏雷而畏火铳，何耶？盖雷与龙皆蛰虫阴类之极，蟾亦阴精，久潜潭底，与其同类，故不畏之，而畏人间火器也，独公座与笔未知其理，俟博物者询之。

第五伦

第五伦为蜀郡太守。蜀地肥饶，人吏富贵，掾史家赀多至千万，皆鲜车怒马，以财货自达。伦悉简其丰赡者遣还之；更选孤贫志行之人以处曹任，于是争赇抑绝。余按：汉时太守掾史，皆士人为之，所云「财货自达」者，行赇于太守以自达也。家赀千万，复何所求？求选举入京师为大官耳！财货自达者何知职事？曹任非人，地方何由治乎？为太守贪受其赇，未必止蜀郡，而蜀郡尤甚，以肥饶故也。自古贪国，蜀与广州同称，有以哉。

马融

《马融传》言其「惩于邓氏，不敢复违忤势家，遂为梁冀草奏李固，又作大将军《西第颂》，以此颇为正直所羞。」余按《梁冀传》言：南郡太守马融初除，过谒冀弟不疑，冀讽州郡以它事陷之，髡笞徙朔方。融自刺不殊。即本传所谓「有事忤大将军梁冀旨，冀讽有司，奏融在郡贪浊免官髡徙」者也。融自谓依附梁氏可安富贵矣，岂知权势之不足依，还为身祸哉？谨慎持躬，且不能免，况奢乐恣性乎？扬雄仕莽徒作《美新》之文，而无补于见收投阁，名实俱丧。士君子立身可以知所从违矣。

反支

范书王符《潜夫论》曰：「明帝时，公车以反支日不受章奏。帝闻而怪」之。注曰：「凡反支日，用月朔为正。戌、亥朔，一日反支；申、酉朔，二日反支；午、未朔，三日反支；辰、巳朔，四日反支；寅、卯朔，五日反支；子、丑朔，六日反支。见《阴阳书》也。」未详其义。

杨震鸟异

范书《杨震传》：「常客居于湖」，「有冠雀衔三鳣鱼，飞集讲堂前」。注：「冠雀，即鹳雀也。」及为太尉，为宦官所恶，死。顺帝时，改葬于华阴潼亭，「先葬十余日，有大鸟高丈余，集震灵前，俯仰悲鸣，泪下沾地，葬毕，乃飞去。」注引《续汉书》曰：「大鸟来止亭树，下地安行到柩前，正立低头泪出。众人更共摩抚抱持。终不惊骇。」谢承《书》曰：「其鸟五色，高丈余，两翼长二丈三尺，人莫知其名也。」

余按：《续齐谐记》：震父宝年九岁时至华阴山北，见一黄雀，为鸱枭所搏，坠于树下，为蝼蚁所困，宝取之以归，置巾箱中，唯食黄花，百余日毛羽成乃飞去。其夜有黄衣童子向宝再拜曰：「我西王母使者，君仁爱救拯，实感成济」，以白环四枚与宝，令君子孙洁白，位至三事，当如此环矣。合此数事观之，鸟之见异于杨氏者，前后三事，衔鳣之冠雀，与临葬之大鸟，岂即报环之黄雀乎？震死年七十余。又岁余，改葬，盖顺帝元年丙寅也。冠雀衔鳣时，震年几五十，在明帝十六七年甲戌乙亥间。宝以居摄二年，与两龚、蒋诩俱征。居摄二年丁卯，距明帝十六年甲戌六十七年。震时未生，宝不知若干岁，大约不下三四十岁。自宝九岁放雀时计，盖百有余年矣。此雀灵异，岁深更大，且同在华阴，理或然也。

吉凶祸福本于历数

张衡《应间》曰：「浑元初基，灵轨未纪，吉凶纷错，人用朣朦。黄帝为斯深惨。有风后者，是焉亮之，察三辰于上，迹祸福乎下，经纬历数，然后天步有常。」信者衡斯言也！天下万事，吉凶祸福之理，无不由于历数，而于历数本三辰之动。天不可见也，观三辰之动，以为天步皆行乎自然之运，而天无容心。故曰：「天道无心而成化」，化则变，变而不失其所，此所以为天步也。人见其变，而不见其所，惟上智者知之。盖天运化变，天亦有所不能自己，尚赖人为补之，此圣人所以配天地而为三才也。才者，功能之谓也。世虽极乱，圣人常以定理持之；数有穷变，而定理不穷不变。故自人事言之，若理不胜数；以天道言之，实数不胜理，学者可以无惑矣。

张平子数术穷天地，制作侔造化，其于人事之吉凶祸福，知之审矣。犹以为吉凶倚伏，幽微难明，而作《思玄赋》。其言曰：「玩阴阳之变化兮，咏雅、颂之徽音。嘉曾氏之归耕兮，慕历陵之钦崟。共夙昔而不贰兮，固始终之所服也；夕惕若厉以省諐兮，惧余身之未敕也。苟中情之端直兮，莫吾知而不恧。」其立志自守如此，非精于数术者能之乎？图谶之书，天子尊之，而上书首言其伪；宦官之宠，天下畏之，而劝帝勿令刑德八柄不由天子，忠义昭然，可谓克践其言矣。京房、郭璞皆精术数，而忠正立身，卒以难死。先自知之，不为苟避，刘青田能免太祖之杀戮，而不能避胡惟庸之毒，数在，何可逃耶？知不可逃，则莫如守正以俟之矣。

许冲上《说文》事未可信

《说文系传》载许慎后序之末，有许冲上书，称「臣父故太尉南阁祭酒慎」云云。余按《后汉·儒林·许慎本传》云：「为郡功曹，举孝廉，再迁除洨长。卒于家。」无为太尉南阁祭酒事，岂自郡功曹再迁中事耶，然《百官志》云：「太尉，公一人。」「长史一人，千石。」「掾史属二十四人」。本注曰：「《汉旧注》东西曹掾比四百石，余掾比三百石，属比二百石。」又曰：「黄阁主簿录省众事。」「阁下令史主阁下威仪事。」而无南阁祭酒之名，且祭酒非官也。《史记·荀卿传》「齐修列大夫之缺，而荀卿三为祭酒焉」，祭酒之称始此。《前书·伍被传》：「吴王赐号为刘氏祭酒。」应劭曰：「礼，饮酒必祭，示有先也，故称祭酒，尊之也。」如淳曰：「祭祀时唯导长者以酒沃酬。」师古曰：「如说是也。」《苏武传》：「号称祭酒。」师古曰：「在祭酒之号，所以示扰尊也。」可见祭酒乃当时尊长之称，并非官名焉。有上书人主，妄为尊长之称，而舍其洨长之官之理，殊为可疑。又言：「慎前以诏书校书东观，教小黄门孟生、李喜等。」本传亦无校书东观之事。又云：「先帝诏侍中骑都尉贾逵修理旧文，慎本从逵受古学」，按贾逵本传：章帝建初元年上书，请立《左氏传》，帝「令逵自选《公羊》，严、颜诸生高才者二十人，教以《左氏》。」八年，「皆拜逵所选弟子及门生为千乘王国郎，朝夕受业黄门署，学者皆欣欣羡慕焉。」和帝永元八年为侍中，领骑都尉，「兼领秘书近署，甚见信用。」「逵荐东莱司马均、陈国汝郁，帝即征之，并蒙优礼。」按慎既从逵受学，能为《说文解字》，可谓高才矣。逵何以不荐之耶？慎以永元十二年庚子成书，或永元八年其书未成，逵尚未见耶？及十三年逵已卒矣，建光元年为安帝之十五年，岁在辛酉，上距永元十二年庚子已二十二年矣，乃遣冲上其书乎？慎本传惟云：「慎以五经传说臧否不同，于是撰为《五经异义》，又作《说文解字》十四篇皆传于世」，而无遣子上其书事，许冲云云，恐未可信。

《蔡邕传》云：「邕以经籍去圣久远，文字多谬，俗儒穿凿，疑误后学，熹平四年，乃与五官中郎将堂溪典、光禄大夫杨赐，谏议大夫马日磾、议郎张驯、韩说，太史令单飏等，奏求正定《六经》文字。灵帝许之，邕乃自书册于碑，使工镌刻立于太学门外。于是后儒晚学，咸取正焉。及碑始立，其观视及摹写者，东乘日千余辆，填塞街陌。」余按：熹平四年岁在乙卯，上去永元十二年庚子许慎成《说文》时，已七十六年，邕等七人不应不见，正定六经文字何以不言此书，岂但传丁家，诸人犹未之见耶？汝南、陈留、颍川地，相去不远，邕与典皆博学，何以不奏请此书行之？亦不可晓也。慎为马融所推敬，岂当时诸人不重其书耶？范书《儒林传》言：熹平四年诏诸儒正定五经文字，刊于石碑，为古文、篆、隶三体书法，以相参检，自后蔡书《石经》残毁，而《说文》至宋世大行，于今极盛。许氏之书，意在依合孔氏古文而为之说，虽穿凿不免，而大致得之。意其时扬雄《训纂》十四篇，慎犹及见之也。

班书《艺文志》小学十家：《史籀》十五篇。本注「周宣王太史，作大篆十五篇。建武时，亡六篇矣。」《八体六技》、《苍颉》一篇。本注「上七章，秦丞相李斯作。《爰历》六章，车府令赵高作。《博学》七章，大史令胡毋敬作。」《凡将》一篇。「司马相如作。」《急就》一篇，「元帝时黄门令史游作。」《元尚》一篇，「成帝时将作大匠李长作。」《训纂》一篇，「扬雄作。」《别字》十三篇。又《苍颉传》一篇。扬雄《苍颉训纂》一篇。杜林《苍颉训纂》一篇。杜林《苍颉故》一篇。班固曰：「元始中，征天下通小学者以百数，各令记字于庭中。扬雄取其有用者，以作《训纂篇》，顺续《苍颉》，又易《苍颉》中重复之字，凡八十九章。臣复续扬雄作十三章，凡一百三章，无复字，六艺群书所载略备矣。」余按：班志所载小学诸书，东汉时具在也。世俗讹谬，而通儒如杜林、郑众、马融、服虔、贾逵，必皆见之。今诸书久亡，独许氏《说文》在，未知于扬雄、杜林众人之作何如也？东汉古文盛行，杜林倡学古文者，其《苍颉训纂》及《苍颉故》，必畅通其说，班固续扬雄为《训纂》其书必精善，而《说文》于班志诸书，多未叙及，惜莫得而校之也。北魏延昌中，陈留江式上表，自言世传其业，历叙六书古文篆体，较许序尤为详博，其所撰集《古今文字》，以许慎《说文》为主，及《尔雅》、《三苍》、《凡将》、《方言》、《埤苍》、《广雅》、《古今字诂》三字《石经》、《字林》等统为一部，惜又亡之。范《儒林传》言：「党人既诛，其高名善士，多坐流废，后遂至忿争，更相言告，亦有私行金货，定兰台漆书经字，以合其私文」。余按：此即蔡邕所谓俗儒穿凿者矣。此言「兰台漆书」，又《杜林传》，「得古文漆书」，李贤皆无注，不知漆书如何，岂以漆书简策使不磨灭耶？《蔡伦传》云：「自古书契多编以竹简，其用缣帛者谓之为纸，缣贵而简重，并不便于人，伦乃造意用树肤、麻头及敝布、鱼网以为纸，天下咸称蔡侯纸，」皆和帝元兴元年以后事。漆书在前，盖以漆写字于竹简也。

寸阴丛录卷二

协韵

宋吴才老作《韵补》，朱子《诗集传》取之，以古音读今字谓之「协韵」。近世讲古韵者讥之。余按《后汉书·赵壹传·穷鸟赋》云：「幸赖大贤，我矜我怜。昔济我南，今振我西。」李贤注曰：「西，协韵，音先。」边让《章华台赋》：「妍媚递游，巧弄相加。俯仰异容，忽兮神化。」李注：「化，协韵，音花。」然则「协韵」之说，唐初有之，不始于宋。末学小生，妄议朱、吴，适见其浅陋耳。「协」即「叶」也。

洛神赋

曹子建《洛神赋》：「其形也，翩若惊鸿，婉若游龙。荣曜秋菊，华茂春松。仿佛兮若轻云之蔽月，飘飘兮若流风之回雪。」可谓极形容之妙矣。余按：边让《章华台赋》形容美人之妙舞云：「体迅轻鸿，荣曜春华。进如浮云，退如激波。」全是子建所本，而「秋菊」「春松」二语，不及「荣曜春华」四字。

肃慎氏 周称肃慎，汉晋称挹娄，元魏称勿吉，唐称靺鞨，宋称女真，又作女直。

《史记·周本纪》：「成王既伐东夷，息慎来贺，成王赐荣伯作《贿息慎之命》。」莹按：息慎，即肃慎也。《后汉书》：「挹娄，古肃慎之国也。在夫余东北千余里，东滨大海，南与北沃沮接，不知其北所极。土地多山险。人形似夫余，而言语各异。有五谷、麻布，出赤玉、好貂。无君长，其邑落各有大人。处于山林之间，土气极寒。」「种众虽少，而多勇力。」「善射，发能入人目。弓长四尺，力如弩。矢用楛，长一尺八寸，青石为镞。」《晋书》曰：「肃慎氏，一名挹娄，在不咸山北，东滨大海，西接寇漫汗国，北极弱水。土界广袤数千里，居深山穷谷，其路险阻，车马不通，有石砮皮骨之甲，檀弓三尺五寸，楛矢长尺有咫」。《北史》曰：勿吉国在高句丽北，一曰靺鞨。邑落各自有长，不相总一，其人劲悍最强。国有大水，阔三里余，名速末水。其部落凡七种：其一号速末部，其二伯咄部，其三安车骨部，其四拂涅部，其五号室部，其六黑水部，其七白山部。黑水部尤劲。自拂涅以东，矢皆石镞，即古肃慎氏也。延兴中，遣乙力支朝献，迄于正光，贡使相寻，以至于齐不绝。隋开皇初，遣使贡献。其国西北与契丹接，每相抄掠，因其使来，文帝诫之，使者谢。然其国与隋悬隔，惟速末白山为近。

《金史》曰：「靺鞨本号勿吉。勿吉，古肃慎地也。元魏时，勿吉有七部；隋称靺鞨七部，并同粟末。靺鞨、保东牟山，后为渤海，称王，传十余世。有文字、礼乐、官府、制度，有五京、十五府、六十二州。黑水靺鞨居肃慎地，东滨海，南接高丽。尝以兵十五万众助高丽，拒唐太宗，败安市。开元末年来朝，置黑水府，以部长为都督、刺史，置长史监之。赐都督姓李氏，名献诚，领黑水经略使。五代时，契丹尽取渤海地。而黑水靺鞨，其在南者号熟女真，其在北者号生女真。及太祖败辽，女真于境上，招谕渤海人曰：『女真、渤海本同一家』，盖其初皆勿吉之七部也。」余按《五代史》：「渤海本号靺鞨，高丽之别种也。唐高宗灭高丽徙其人散处中国，置安东都护府于平壤。武后时，契丹攻北边。高丽别种大乞乞仲象与靺鞨乞四比羽走辽东，分王高丽故地。武后遣将击杀乞四比羽，而乞乞仲象亦病死，仲象子祚荣立，因并有比羽之众四十万人，据挹娄。中宗时置忽汗州，以祚荣为都督，封渤海郡王。其后世遂号渤海。」以此考之，是《金史》所云五京十五府者，即高丽故地。而古勿吉七部之速末靺鞨，亦并有之。古黑水部，即今之黑龙江地。古白山，即今之吉林宁古塔地，以长白山得名。元魏时，勿吉本七部，其后彼此兼并，遂为速末、黑水二部，最大黑水，又改称熟女真，生女真矣。本朝发祥于长白山东俄漠惠之野俄朵里城，其即古挹娄白山部之地乎？《汉志》及《北史》所言，勇力善射，邑落无君长，各有大人处山林间，不相统一者。本朝初兴时，俗犹如此，盖相沿久矣。肃慎之矢自孔子称之，至今东三省人之射，犹无敌于天下，不亦宜乎！

三韩

《后汉·东夷列传》曰：「韩有三种：一曰马韩，二曰辰韩，三曰弁辰。马韩在西，有五十四国，其北与乐浪、南与倭接。辰韩在东，十有二国，其北与涉貊接。弁辰在辰韩之南，亦有十二国，其南亦与倭接。凡七十八国，伯济是其一国焉。大者万余户，小者数千家，各在山海间，地合方四千余里，东西以海为限，皆古之辰国也。据此是三韩在古朝鲜之南，今为朝鲜之南境，与吉林、盛京相去远矣。

本朝先定辽东、沈阳，而后入关。当时从龙之汉人皆辽沈间人居多，间有山东人。朝鲜归附，不闻有从龙者，况三韩悬隔乎？往见百文敏，自署「三韩百龄」。文敏，汉军也，姓张氏，不应为三韩人，未知其说。按《明史》言：「元末辽沈兵起，民避乱转徙高丽」，岂文敏之先，尝徙高丽，居三韩之地，从所移地而称耶。《明史·朝鲜传》但言后唐时，王建代高氏，兼并新罗百济地，而不及三韩。又云：其国北邻契丹，西则女直曰日本，是三韩之并入朝鲜，又在其前久矣。《续文献通考》曰：其国置八道，中曰京畿，东曰江源，本涉貊地；西曰黄海，古朝鲜马韩旧地；南曰全罗，本弁韩地；东南曰庆尚，乃辰韩地；西南曰忠清，皆古马韩域，东北曰咸镜，本高句骊；西北曰平安，本朝鲜故地。所叙古今地名形势颇明晰，而与《文献通考》所云渤海五京、十五府不同。马氏《通考》乃元以前事，《续考》则元以后事也。

毗骞国王

《南史》言：梁时有毗骞国，在「顿逊之外大海洲中，」「去扶南八千里。传其王身长丈二，颈长三尺，自古不死，莫知其年。王神圣，国中人善恶及将来事，王皆知之。」「王常楼居、不血食，不事鬼神。其子孙生死如常人，唯王不死。扶南王数使与书相报答。」「王亦能作天竺书，书可三千言，说其宿命所由，与佛经相似，并论善事。」

余按：山海之间，人寿长至二三百岁者，往往有之；或通宿命，或晓未来，理亦有之，不足为异也。当时见者，不知其年，则以为自古不死，非也。此等人终亦必死。故隋唐以后，外国海舶无复言之。近时袁子才作《子不语》，言有见者，子才狡狯之言耳。古时奉佛诸国，今多改奉他教矣。佛言灭度后，正法五百年，象法一千年，末法二千年，法且灭矣，况血肉之躯哉！凡诸所言异域事，不必尽无，亦不必疑讶之耳。

人变异类

牛哀、李微之变虎，僵尸之变旱魃，其事非虚也。今贵州近粤西府，思州、古州一带，常有老人已死，子孙埋之月余，或数月，其尸复从地中破棺而出，径反其家，饮食如故，惟不能言语。家人养之旬日，祝送之于野，变为异类而去，或能为虎豹诸兽不一，老妇尤多。凡死后变者，其生时其目必圆，人以此辨之。知其死后必变矣。俗皆以「老变婆」呼之，不为异也。大抵苗、瑶种类，始生已与人殊，或云本以兽类为人者，死后返其本耳。然则其死也，非变其生，而为人乃其变欤，盖人死必变为土。老而不死，或死而不朽则变异类。善者为禽，恶者为兽，其大概也。若徐佐卿、丁威之化鹤，王次仲之化乌，则仙矣。

贡禹

贡禹上奏言：「孝文皇帝时，贵廉洁，贱贪污、贾人，赘婿及吏坐赃者皆禁锢不得为吏。赏善罚恶，不阿亲戚。罪白者伏其诛，疑者以与民，亡赎罪之法，故令行禁止，海内大化。天下断狱四百，与刑错无异。武帝始临天下，尊贤用士，辟地广境数千里。自见功大威行，遂纵嗜欲。用度不足，乃行一切之变，使犯法者赎罪，入谷者补吏。是以天下奢侈，官乱民贫，盗贼并起，亡命者众。郡国恐伏其诛，则择便巧书习于计簿能欺上府者，以为右职；奸轨不胜，则取勇猛能操百姓者，以苛暴威服下者，使居大位。故无义而有财者显于世，欺谩而善书者尊于朝，悖逆而勇猛者贵于官。故俗皆曰：『何以孝弟为？财多而光荣。何以礼义为？史书而仕宦。何以谨慎为？勇猛而临官。』故黥劓而髡钳者，犹复攘臂为政于世，行虽犬彘，家富势足，目指气使，是为贤耳。故谓居官而置富者为雄桀，处奸而得利者为壮士，兄劝其弟，父勉其子，俗之坏败，乃至于是！察其所以然者，皆以犯法得赎罪，求士不得真贤，相、守崇财利，诛不行之所致也。」

余按：当时上言，敢举本朝祖宗之得失而极论之，古人质直敢言如此。元帝中主耳，能容受而从之，且嘉其质直，是亦不可及也。唐时犹不禁人言祖宗之恶。自宋蔡卞、蔡京等，恶正人君子，欲激人主之怒，乃以毁谤祖宗为罪，自是以后率多讳禁，不得而言之矣。

张裔

《蜀志·张裔传》：裔字君嗣，丞相「亮出驻汉中，裔以射声校尉领留府长史。『其明年，北诣亮咨事，送者数百，车乘盈路。裔还书与所亲曰：『近者涉道，昼夜接宾，不得宁息。人自敬丞相长史，男子张君嗣附之，疲倦欲死。』其谈啁流速，皆此类也。」

余按：此虽诙谐，亦实在情事。世之显贵，莫不如此。若去其显贵，则迎送无人矣。而身为显贵者，皆以为敬己，岂非愚哉？天爵、人爵之间，存乎人之自立耳。城狐社鼠，岂必依附他人之权势？即因己之权势而为之，亦当作城狐社鼠观也，安得尽如张君嗣之明悟乎？

霹雳手

余令台湾日，同年王检讨道行写联语见寄云：「当官官办霹雳手，作雨雨人菩萨心。」「霹雳手」，用《唐书·裴漼传》，漼父琰之事，谓其迅速，人不能猝料也。余何能希此？「作雨雨人」则庶几鄙志耳。世事蹉跎，钝拙转甚，回忆此语，能无愧叹！

官当图人

「官当图人，人安得图官。」此《南史》何尚之语也。时有人求为吏部郎，尚之叹为「败风俗」。颜延之笑为「古官人以才，今官人以势。」一叹一笑，可见古人风俗犹美。后世则以图官为常事，不惟以势，且竞以财货；操柄者举用一官，即以为德，必取报焉。稍有持正自爱者则恶斥之，谓此非人情也。谁复有叹而哭之者哉？《南史》言：梁天监中，徐勉撰立选簿「开九品为十八班，自是贪冒苟进者以财货取通，守道沦退者以贫寒见没矣。」天监去宋时不远而已如此，使人有世道隆污之感。

《北史·萧宝寅传》宝寅上表曰：「在京之官，积年十考，」无不「饰垢掩疵，妄加丹素，」「官以求成，身以请立，上下相蒙，莫斯为甚。」又守令「考课，悉以六载为约，既而限满代还，复经六年而叙。是则岁周十二，始得一阶。东南两省，文武闲职，公府散佐，无事冗官，」考以「四年为限」。「是则一纪之中，便登三级。彼以实劳剧任，而迁贵之路至难；此以散位虚名，而升陟之方甚易。何内外相悬，令厚薄之若此！」宝寅斯表，但以内外不均言之耳，尚未及官方之得失也。

韩昌黎知兵

昌黎《论平淮西事宜状》云：「诸道发兵或三二千人，势力单弱，羁旅异乡，与贼不相谙委，望风慑惧，」难使前进。所在「将帅以其客兵难处使先，不存优恤；或被分割队伍，隶属诸头。士卒、本将一朝相失，「心孤意怯，难以有功。又其本军各须资遣，道路辽远，劳费倍多。今闻陈、许、安、唐、汝、寿等州与贼界连接，村落百姓悉有兵器，」小小俘劫皆能自防。「习于战斗，识贼深浅，既是土人，护惜乡里，若令召募，立可成功。若要添兵，自可取足。贼平之后，易使归农。」又云：「绕逆贼州县堡栅等，各置兵马，都数虽多，每处则至少。又相去阔远，难相应接，所以数被攻劫，致有损伤。今若分为四道，每道各置三万人，择要害地屯聚一处，使有隐然之势。审量事势，乘时逐利，可入则四道一时俱发；若未可入，则深壁高垒，以逸待劳。」

韩公文人，而能审量兵事，所谓客兵不得力，不若土人；及兵分则力薄，宜分道并进，皆兵法之要。公之知兵如此，司马公修《通鉴》取公此言载之，而为文章所掩。又如请乘虚进袭蔡州，裴晋公稍缓其行，已为李所袭，皆公之善审机宜，非文士所知也。

海公行军

乾隆中，超勇公海兰察行军，能伏地听百里外马驰声，知敌军多寡、有无，人皆谓公天授。余

按：北魏时斛律金行兵，用匈奴法，望尘知马步多少，嗅地知军远近。然则此法自古有之。海公蒙古人，固宜知之矣。特留心学否，存乎其人耳。

选人停年格

北魏崔亮为吏部尚书，奏为格制，不问士之贤愚，专以停解月日为断。沉滞者皆称其能。亮甥刘景安与亮书曰：「殷周以乡塾贡士；两汉由州郡荐才；魏晋因循，又置中正。虽未尽美，应什收六七。而朝廷贡才止求其文，不求其理。察孝廉唯论章句，不及治道；立中正不考才行，空辨氏姓。求士之途不博，沙汰之理未精。舅属当铨衡，宜改张易调，如何反为『停年格』以限之？天下士子，谁复修厉名行哉？」亮复书曰：「汝所言乃有深致。吾昨为此格，有由而然。古今不同，时宜须异。昔子产铸刑书以救弊，叔向讥之以正法，何异汝以古礼难权宜哉？」洛阳令代人薛俶上书言：「黎元之命系于长吏，昔以选曹唯取年劳，不简能否，义均行雁，次若贯鱼，执簿呼名，一吏足矣。数人而用，何谓铨衡？」书奏不报。史称：魏之选举失人，自亮始也。

既而盗贼日滋，征讨不息，国用耗竭，豫征六年租调犹不足，乃罢百官所给酒肉，又税入市者人一钱，及邸店皆有税，百姓嗟怨。吏部郎中辛雄上疏，以为：「华夏之民，相聚为乱，岂有余憾哉？正以守令不得其人，百姓不堪其命故也。宜及此时，早加慰抚。但郡县之选，由来共轻，贵游俊才，莫肯居此。宜改其弊，分郡县为三等，清官选补之法，妙尽才望；如不可并，后地先才，不得拘以『停年』。三载黜陟，有称职者补在京名官，如不历守令，不得为内职。则人思自勉，枉屈可申，强暴自息矣。」不听。唐刘乃言：「近代人司选法，察言于一幅之判，观行于一揖之间，使周公、孔子，今处铨庭，考其辞华，则不及徐庾；观其利口，则不及啬夫，何暇论圣贤之事业乎？」

德宗初，协律郎沈既济上《选举议》曰：「选用之法，三科而已：曰德也，才也，劳也。今选曹皆不及焉。考校之法，皆在书判、簿历、言词俯仰而已。夫安行徐言，非德也；丽藻芳翰，非才也；累资积考，非劳也。执此以求天下之士，固未尽矣。今人未土著，不可本于乡闾；鉴不独明，不可专于吏部。臣谨详古酌今，谓五品以上及群司长官，宜令宰臣进叙，吏部、兵部，得参议焉。其六品以下，或僚佐之属，许州府辟用。其牧守将帅，或选用非公，则吏部、兵部，得察安举之罪。其私冒不慎举者，小加谴黜，责成授任，谁敢不勉？」余谓选人以才，停年之法，不肖者诚易混滥。然古者选人无多，犹可审量，后世选人，动千百数，一人甄识，安能尽天下不识之人，而辨别之于俄顷之间乎？采访咨求，徒滋诈伪，叙以资年，犹可十得三四，匪是则百弊丛生，所失愈多矣。史称崔亮选举失人，非通论也。辛雄所言，稍有斟酌，盖选补守令，先有所试，其才否已见，才果攸宜，即堪选补，可不拘以年格。然此法惟在行得其人，可以之为常格耳。常格以处天下之中人；必有殊科以待天下之隽异，不能一端尽也。则司马温公十科举士之法善矣。宋时旧制，铨注有格，概拘以法。法可以制平，而不可以择才，故令内外官皆得荐举。其后，被举者既多，除吏愈难。神宗乃革去内外举官，但用吏部审官院选格。哲宗即位，用王岩叟言复内外举官法。

司马光奏曰：「为政得人则治。然人之才或长于此而短于彼，虽皋、夔、契，各守一官，中人安可求备？故孔门以四科论士，汉室以数路得人。若指瑕掩善，则朝无可用之人；苟随器指任，则世无可弃之士。臣备位宰相，职当选官，而识短见狭，士有恬退滞淹，或孤寒遗逸，岂能周知？若专引知识则嫌于私，若止循资叙未必皆才。莫如使在位达官，各举所知，然后克协至公，野无遗贤矣。欲乞朝廷设十科举士：一曰行谊纯固，可为师表科（有官无官人皆可举）；二曰节操方正，可备献纳科（举有官人）；三曰智勇过人，可备将帅科。（举文武有官人）；四曰公正聪明，可备监司科（举知州以上资）；五曰经术精通，可备讲读科（有官无官人皆可举）；六曰学问该博，可备顾问科（同上）；七曰文章典丽，可备著述科（同上）；八曰善听狱讼，尽公得实科（举有官人）；九曰善治财赋，公私俱便科（同上）；十曰练习法令，能断请谳科（同上）。应职事官自尚书至给、舍、谏议，寄禄官自开府仪同三司至大中大夫，带职官自观文殿大学士至待制，每岁须于十科内举三人，仍具状保任，中书置籍记之。异时有事需才，即按籍视其所尝被举科格，随事试之。有劳又著之籍。内外官阙，取尝试有效者，随科授职。所赐告命，仍具举主姓名；其人任官无状，坐以缪举之罪。庶几人人重慎，所举得才。」诏从之。温公此言举人之法，庶无遗憾矣。

唐时驮载价值

《唐六典》：「驴载曰驮，每驮一百斤，其脚直一百里一百文。山坂处一百二十文，驴少处不得过一百五十文，平易处不得下八十文。其有人负处，两人分一驮，又给熟食，欲其速达。」余按：此军行负官物之价值也。《通鉴》唐开元三年，「以左羽林大将军郭虔瓘兼安西大都护、四镇经略大使。虔瓘请自募关中兵万人诣安西讨击，皆给递驮及熟食。」胡注云：「递驮者，沿途递发马、牛、驴驮运兵器什物也。」引此《六典》云云，据此是唐时兵行沿途驮运，皆予脚直雇用，不尽派民役，复有山阪、平易之别，可谓恤民力矣。其人负处两人分一驮，计所得直仅数十文耳。非更给熟食，其何以行？然官给脚直，常不及民直之半，民间扰累，正自不免，此大役所以难也。

今制：军兴役民，亦皆予直。然不及民直之半，实无以行。及后报销，恒不免以一报二之弊，盖不得已也。核计者知之，大为驳减，吏胥从而索费，大抵消百金者，费常十之二三，无非取之国帑。在上但知驳减者之能，而不知其实以为利也。然除弊之法，实亦无之。惟有大役少兴，是为长算耳。

善乎，韦凑之上疏也！其言曰：「今西域服从，虽或时有小盗窃，旧镇兵足以制之。关中常宜充实，以强干弱枝。自顷西北二虏寇边，凡在丁壮，征行略尽，岂宜更募饶勇，远资荒服？又一万征人，行六千余里，咸给递驮、熟食，道次州县，将何以供？秦陇之西，户口渐少；凉州已往，沙碛悠然。遣彼居人，如何取济？纵令必克，其获几何？倘稽天诛，无乃甚损。请计所用所得，较其多少，则知利害。昔唐尧之代，兼爱夷夏，中外乂安。汉武穷兵远征，虽多克获，而中国疲耗。今论帝王之盛德者，皆归唐尧，不归汉武。况邀功不成，复何足难议乎？」此明切之言，而明皇不听，贪黩边功；安史之乱，其不能免也，有由然矣。

杜祁公

杜祁公以太子太师致仕，寓南京，十年不置产，第室卑陋，出入从十许人，乌帽皂履，绨袍革带。或言宜为居士服，公曰：「老而谢事，尚可窃高士之名乎？」公言可谓得素履之真矣。高士之行，岂必以其迹哉？洛下群英，大都朝贵，而风流雅韵，至今使人向往，惟其人故也。身则非贤，乃欲效古贤之迹，何异贾人暴贵？邸第连云，乃多买书画图籍，玉轴牙签，连架充栋，终岁不能检阅，惟以夸其收藏于学士大夫乎？世有富贵既足，而退极园林之娱，而以其箕颖自鸣者，其亦不足嗤矣。

唐明皇庭试县令理人策

开元四年，或言「选叙太滥，县令非才。」及诸县令入谢，上悉召于宣政殿，庭试以《理人策》。惟甄城令韦济词理第一，擢为醴泉令；余二百余人不入第，且令之官；四十五人放归学问。吏部侍郎卢从愿左迁豫州刺史，李朝隐左迁滑州刺史。《通鉴》于此事下云：「从愿典选六年，与朝隐皆名称职。初，高宗之世，马载、裴行俭在吏部最有名，时人称吏部『前有马裴，后有卢李』。」盖以或言为非也。明皇先入谗言，欲以一试黜之，不入第及放归者，未必果当也。县令之选，以才地人望，岂在文词乎？使循良之吏，与文苑诸人考校优劣，则王、杨、卢、骆必居上等，而龚、黄、召、杜，皆将下第矣。明皇但知治民之长必用读书，而不知读书之儒当辨华实。汉唐以至于今，名臣、循吏，其居科第首选者几人哉？是可慨也。

唐初官俸用民间生息钱

《通鉴》：唐初官俸，皆令富户掌钱出息以给之。息至倍称，多破产者。开元中，秘书少监崔沔上言：「请计州、县官所得俸，于百姓常赋之外，微有所加以给之。」从之。胡注云：「唐初在京诸司官及天下官，置公廨本钱，以典史主之，收赢十之七，富户幸免徭役，贫者破产甚众。沔请计户均出，每丁加升尺以给之。」

余按：官出本钱贷民，而收其息，是与商贾同行也。虽云给俸公事，然殊非政体，其害甚于加赋。崔沔之奏善矣。后世计财之吏，多请以国家赢余，发商生息，取之富人，而贫者兀抑勒之苦，官得其利，以资诸用，较唐初犹为善政。然为之不已，富人亦甚苦之。商领官钱既多，所得之息仅足奉官，则不得不倍取其息于贫人，以是百物皆贵，民之生计日蹙矣！为政者不可不知也。

宋广平不救张燕公

则天时，张昌宗强张说诬证魏元忠，召问。说将入。宋璟时为凤阁舍人，谓说曰：「名义至重，鬼神难欺。不可党邪陷正，以求苟免。若获罪流窜，其荣多矣。若事有不济，璟当叩阁力争；与子同死。努力为之，万代瞻仰，在此举也。」及说入，以实对，太后怒，并系治之。说执如初。朱敬则抗疏理之。贬元忠，说流岭表。而宋无一言申救。盖罪未至死，以流窜为荣也。元忠既贬，侍御史王晙复奏申理元忠。宋公谓之曰：「魏公幸已得全，今子复冒威怒，得无狼狈乎」？晙曰：「魏公以忠获罪，晙为义所激，颠沛无恨。」宋公叹曰：「璟不能申魏公之枉，深负朝廷矣。」观宋公此言，盖义在朝廷，非为僚友之私也。激张以救魏，使宰相得全，又以成张之义，可以已矣。必以申救为名乎！此所以为宋公也。

内外官俸禄

自周秦以来，百官俸禄之厚，莫善于宋。汉县令万户以上，其秩千石至六百石，虽实食不过三四，犹足以自赡，所以多循吏也。《唐会要》云：开元制百官料钱，都以月俸为名。各据本官，随月给付。一品三十千，二品二十四千，三品十七千，四品十一千，五品九千，六品五千三百，七品四千五十，八品二千四百七十五，九品一千九百一十七。初亦甚薄。大历十二年加京官俸，三师、三公、侍中、中书令，每月各一百二十贯文，中书门下侍郎，月各一百贯文，以次递减。京兆及诸府尹各八十贯文；少尹、两县令，各五十贯文；畿令各四十贯文，判司、两县丞各三十五贯文；两县簿尉，奉先等县丞各三十贯文；奉先县簿尉、诸畿令各二十五贯文，可谓厚矣。至于会昌又倍之：节度使三十万；都防御使监军十五万；观察使十万；都府尹、大都督府长史、上州刺史八万；节度副使、中下州刺史，知军事七万；上州别驾五万五千；长史、司马五万；赤县令四万五千；畿县、上县令四万；赤县丞三万五千；鸺赤县丞、观察防御团练推官、两赤县丞三万；畿县丞、赤县簿尉一万五千，则又厚矣。以上皆见《通鉴》胡注。

按史言：郭子仪为上将，月入俸钱二万缗，则一岁仅二十余万缗耳。意会昌间制所云「三十万」「十五万」者，盖通一岁之数，非每月之数也。宪宗元和六年，李吉甫奏：「国家旧章，依品制俸：一品官月俸钱三十缗」，盖三万钱也。又云：「职田禄米不过千斛。」胡注：「唐初给一品职，田六十顷；禄七百石」，盖内外大小官俸钱之外，复有职田也。胡三省曰：「常衮为相，增京官正员及诸道观察使、都团练使副使以下料钱。李泌为相，又增百官及畿内官月俸；复置刀手资课岁给钱。左右卫上将军以下又有六杂给：一曰粮米，二曰盐，三曰私马，四曰手力，五曰随身，六曰春冬服。私马则有刍豆，手力则有资钱，随身则有粮、米、盐，春冬服则有布、绢、絁、紬、绵。神策大将军增以鞋；州县官有手力杂给钱。李吉甫请就加详校而量给之。唐时所以给百官者，较汉又加详矣。

《明史·食货志》云：洪武二十五年，定百官禄，「正一品，月俸米八十七石，从一品至正三品，递减十三石至三十五石，从三品二十六石，正四品二十四石，从四品二十一石，正五品十六石，从五品十四石，正六品十石，从六品八石，正七品至从九品递减五斗，至五石而止。」其初「全给米，间以钱钞兼，以钱一千，钞一贯（明初钞一贯抵钱千文，银一两）抵米一石。」成祖时折钞者，「每米一石，折钞十贯。」「仁宗立，官俸折钞，每石至二十五贯。宣德八年，胡濙掌户部，议每石减十贯，而以十分为准，七分折绢，绢一匹抵钞二百贯。少师蹇义等以为仁宗在春宫日久，深悯官员折钞之薄，故即位特增数倍，此仁政也，讵可违？濙不听，竟请于帝而行之，而卑官日用不赡矣。正统中，五品以上米二钞八，六品以下米三钞七。时钞价日贱，每石十五贯者已渐增至二十五贯，而户部尚书王佐复奏减为十五贯。」成化中从户部请，又省五贯。先时文武官折色俸，上半年给钞，下半年给苏木、胡椒。」七年「以甲字库积存之布估给，布一匹当钞二百贯。是时钞法不行，一贯仅直二三文，米一石折钞十贯，仅直二三十钱，而布直仅二三百钱，布一匹折米二十石，则米一石仅直十四五钱。自古官俸之薄，未有若此者。」「十六年令以三梭布折米，每匹抵三十石。其后粗阔棉布，亦抵三十石，梭布极细者，犹直银二两，粗布仅直三四钱而已。」嗟乎！有明之季，薄于官俸如此，自非士大夫风节自励者，几何而不沦于贪污枉法耶？善乎！

宋太祖乾德四年诏曰：「州县之职，民政是亲。自来所请料钱，多是析以他物。既将货易，未免扰人，岂惟伤廉，抑亦犯禁。且民为邦本，禄以代耕，俸钱苟或不充，官吏何以知劝？」可谓得政之体矣。宋时群官俸钱之外，有职田，复有公使钱。真宗时知荆南马亮，岁得职田米麦四百廿余石，可知其大凡也。祥符九年蝗旱，殿中侍御史王奇，请籍纳职田以助赈贷。帝曰：「朕以此田均济官吏，本欲人各足用，责其清谨耳。奇未晓给用之理」，罢其奏。仁宗时，以职田有无不均，命官收其入，以所直均给之。景祐三年诏曰：「致仕官向皆给半俸，而仕尝显者，咸贫不能自给，非所以遇高年养廉耻也。自今大两省、大卿、正监、刺史、阁门使以上致仕，给俸如分司官。」宋世君臣之间如此，由宋太祖开基，即多忠厚阔大之政，故后世忠厚相承，虽削弱而能久存也。风俗之美，两汉以后独称有宋，不亦宜乎？明祖天资既刻，嗣世复多昏佚之君。政尚严刻，亦能久而不亡者，制度详明，士大夫习儒先之说，讲学、尚气节，纲常、名教入于人心者深，故能相与维持之耳。

蓬州

《通鉴》《北周天和二年》：「以赵文表为蓬州长史。」胡注：「蓬州本汉宕渠之地，李势时为獠所据。萧齐立归化郡，梁置安固县，后周置蓬州，因山以为名也。」又《唐肃宗上元九年》：「贬颜真卿为蓬州长史。」胡注：「梁以汉宕渠县界置安固县。后周置蓬州，隋废州以县属清化郡。唐复置蓬州。宋白曰：因蓬山为名，至京师二千三百六十里，东都二千五百八十二里。」《寰宇记》：「大蓬山在良山县东南三十里，有小蓬山相去二里。」《方舆胜览》：「大蓬山在城东南七十里，状若海中蓬莱，因以为名，州名亦以此，绥山即大蓬之始号也。」《元一统志》：「大蓬山在废良山县南十里，距营山县八十里。」《明一统志》：「在县东北七十里。」今《四川通志》：「唐武德元年，复置蓬州。四年，又置朗池县，属果州。开元二十九年，移蓬州治蓬池，改安固曰良山，以属蓬州。宋大中祥符五年，改朗池曰营山。元至元二十年，省良山入营山，仍属蓬州。明因之。」《通志》又曰：「今蓬州本汉之安汉县地，梁置相如县，兼置梓潼郡，西魏郡废，隋属巴西郡。唐武德四年，分属果州，宋因之。宝祐六年，改属蓬州。元至元十五年，移蓬州来治。二十年，立蓬州路，后复为蓬州，属顺庆府。明洪武初，以州治相如县省入，属顺庆府。本朝因之。」《通志》又云：「仪陇县，汉巴郡阆中县地。梁天监元年，置仪陇县及隆城郡，又置大寅县。隋开皇初郡废，以二县属巴西郡。唐武德初属蓬州，开元二十九年移蓬州治大寅，以仪陇属之。天宝初，改州曰咸安郡。至德二载，又改为蓬山郡。乾元初复曰蓬州，属山南西道。广德元年，改大寅县曰蓬池。五代属蜀。宋为蓬州咸安郡，属利州路。宝佑六年移州治相如县，以二县属之。元至元二十年，并蓬池入仪陇，仍属蓬州。明因之。（按《通志》前云：宝祐六年，改相如县属蓬州。元至元十五年，移蓬州来治，甚明；此处又云宝祐六年移州治相如县，此文误也。）本朝属顺庆府。

莹按：今《通志》所云，盖约诸书为言也。考《旧唐书·地理志》云：「武德元年，割巴州之安固、伏虞，隆州之仪陇、大寅，梁州之宕渠、咸安等置蓬州，因周旧名。三年以仪陇属万州，寻复来属。天宝元年，改为咸安郡。至德二年，改为蓬山郡。乾元元年复为蓬州，旧领县六。」又云：「良山，汉宕渠地。梁伏虞郡安固县。后周改伏虞为蓬州，安固为良山。开元初，蓬州移治大寅县，至今不改。大寅、梁置。旧治斗子山，后移治斗坛口，今为蓬州」。宋乐史《太平寰宇记》云：「蓬州原领县七，今六。蓬池、良山、仪陇、伏虞、蓬山、郎池」。又云：「蓬州今理蓬池县。」

又云：「蓬池县，本汉阆中县地。梁天监元年，分阆中之地，置大寅县，取邑西大寅山为名，属蓬州。隋大业三年废蓬州，县属巴西郡。唐武德元年，复属蓬州。广德元年，改曰蓬池，取蓬水以为名。」又云：「良山县，在蓬池七十二里。唐武德元年，于县理置蓬州。开元二十九年，自此移理蓬池县。大蓬山在良山县东南三十里，与小蓬山相去二里。」又云：「朗池，在蓬池南三十五里，本汉宕渠地。梁大同于此置县。唐武德四年，割果州相如县地置，以临古郎池为名。宝应元年，自果州割属州。贞元元年，移于营山，歇马馆为理，即今县是也。营山，在西南县一里以上」。《唐书·地理志》及《寰宇记》最为明确。然则，后周初置蓬州在大小蓬山之下。唐武德元年，移州里于良山，已在蓬山西北三十里。开元初，移里大寅，后改大寅为蓬池。又在良山之西七十一里。开元二十九年，移理蓬池，沿宋不改。元至元十五年，乃移理于相如县，盖在大小蓬山之西一百数十里矣。今之营山、唐为郎池，已自果州之相如县割置，而今之蓬州治，又在营山西南六十里，东距大小蓬山益远，此州治自东而西之原委也。今《通志》所云，既不详悉，又以郎池为朗池，故详考之于此。颜鲁公为长史时，州治犹在蓬池。元至元十五年，始移蓬州来相如县地。世以今蓬州为鲁公旧治，岂其然哉？

《明史·地理志》：「顺庆府（元顺庆路）洪武中，为府。领州二，县八。西南，距布政司六百里。」「蓬州（元属顺庆路）洪武中，以州治相如县，省入。（东南有云山。西有嘉陵江。东北有巴江。）西南距府百四十里。领县二：营山、仪陇。」又云：「营山在州东，少北。洪武十年五月，省入蓬州。十三年十一月复置。东北有大、小蓬山。东有巴江。」据此是明时蓬州虽为府属，仍自领营山、仪陇二县也。今蓬州治在五马山之南麓，依山为城，面临嘉陵江，隔江为周子镇，西南一百二十里为府治，东北六十里为营山县治。按今嘉陵江在州治东北，绕城南而西下府治，与《明志》西有嘉陵江者微异。盖今州城又非明州城矣。

今《四川通志》：蓬州，「玉环山，在州城内北隅，峰峦秀丽，诸山拱揖，嘉陵江水环之故名。下有玉环井。」又云：「凤凰山，在州南五里，有三峰：中峰高峙，两峰相接，如凤凰飞舞之状，林木清秀。不及十三步，嘉陵江水环流其下。」又云：「五马山，在州北五里，五峰高耸，势如奔马。」余按：今州城即依五马山东南之麓，下临江水，所谓玉环山者，即城北山。盖跨山建城，因下环江水得名。其玉环井有三眼，通城居民之所汲饮也。州城无龙神祠，常苦旱。余于玉环井之南建龙神祠，以为祷祀之所。凤凰山即州城隔江之山，周子镇即在山下。古之名人仕于蓬州者，赵、彦二公外，后汉有刘庞，三国有杜雄、何随为安汉令，隋有解柳俭，唐有解裴思敬、吴陆敬义。荥阳郑文表，平陵窦希瓛，曲城魏征曾孙，隋宁王后李宏毅、咸阳王新丰、河东薛琐、赵李琚、武邑孙说，河东薛逢、武邑孙玧，五代太原王彦铢，皆蓬州刺史。唐京兆窦浑，汉中王子李瑀皆蓬州长史。郑文表族子思义蓬州参军。赵李德休，相如令。宋桂阳邵奕，太平兴国中知蓬州。土旦，端拱中知蓬州。临汝寇瑊为蓬州军事推官。裴德裕、吴几复、赵汝简、施择善皆知蓬州，不知何处人、何年仕。以上见《四川通志》，记此备考，然皆非今蓬州地。

柳玭戒子弟

《通鉴》：唐柳氏，自公绰以来，世以孝悌礼法为士大夫所宗。僖宗时，玭为御史大夫，上欲以为相，宦官恶之，出平渝州刺史，又为泸州刺史，久谪于外。玭尝戒其子弟曰：「凡门第高，可畏不可恃也。立身行己，一事有失，则得罪重于他人，死无以见先人于地下，此其所以可畏也。门高则骄心易生，族盛则为人所嫉。懿行实才，人未之信，小有疵颣，众皆指之，此其所以不可恃。」故膏粱子弟，学宜加勤，行宜加励，仅得比他人耳。

九经雕印

古人经籍皆写本。后唐明宗长兴三年，始令国子监校定「九经」，雕印卖之。印卖「九经」始此，见《通鉴》。后人得书甚易，用功乃不专精，远逊古人矣。

地衣

五代时楚王马希范作天策府地衣，春夏用角簟，秋冬用木棉，史、鉴书之，以为奢侈。后世贵公复于角簟、木棉之上，籍以绒罽花锦矣。漳州绒缎最为华丽。昔见闽抚使人至京师某公家，量其堂室广狭，于漳州定织地衣以愧之。未几，遂为闽督。蜀帅巡阅所过，争媚地衣，有用红呢绣花者；有以红缎遍铺，而用金黑绒斜方界之如砖纹者；其视古人不更数倍耶！然世皆安之，未有以为非者。

道学之禁

南宋道学之禁，起于王淮执政，芘其姻戚唐仲友。先是仲友为台州，朱子行部至台。仲友为民人所讼，朱子按得其实，而淮与仲友同里姻家，以朱子论章及仲友辨疏并进取旨，上问孰是？王微笑。固问之，曰：「朱程学，唐苏学也。」上笑而缓唐罪。淮由是怨朱子，欲沮其见用。于是吏部尚书郑丙上言：「近世士大夫有所道学者，欺世盗名，不宜信用。」帝已惑之。淮又以陈贾为监察御史，遂上疏力攻道学为伪学。其后道学之禁，由王淮芘其私人起也。余谓朱子与仲友事，甚不难辨。知州既为民人所讼，按得实矣，一降黜可了。乃惑于程学、苏学一言，置其事不问，孝宗固有所偏于中矣。盖孝宗平日最爱苏诗，而重其人；王淮知之，故引仲友为苏学，以投其所好也。常人之情，皆乐苏而苦程，孝宗亦中人耳。人主好恶，微有所偏，小人即乘其隙而进，吁可畏哉！

寸阴丛录卷三

天下兵额

乾隆四十七年定天下兵额。八旗满洲兵五万九千五百三十名，八旗蒙古兵一万六千八百四十三名；八旗汉军兵二万四千五十二名；京城巡捕营兵一万名；直隶省兵三万九千四百二名；山东省兵一万七千五百四名；山西省兵二万五千七百五十二名，河南省兵一万一千八百七十四名；江南省兵四万八千七百四十七名；江西省兵一万三千九百二十九名；福建省兵六万二千一百十九名；浙江省兵四万三十七名；湖北省兵一万七千七百九十四名；湖南省兵二万三千六百四名；四川省兵三万二千一百十二名；陕甘省兵八万四千四百九十六名；广东省兵六万八千九十四名；广西省兵二万三千五百八十八名；云南省兵四万一千三百五十三名；贵州省兵三万七千七百六十九名，共六十九万九千六百名。此见于《皇清通考》者，东三省、伊犁、青海、察哈尔、西藏之数，尚不在焉。通计中外，盖常逾百万，嗣后时有裁汰，犹八十余万。天下财赋所入，地丁银二千九百七十八万一千六百九十三两，耗羡银三百四十九万五千五百七十七两，杂税银二百一十五万八千七百二十六两，芦课银二十七万四百三十六两，关税银四百四十二万七千七百五十三两，盐课银七日八万四千六百两，漕项银二百四十一万五千五百八十四两。茶课银二十一万八千二百二十六两，外捐银一百九十万两，内捐银二百二十万两，旗租银五十一万两，共收入银五千四百四十五万七千五百九十五两。除水旱民欠外，实入不及五千万。而官兵俸饷岁支银一千七百三十六万七千八百三十三两，武职养廉银一百二十五万七千六十两，营中公费银三十一万四千八百七十八两，红白恤赏银三十万八千八十七两，差兵盘费银五万八千九百七十两，共支用银一千九百四十万六千六百二十八两。盖五分而去其二以养兵也。更通口外经费计之，则去其半矣。

北宋仁宗时，王拱辰言：太祖时兵十二万，太宗时十八万，真宗时四十万，今倍之，则八十万也。张方平条对上问亦曰：「向因夏人阻命，诸路增置禁军约四十二万人，通三朝旧兵，且八九十万，其乡军义勇、州郡厢军不在此数。凡此冗兵，非惟困天下财用，方且成天下祸阶。」南宋孝宗语光宗曰：「天下财赋八分养兵」，彼以偏安之世，且制如此。明定天下，洪武时内外三百二十九卫六十五所，永乐增置以后，五军都督府统内外四百九十三卫，屯田群牧千户三百五十九所。《明史·兵志》言：大率五千六百人为卫，千一百二十八人为所，则额兵常四百余万矣。本朝一统中外，迥非宋明之比，而兵数如此，实不为多。然岁支有常，而岁入民间多欠，不能如额，水旱时有蠲免，仅敷国用。偶有大事用兵，则形不足。谨守成宪，永不加赋，不得已而有捐输之例，帛名器不免猥滥，风俗人心日敝，无如何也。裕国之谋，岂易言哉？

捕盗功令

今制，州县民间失盗，缉捕定限不获者，降罚有差。盖始于宋太祖。建隆三年初班《捕盗令》，给以三限，限各二十日。第一限内获者，令尉各减一选，获逾半者减两选，第二限内获各超一资，逾半超两资；第三限内获者令、尉各加一阶，逾半加两阶。过三限不获，尉罚一月俸，令半之。尉三罚，令四罚，皆殿一选，三殿停官。令、尉与贼斗而尽获者，并赐绯；尉除令，仍超两资；分别加升擢。

进退武成王庙配享诸人

明太祖进退武庙诸人，世习闻之矣。《宋史》：太祖乾德元年，帝初「幸武成王庙」，历观两廊所画名将，以杖指吴起曰：「起杀已降，不武之甚，何为受享于此？」命去之。左拾遗知制诰高锡因上疏，论王僧辨不克善终，不宜配享。乃诏吏部尚书张昭、工部尚书窦仪，与锡别加裁定，取功烈始终无瑕者。昭等议升汉灌婴、后汉耿纯、王霸、祭遵、班超，晋王浑、周昉，宋沈庆之，后魏李崇、傅永，北齐段韶，后周李弼，唐秦叔宝、张公瑾、唐休璟、浑瑊、裴度、李光颜、李愬，郑畋梁、葛从周，后唐周德威，符存审二十三人；退魏吴起，齐孙膑，赵廉颇，汉韩信、彭越、周亚夫，后汉殷纪明，魏邓艾，晋陶侃，蜀关羽、张飞，晋杜元凯，北齐慕容绍宗，梁王僧辩，陈吴明彻，隋杨素，贺若弼、史万岁，唐李光弼、王孝杰、张齐邱、郭元振二十二人。诏塑齐相管仲于堂，画魏西河太守吴起于庑下，余如昭等议。

右所进退，殊不足以惬人心。当时秘书郎直史馆管城、梁周翰尝上言：「凡名将悉人雄，苟欲指瑕，谁尝无累？一旦除去神位，吹毛求异代之非，投袂忿古人之恶，似非允当，臣心惑焉。」不报。然则当时固已有不然者矣。

后世服制有胜古礼

先王制礼，顺人情而为之节文。周世以后，礼仪大备。儒者依之，以为准则，至精尽善矣。然孔子虽屡言「从周」，而告颜渊「为邦」，则兼用四代之礼乐。又告子张曰：「周因于殷礼，所损益可知也。其或继周者，虽百世可知也。」然则「从周」者，为下不倍之道；苟孔子得位在上，必大有损益，明矣。

宋太祖乾德三年，秘书监判大理寺尹拙等言：后唐刘岳《书仪》称妇为舅姑三年，与律不同，然亦准敕行用，请别裁定之。诏百官集议，左仆射魏仁浦等奏议曰：谨案《礼·内则》云：「妇事舅姑如事父母」，舅姑与父母一也。古礼有「期年」之说，虽于义可稽；《书仪》著三年之文，实在礼为当。盖五服制度，前代增益已多，只如嫂叔无服，唐太宗令服小功；曾祖父母旧服三月，增为五月；嫡子妇大功增为期；众子妇小功增为大功；父在为母服期，高宗增为三年，迄今遵行，遂为典制。况三年之内，几筵尚存，岂可夫衣衰粗，妇袭纨绮？夫妇齐体，哀乐不同，求之人情，实伤至治。况妇人为夫有三年之服，于舅姑而始服期，是尊夫而卑舅姑也。昭宪皇太后丧，孝明皇后亲行三年之服，可以为万代法。十二月始令妇为舅姑三年齐斩，一如其夫。仁浦等所议当矣。

今服制自明以来，讲求益精，虽或于古礼时有过之，而人情允惬。拘执古礼者犹间为异论，未必然也。

巡抚

今巡抚之职，盖始于东汉顺帝。汉安元年，遣杜乔、周举等分行州部。唐有巡简、安抚、采访、黜陟等大使，盖丁监司官观察、团练诸使外特遣之也。宋太宗淳化四年，以江、浙、淮、陕比岁灾，民多转徙，颇恣攘夺，遣工部郎中韩援，考工员外郎潘慎修等八人，分路巡抚，招集流亡，导扬壅遏。平决庶狱，率从轻典；有可以惠民者，许便宜行事；官吏罢软苛刻者上之；诏令有所未便亦许条奏。真宗亦时遣使巡抚诸路，皆非常设也。常设监司，惟转运、提刑、常平提举等使，其后乃有安抚、宣抚等使。明洪武中，以监察御史巡按各道，铸印曰「巡按某处监察御史印」。洪熙元年，称行在都察院，定巡按以八月出巡。正统中去「行在」字。其称巡抚则自永乐二年遣给事中雷填巡抚广西，十九年遣郭瑄、艾广巡抚广东。其后各省每因事添设巡抚，乃皆以重臣为之。

又按：宋时转运使，其权甚重，如今督抚，州郡皆其所部。至道中，荆湖转运使何宗士上言：

自今大臣执政出领外郡，申转运使公事，只署通判以下姓名。帝谓宰相大臣，品位虽崇，若临外藩，即转运使所部，要系州府，不系品位，此朝廷典宪，未可轻改也。宋制盖如此。第不知节度使与转运使何若耳？

日历起居注

宋太宗时，苏易简言：「近委学士扈蒙修史，蒙逼于权势，多所回避，甚非直笔」。乃更命吏部侍郎兼秘书监李至、翰林学士张洎、史馆修撰张佖、范杲同修国史。张佖言：圣朝编年，谓之《日历》，惟纪报状，略叙敕文，至于圣政嘉言，皇猷美事，群臣之忠邪善恶，庶务之沿革弛张，汗简无闻，国经曷纪？请置起居院修左右史之职，以纪录为《起居注》与《时政记》，逐月终送史馆，以备修《日历》。帝嘉之。乃置起居院于禁中，命梁周翰掌起居郎事，李宗谔掌起居舍人事。太宗尝曰：「史臣之职，固在善恶必书，无所隐耳。」昔唐玄宗欲焚武后史，左右以为不可，使后代闻之，足为鉴戒。足见唐宋明主，皆留心史事，不忌直书善恶。当时为史官者，故能不废其职。

明太祖猜忌特甚，常恐人言其恶。成祖篡位，忌恶尤甚，故不欲史官直笔。自是以后，无复直笔矣。史官，自洪武十四年置修撰三人，编修、检讨各四人，其后由一甲进士除授及庶吉士留馆授职，无定员。起居初定秩正五品，洪武四年改正七品，六年升从六品。九年定起居注二人，后革。

十四年复置，秩从七品，寻罢。本朝官沿明朝制。史馆记载，皆张佖所谓「惟纪报状、略叙敕文」者也。士大夫随时记载之文，亦皆有美无恶，惟恐触忌致祸。风俗人心，莫之能挽，亦习而不知其非，不但史废其职而已。由有明二祖深忌，史官相习以为当然，故也。

天子祭五岳四渎

《虞书》：「岁二月，东巡狩，至于岱宗，柴，望秩于山川。」盖舜自祭行礼，非遣官也。古注：「东岳。诸侯境内名山大川，如其秩次，望祭之，谓五岳牲礼视三公；四稷视诸侯，其余视伯子男。」《周礼·司服》：「王之吉服」，「祀四望山川，则毳冕；祀社稷五祀，则希冕；祭群小祀，则玄冕。」是王亲行祭之证也。社稷五祀为一等，在四望山川之下，是五岳四渎之祭，且尊于社稷，明矣。

后世巡方之礼废，岳渎多遣官往祭，习久相沿，曾莫深考，以为天子不当降礼于山川。宋太宗至道元年，祷雨，命中使分礼五岳，故事御署祝版以遣之。翰林学士王禹偁上言：「准《礼》五岳视三公，今虽加王爵，犹人臣尔。天子称名，恐非古制，请自今更不御署」。帝亲批其纸尾曰：「朕为万民祈福，桑林之祷，犹无所惮，至于亲署何损乎？」余谓：宋之君臣两失之矣！《礼记·王制》曰：「天子祭天下名山大川，五岳视三公，四渎视诸侯。」郑注云：「视，视其牲器之数。」盖谓其牲币粢盛，笾豆爵献之数耳。岂以人臣待五岳四渎哉？此固由误会《礼》义之过，而亦可见古注之不可废矣。祭五岳，不遣官而以中使可乎？《史记·封禅书》曰：「昔三代之君，皆在河洛之间，故嵩高为中岳，而四岳各如其方。自五帝以至秦，轶兴轶衰。名山大川，或在诸侯，或在天子，其礼损益世殊，不可胜纪。及秦并天下，令祠官所常奉天地名山大川鬼神，可得而序也」。《汉书·郊祀志》曰：「秦始皇即位三年，东游海上，行礼，祠名山川及八神，诸此祠皆太祝常主，以岁时奉祠之。」合《史》、《汉》二书观之，是始皇初游东海，尝自行训，祠祭山川八神，以后则命太祝岁时主祭。《汉书·高帝纪》：「二年夏六月，令祠官祀天地四方上帝山川，以时祀之。」《文帝纪》曰：「始名山大川在诸侯，诸侯祝各自奉祠，天子官不领；及齐淮南国废，令太祝尽以岁时致礼。」详观此文，是但命官祭之，由汉以来，而非古也。

田锡上言时弊

宋真宗咸平中，田锡上言：「访闻密院中书，政出吏胥之手，吏胥行遣，只检旧例，无旧例则不行。枢相商议，别无远谋。无远谋则失。失于边计者，去年失清远军，今年失灵州；失于邦计者，不知府库有无，不知仓廪虚实。戎夷深入，则请大驾亲征；将帅无功，则取圣慈裁断。所以仓廪虚盈，过不在枢密；边防动静，事不属中书。因此相承，寖以成例。圣恩若且任用，则不失享富贵；圣旨若令罢免，则不过归班行。昔汉之三公罢免，则放之归农；诛戮则赐其自尽。其任用既重，则黜责非轻。操国柄者所以不敢不用心，持兵权者所以不敢不尽节。今则不然。臣下得优逸，而君上但焦劳。故阴阳不顺，水旱不调，法令滋章，盗贼多起，尚率京城父老上章，请加尊号，赖圣君英睿，力断来表。由是见宰相以甘言佞上求圣知，以国计军机非己任，盖自来任重责轻之所致也。今帑藏无余财，仓廪无积粟，但急备边之用，不思经国之谋。地愈荒而民愈贫，事弥繁而资货弥少，官吏救过不暇。若加以水旱之灾，乘以戎夷之患，不知在庙堂者用何智略？总军兵者作何筹谋？」

右所论当时之弊，可谓切至。然此弊岂特宋咸平中哉？

张知白言治化

张文节知白为河阳节度判官日，上书真宗曰：「先王垂训，重德教而轻刑罚。今法令之文，为时所尚。自中及外，由刑法而进者甚众，虽有循良之吏，亦改节而务刑名。臣愚以为刑罚者，为治之具，而不可以独任，必参之德教，然后可以言善治。臣又闻：圣人之居守文之运者，将欲清化源，在乎正儒术。古之学者简而有限，其道粹而有益；今之学者其书无涯，其道非一。是故学弥多性弥乱。今为进士之学者，经史子集也；有司之所取者，诗赋策论也。五常、六艺之意，不遑探讨，其所习泛滥而无著，非徒不得专一，又使害生其中。若明行制令，大立程式，每至命题考试，主典籍而参以正史，至于诸子之书，必其辅于经、合于道者取之，过此并斥而不用。然后先策论，后诗赋，责治道之大体，舍声病之小疵，如是则进士所习之书简，所学正而成化之治兴矣。」

右所言可谓得其体矣。所云「学弥多性弥乱」者，岂不诚中学人之病哉？自后真儒数出，正学大明，历宋、元、明及本朝初盛，皆兢兢守之，虽其弊不免于拘隘空疏，而风俗人心淳厚正直，皆深究于五常、六艺之意。故为学者，莫不名教自饬，气节是崇。自乾隆以来，考博之学大行，惟以多见异书僻典为能，反置「四子」、《五经》大义于不问。名教衰微，气节颓丧，先正遗风顿尽，伊谁之过欤！

举子寓贯

今功令试士最严，冒籍童生必责廪保；举子必由本籍申送，否则为人攻讦。按宋真宗大中祥符七年，开封府解服勤词学进士二十五人，为下第者刘溉所讼，其十三人以寓贯，皆奔窜潜匿，有司追捕。王旦奏曰：「陛下搜罗才俊，今乃变为囚系，恐伤风教。且科举之设，本待贤德，此辈操行如此，望特出宸断，以惩薄俗。」帝曰：「此盖官司过误，其寓贯者，当并释罪，概付外州羁管。」旋诏自今举人，如本贯显无户籍及离乡已久，许召官保明，于开封府投牒取解。盖冒籍之攻讦始此。今举人在京，不及由本籍起文申送者，准取在京同乡官印结赴部，盖亦昉于此。寓贯即寄籍也。常人之情，多贪冒荣利；守正恬淡者，十不得一二。侥幸之徒，巧趋作奸，主试者复不免徇私，不能不以法绳之，预立严防，亦所以保全之也。是以锁院糊名，弥封誊录校对，搜检之法，虽宋代最为忠厚之主，而不能不严其制，究亦无害于立品植行之君子也。此有明以及本朝，所以因袭至今，益加严密，而无或疏弛也欤？嗟呼！五帝三王，道同法异，诰誓不及五帝，而三王为之，岂三王不慕五帝哉？时不可也。学者多言师古，而不得其意，滞陈迹而为之，动多颠窒，莫悟其由。误国误人，适为奸佞者借口，相率以师古为戒，可胜道耶？荀子所以言「法后王」，为其时近，故也。

漕务

本朝漕粮年额四百四十九万一千二百三十五石，漕米六十二万七千九百六十五石。漕米即白粮也。漕项银二百四十一万五千五百八十四两。其每年漕务支用经费银一百四十九万三千八百九十七两。余按：宋范仲淹上疏仁宗，言「东南漕米，岁六百万，江淮、两浙诸路，岁有余粮，于租税外复又入籴，计不下二三百万石。故虽丰年，谷价亦高。至于造舟之费，及馈运兵夫给受赏予，每岁又五七百万缗。郡国之民，率不暇给。」是宋世漕米之额，较今多几百万，民间馈运入籴又二三万，而转运之费，岁五百万缗，此皆取之于民也。当时之费如此，则今之轻减多矣。

明成化八年，定额运粮京师四百万石，其内兑运者三百三十万石，由支运改兑者七十万石。总运之中，湖广、山东、河南，折色十七万七千七百石，通计兑运、改兑加以耗米入京通两仓者，凡五百十八万九千七百石。明代运粮之法，永乐初，淮海并运。淮皆民运，惟海运用官军。自浚会通河，乃罢海运而行支运，造浅船三千余艘，淮、徐、临清、德州各有仓。江西、湖广、浙江民运粮至淮安仓，分遣官军就近挽运。自淮至徐以浙、直军；自徐至德以京卫军；自德至通以山东、河南军。以次递运，名曰支运。宣德四年，复令江西、湖广、浙江民运百五十万石于淮安仓，苏、松、宁、池、庐、安、广德民运粮二百七十四万石于临清仓。令官军接运入京通二仓。民运就近入仓，力大减省。乃量地近远、粮多寡，抽民船十一或十三五之一以给官军。惟山东、河南、北直隶，则径赴京仓，不用支运。其后山东、河南皆运德州。六年，又以江南民运粮诸仓，往返几一年，误农业，令民运至淮安、瓜州，兑与卫所官军运载至北，给与路费耗米，是为兑运。以地远近为差，官军兑运民粮加耗，每石湖广八斗，江南、浙江七斗，南直隶六斗，北直隶五斗。民有运至淮安兑与军运者，止加四斗。如有兑运不尽，仍令民自运赴诸仓；不愿兑者，亦听自运。军既加耗，又给轻赍银，为洪闸盘拨之费，且得附载他物，皆乐从事。而民亦多以远运为艰，于是兑运多而支运者少矣。已而颇减加耗米，远者不过六斗，近者至二斗五升。天顺末，兑运法久，仓人觊耗余入庾，率兑斛面，且多求索，军乃困甚。宪宗令每石军如纳户加耗五升，毋溢，勒索者治罪。后又从督仓中官言，加耗至八升，久之复溢收如故，屡禁不能止也。以上明代粮运利病，皆见《明史·食货志》。本朝监于前明，立法可谓尽善；而今日军民之困特甚，其于明季不甚相远者，谋国计者，尚其深考之哉。

为善不可避名

宋仁宗赏平蛮獠功，以左侍禁桑怿为阁门祗候。怿辞不受，请推其赏以归已上者，不许。或讥其好名。怿叹曰：「士当自信其心以行，若欲避名，则善皆不可为也。」余按：先儒谓「为善毋近名」，近且不可，况居之乎？然此为诚不足于中而作伪以沽名者言之耳。子臣弟友之职，能尽其道，则孝友忠信之名自必归之，曷尝计较名之有无耶？既为其实，而避其名，乃更矫伪矣。桑怿之言，当合先儒之言并观之。

辽臣罕嘉努

辽兴宗诏问罕嘉努以治道之要。罕嘉努对曰：「臣伏见比年以来，高丽未宾，准布犹强，战守之备，诚不容已。乃者选富民防边，自备粮糗，道路修阻，动淹岁月，比至屯所，费已过半，只斗篳谷，鲜有还者。其无丁之家，倍其佣僦，人倍其劳，半途亡窜。故戍卒之食，多不能给，求假于人，则十倍其息。至有鬻子割田不能偿者。或通役不归，在军物故，则更以少壮。其鸭绿江之东，戍役大率如此。况渤海、女直、高丽，合纵横连，不时征讨，富者从军，贫者侦候，加之水旱，菽粟不登，民以日困，盖势使之然也。方今最重之役，无过西戍，稍近则往来不劳，民无深患。议者皆谓徙之非便，臣谓不然。准布诸部，自来有之。曩时北至胪朐河，南至边境，人多散居，无所统一，惟往来钞掠。及太祖西征，至于流沙，准布望风悉降，西域诸国皆愿入贡。迁种落内置三部以益其国，不营城邑，不置戍兵，准布累世不敢为寇。统和间，皇太妃出师西域，拓土既远，降附亦众，自后一部或叛，邻部之使同力相制，正得驭远人之道。及城哈屯，开境数千里，西北之民，徭役日增，生业日殚，警急既不能救，叛服亦复不恒，空有广地之名，而无得地之实。若贪土不已，渐至虚耗，其患有不可胜言者。国家大敌，惟在南方。今虽连和，难保它日。若南方有变，屯戍辽邈，猝难赴援，我进则退，我还则敌来，不可不虑也。方今太平已久，正可恩结诸部，释罪而归地。内徙戍兵以增保障，外明约束以正疆界。每部各立酋长，岁修职贡，叛则讨之，服则抚之。诸部既安，必不生衅。如是则臣虽不能保其久而无变，知其必不深入侵掠也。」

右所言颇尽当日全辽情事，所云「西北开境，空有得地之名，而无得地之实，贪土不已，渐至虚耗」者，岂不信然哉？观「大敌正在南方」之言，可见宋虽畏辽，辽亦畏宋，当时情事如此，非果辽强而宋弱也。特南人谋国，未能深悉敌情耳。罕嘉努之谋国，亦何愧于有宋名臣乎！「罕嘉努」旧作「韩家奴」，「准布」旧作「阻卜」，乾隆中始翻译改正之。准布即后来之准噶尔，乾隆中灭其全部种类，而有别部先逃入俄罗斯者，种类尚数十万，后更来归，安置于青海及喀喇沙尔之间，今土尔扈特诸旗是也。

宋仁宗当凶运

宋仁宗庆历中，元昊反，王师数败。建州布衣徐复善《易》，帝召问天时人事。复曰：「以京房卦气演之，时卦直小过，在疆圣德。」问：「变动何若？」复曰：「似唐德宗在奉天时。」帝惊曰：「何至是？」复曰：「无深虑也。唐德宗天性猜忌，欲以兵力胜天下，德与凶运会，故奔走失国，仅乃得免。陛下恭俭仁慈，西事由外起，不得而应之，时与德宗同。而德与之异，卦气虽不得，无它也。不久即定矣。」时方用兵西陲，泾原、鄜延、环庆、秦凤诸路屯兵三十余万，馈运乏竭，屡出内库帑金绢帛数百万以济军需，六宫亦捐供奉，以助边费。刘平没于延州，任福丧于镇戎，葛怀敏亡于定川，大将屡失，人心震动。辽人乘隙，复谋败盟大举南侵，国势亦甚岌岌矣。然而夏人卒不敢远出巢穴，终就抚定；辽亦遣使议和，土地无尺寸之失，朝廷久之宴然，仁宗仍不失令名，岂非德足胜凶耶？考其时，吕夷简、宋庠在中书；晏殊、郑戬在枢密；杜衍、富弼在朝用其言；韩琦、范仲淹、庞籍经略西边；张亢、田况、狄青宣其力；张方平、欧阳修、孙沔、王尧臣诸人抒其虑。仁宗恭俭仁慈，宵旰忧国。盖一时君明臣良之会也。「国有人焉」，上下同心共济，何外患之不平乎？《书》曰：「宏济于艰难」，仁宗之谓也。孟子曰：「不信仁贤，则国空虚；无礼义，则上下乱；无政事，则财用不足。」仁宗无此三弊，此其所以能转危为安也欤！

韩欧二公上疏

仁宗庆历五年，杜、范、富三公既罢，臣魏公犹为枢密副使，上疏言：「杜衍为相，方及一百二十日而罢，必陛下见其过失，非臣敢议。范仲淹以夏人初附，自乞保边，朝廷因而命之，固亦有名。至于富弼，天与忠义，昨使契丹，蹈不测之祸，以正辩屈强敌，忘身立事，古人所难。去年秋，契丹点集大兵，声言讨伐元昊，朝廷不测虚实，弼以河朔边备未完，又自请行。在外半年，经久御戎之术，固已蓄于胸中，事毕还朝，甫及都门，未得一陈于陛下之前，而责补闲郡，中外不知得罪之因。臣恐自此天下忠臣义士，指弼为戒，孰肯为国家用？所损岂细哉！臣谓陛下不若因此改弼知州，仍兼部署之职，遣一中使宣谕，令赴阙复奏河北公事毕赴任。俟其赴任，慰而遣之。弼素忠义，又感此恩，唯思效死，岂敢更以内外职任为意。如此，朝廷以北事专委富弼，以西事专委范仲淹，使朝夕经营以防二边之变，朝廷实有所倚。」疏入，不报。韩公旋亦罢知扬州。

欧阳文忠公上疏曰：「臣闻士不忘身，不为忠信；言不逆耳，不为谏诤。伏见杜衍、韩琦、范仲淹、富弼等皆陛下素所委任之臣，一旦相继而去，天下士皆素知其可用之贤，不闻其可罢之罪。臣职虽在外，事不审知，然臣窃见自古小人谗害忠贤，其识不远，欲广陷良善，则不过指为「朋党」，欲摇动大臣，则必须诬以「专权」，其故何也？夫去一善人，而众善人尚在，未为小人之利，欲尽去之，则善人少过，难为一二求瑕，惟指为「朋党」，则可一时尽逐。至如大臣已被知遇而蒙信任者，则不可以他事动摇，惟有「专权」是人主所恶，故须此说方可倾之，臣料四人各无人过，而一时尽逐，弼与仲淹委任既深，而忽遭离间，必有「朋党」「专权」之说，上惑圣聪。臣请详言之：昔年仲淹以忠言闻于中外，天下争相称慕，当时奸臣诬作「朋党」，犹难辨明。自近日陛下擢此数人，并在两府，察其临事，可以辨也。盖衍为人清审而谨守规矩，仲淹则恢廓自信而不疑，琦则纯正而质直，弼则明敏而果锐，四人性既不同，所见各异，故议事多不相从，如衍欲深罪滕宗谅，仲淹力争而宽之；仲淹谓契丹必攻河东，请急修边备，弼力言契丹必不来；又如尹洙亦号仲淹之党，及争水洛城事，琦则是洙而非刘沪；仲淹则是刘沪而非洙。此四人者，可谓公正之贤也。平居则相称美，议事则廷争无私，而小人谗为「朋党」，可谓诬矣。臣闻有国之权，诚非臣下所得专。夫权者得名位则可行，故行权之臣，必贪名位。自陛下召琦与仲淹于陕西，琦等让至五、六，陛下亦五、六召之。弼三命学士，两命枢密副使，每一命未尝不恳让愈切，而陛下用之愈坚。臣但见避让太繁，不见其专权贪位也。及陛下坚不许辞，方敢受命，然犹未敢别有所为。陛下开天章阁召而赐坐，授以纸笔，使其条列，然众人避让，弼等亦不敢独有所建，又烦圣辞，出手诏，指定姓名，专责其条列大事而行，行之已久，冀其有效。弼性虽锐，然亦不敢自出意见，但举祖宗故事，请陛下择而行之。自古君臣相得，一言道合，遇事而行，更无推避。弼等蒙陛下委任，督责丁宁，而犹迟缓自疑，作事不果。然小人巧谮，已曰「专权」，岂不诬哉？至如两路宣抚，国朝累遣大臣，况中国之威，近年不振，故元昊叛逆，一方劳困，及于天下，契丹乘衅违盟，书词侮慢，陛下但以边防无备，屈志买和。弼等见中国累年侵陵之患，感陛下不次进用之恩，各自请行，力思雪耻。沿山傍海，不惮勤劳，欲使武备再修，国威复振。臣见弼等用心，本欲尊陛下威权，未见其侵权而作过也。陛下于千官中，选得此数人，一旦罢去，使群邪相贺，此臣所以为陛下惜也。」疏入，不报。指为「朋党」者，益恶焉。时欧公为河北都转运按察使，故云「职在外。」

余按：仁宗虽有宋令主，而英明不足，是以于诸臣邪正忠奸莫之能辨，以吕夷简之媢嫉专权，而以为忠诚体国；以韩、范、杜、富之忠纯尽瘁，而疑为朋党，几同庸昏暗弱之主。何也？生于累叶承平之世，志在安靖，不欲大有所为，故庸臣易安，贤者难合。其任韩、富诸人，非有灼知真识其贤也，特以时望所在，又边事孔亟而用之。因众贤扶持，勉思振作有为。及乎元昊称臣，契丹修好，二边日以安靖，志气渐偷，群小不便诸贤所为，谗谮日起，遂莫之能察。虽韩、欧二公疏言明切若此，而无所开悟也。贤主如仁宗，犹不免如此，况其它乎？此千古所同为叹惜也。欧公上疏未几，亦为钱明逸假事劾知滁州矣。

赋税加耗

国家钱粮加耗，其来已久。宋时谓之「出剩」，犹今关榷之称「盈余」也。仁宗时上封事者言：「诸路转运使司广要出剩，求媚于上。民转赋税，已是太平之赋，又令加耗，谓之「润官」。江西诸路州军体例：百姓纳米一石，出剩一斗，往往有聚敛之臣，加耗之外，更要一斗。江西一路，岁以百万石为准，每石取米一斗，以百万石计之，所收已及十万石。十万石入官，则下民必食贵米，此但粗引一路之弊耳。天下之广，赋税之饶，其弊无极。恐诸路转运司尚有似此无名刻削，愿陛下阅其奏目，或有横加收敛，名为出剩，乞赐黜贬。」帝曰：「古称聚敛之臣，过于盗贼。今如此掊敛，是为朕结怨于民也」。诏止绝之。然不能绝也。

明嘉靖中，以八事定税粮，以三事定均徭，总征银米之凡而计亩，均输之，其科则最重与最轻者，稍以耗损益推移。重者不能尽损，惟递减耗米、派轻赍折除之，阴予以轻；轻者不能加益，为征本色，递增耗米加乘之，阴予以重。是明代以耗米为轻重损益之权也。耗既归上，有司势不能不更取耗于民。盖银米不能自达于京师，由州县而省司，由省司而上供，舟车转运，折耗实多，故以耗补之，而后入天庾者得如其额。至于银色之优劣，称兑之重轻，不以耗补之，入库之数所损实大，册籍一定，官吏岂能倾？家赔累乎！此立法严禁，所以不能止绝也。特不得假此而过取之，重为民累耳。书生不知经国大计，又未核上下每岁出入之数，不见上纳转运之艰，徒为美言取誉，亦不尽然也。明代累在粮长，破家者众，为之言者，人交称之。今官征赋税，代民上纳兑运，其累在官，莫有言之者矣。非历之久而阅之深，乌能识其情伪哉？

宋仁宗疑富弼

以富公之忠，而仁宗入夏竦之言，疑之不释。石介已死，竦犹诬其实不死，富弼阴使入契丹谋起兵。乃罢弼京西路安抚使，自郓州徙知青州。北边安靖，竦谗不验。又谗介说契丹不从，更往登莱，结金坑凶恶数万人欲作乱，请发棺验视。御史张升、何郯极论竦奸，而帝不听，犹遣中使往。事既辩明，则竦之奸已了然矣，乃尚不罪竦，仅免介妻子羁管它州而已。何信竦之深而爱之甚也！余意帝意始向用竦，由左右小人争誉之，召为枢密使，为群议不从，已至国门而罢退。其时范、富二公方在两府也。不但竦疑二公排摈之，即帝亦未必不疑，言者之论为二公使之，特隐忍未发耳。天子进退大臣，不能自主，而为言官所迫，虽仁贤之主安能无歉于中哉？明知二公之贤，言者之是，而畏其迫己，则不能不忌之矣。盖主强臣弱者道之顺，主弱臣强者道之逆也。虽口以义正君，而君则已惮之。即无竦之奸，帝固不能无憾。其坚于用竦者，未必真以竦为忠，或亦自泄其前此之隐憾乎？五星虽明，近日必伏。为大臣者，能潜回天意而不居其名，庶为尽善也欤！

恶莫大于饰非，祸莫大于争名。《礼》曰：「善则称君，过则归己。」宋明以来，固多君子，而不能隐君之非，往往以言争胜。为之君者恶其扬己之过，必思饰之，是上下争名也。由是君恶愈大，而祸及臣身，终祸天下，可胜叹哉！

范希文复古勤学

范文正以庆历三年参知政事，时群贤在朝，意欲复古勤学，数言兴学校、本行实，诏近臣议。于是宋祁、王拱辰、张方平、欧阳公等八人合奏曰：「教不本于学校，士不察于乡举，则不能核名实；有司束以声病，学者专于记诵，则不足尽人才。谨参考众说，择其便于今者，莫若使士皆土著而教之于学校，然后州县察其履行，学者自皆修饬矣。」乃下诏令州县皆立学。本道使者选属部官为教授，三年而代，选于吏员不足，取于乡里宿学有道业者。三年无私谴，以名闻。士须在学习业三百日，乃听预秋赋；旧尝充赋者百日而止；亲老无兼侍，取保任听学于家。三场：先策，次论，次诗赋。通考为去取，而罢贴经墨义。又以旧制用词赋，声病偶切，立为考试，一字违忤，已在黜落，使博识之士，临文拘忌，俯就规检，美文善意，郁而不申。如白居易《性习相近远赋》，独孤绶《放驯象赋》，皆当时试于礼部，对偶之外，自有意义可观，宜许仿唐体，使驰骋于其间。士子通经术，愿对大义者试十道，以晓析意义为通，五通为中格。三史科取其明史意，而文理可采者。明法科试断案，假立甲乙，罪合律令法意，文理优者为上等。

新制已定，而习于旧制者多不便之。范公诸贤既去，言者屡言于上，帝意亦变。庆历五年杨察权判贡院，建议新制诸州军发解，但令本处官属保明行实，其弥封誊录一切罢之。窃见外州解送举人，自未弥封誊录以前，多采虚誉，即试官别无请托，亦止取本州曾经荐送旧人；其新人百不取一。弥封以后，考官不见姓氏，须实考文艺，稍合至公。又新制进士，先试策三道，次论，次诗赋，必先考策，论定去留，然后与诗赋通定高下。然举人每至尚书省，不下五七千人，及临轩复较，止及数百人。盖诗赋以声病杂犯，易为去留，若专取策论，必难升黜。盖诗赋虽名小巧，且须指题命事，若记问该当，则辞理自精。策论虽有问题，其间敷对，多挟它说。若对不及五通，尽黜之，即与元定解额不敷；若精粗毕收，则滥进殊广，所以自祖宗以来，未能猝更其制。兼闻举人经史疑义，可以出策论题目，凡数千条，谓之「经史质疑」，至于时务，亦抄撮其要，浮伪滋甚。又旧制以词赋声病偶切之类，立为考试；今特许仿唐人赋体，及赋不限联数，不限字数。古今文章，务先体要，古未必悉是，今未必悉非。尝观唐人程试诗赋，与本朝所取名人词艺，实亦工拙相半。俗儒是古非今，不为通论。自二年以来，国子监生诗赋即以汗漫无体为高，策论即以激讦肆意为工，非惟渐误后学，实恐将来省试，其合格能几何人？伏惟祖宗以来，得人不少，考较文艺，固有规程，不须变更以长浮薄。八年，乃诏科场旧条，皆先朝所定，宜一切无异，此当时所以不能复古也。后十年，欧阳公知贡举，乃得二苏，文体一变，然不能改取士之制。及王荆公变法，始用经义论策取士，司马温公尝言神宗，尊用经义论策取士，此乃复先王令典，百王不易之法。但王安石不当以一家私学，欲盖先儒，令天下师生讲解耳。温公此言，最为平允，固非杨察所能知及。故在政府乞以《九经》取士，意同范、富，亦非安石比。

神宗时，苏文忠尝上言：科举取士，不当变法，较杨察尤详。然州县皆立学之制，则实自范公始也。嘉祐二年，诏自今间岁贡举进士诸科，又别置明经科，其不还乡里而寓户它州者，严其法。每秋试，自县令佐察行义保任之，上于州；州长贰复审察得实，然后上本道使者类试。已保任而后有缺行，则州县皆坐罪；若省试而文纰缪，坐原考官，皆用范、富二公言也。此制行之，遂至于今，为不易之法。经义亦然。苏公议曰：贡举之法，行之百年，治乱盛衰，初不由此。今议者所变更不过数端，或曰乡举德行而略文章；或曰专取策论而罢诗赋；或欲举唐事，兼采誉望，而罢弥封；经生朴学，不用贴墨，而考大义。此数者皆知其一不知其二者也。夫欲兴德行，在于君人者修身以格物，审好恶以表俗。上之所向，而下自趋焉。若欲设科立名以取之，则是教天下相率而为伪也。上以孝取人，则勇者割股，怯者庐墓；上以廉取人，则敝车羸马，恶衣菲食，凡可中上意者，无所不至矣。自文章言之，则策论为有用，诗赋为无用。然自政事言之，则诗赋策论均为无用。然自祖宗以来莫之废者，以为设法取士，不过知此也。矧自唐至今，以诗赋为名臣者，不可胜数，何负于天下，而必欲废之？求世士人，纂类经史，缀缉时务，谓之「策括待问」，条目搜抉略尽，临时剽窃，窜易首尾，以眩有司，莫能辨也。且其易人也，无规矩准绳，故学之易成；无声病对偶，故考之难精。以易学之士，付难考之吏，其弊有甚于诗赋者矣。唐之通榜，故是弊法，虽有以名取人，厌伏众论之美，亦有贿赂公行权要请托之害，卒使恩去王室，权归私门。降及中叶，结为朋党之论。通榜取人，又奚足尚哉？又曰：「诸科取人，多出三路：能文者既已变而为进士；晓义者又皆去以为明经；其余皆朴鲁不任者也。人才则有定分，施之有政，能否自彰。今进士日夜治经传子史，贯串驰骛，可谓博矣；至于临政，曷尝用其一二？顾视旧学，已成虚器。而欲使此等分别注疏，粗识大义，而望其人能增长，亦已疏矣。」此议实为切中后来情弊。

本朝雍正中，有议变取士法，废制义者，上问张文和，对曰：「若废制义，恐无人读四书，讲求义理矣。」遂罢其议。

寸阴丛录卷四

狄青

狄青平侬智高回，仁宗欲以为枢密使、同平章事。庞籍力争之，举慕容延钊、曹彬不为枢密使故事，谓祖宗慎重名器如山岳，青它日更立大功，以何官赏之？帝既从之，而更予其诸子官矣，复以梁适言卒予之。余谓籍言是也，然亦视其人何如耳。青出身行伍，不学，宜不足以冠群僚，然文臣无功，又非贤，徒以资叙恩宠而为之者众矣。青之贤而有功，不犹愈乎！太祖以武臣定天下，方收其兵柄以保全之，别有深意，非慎重名器之谓也。英主自有大略，与书生之见不同耳。且文臣不学，如陈执中可为宰相，青为枢密何嫌之有？王德用不尝为之乎？当时以其有异貌，能得士心，而疑之。狄青材武为小民所推，每出入，都人聚观拥路；家犬生角，数有光怪，青与德用皆卒罢出。以为善全功臣则可耳！立贤无方，岂论出身哉？英宗时用郭逵为枢密使，邵亢、吴申、吕景交论：祖宗朝枢府参用武臣，如曹彬父子、马知节、王德用、狄青勋劳为天下所称，则可；逵黠佞小才，岂堪大用？又以曹彬父子尝为枢密，与庞籍不同。

仁宗戒言官

嘉祐五年，殿中侍御史吕海言：「故事：台谏官许风闻言事者，盖欲广其采纳，以补朝廷缺失。比来中外臣僚，多告讦人罪，既非职分，实亦侵官，甚者诋斥平素之缺，暴扬暧昧之事，刻薄之态，浸以成风，请惩革之！」诏戒上封告讦人罪或言赦前事，及言官事弹劾小过、不关政体者。既而御史中丞赵概亦言：「比年以来，缙绅之论多险刻兢浮，宜行戒敕之。」复下诏曰：「朕乐与士大夫惇德明义，以先天下，而在位殊趋，弗率朕旨，或为危言诡行，务以誓众取誉，罔上而邀宠。论事之官，搜抉隐微，无忠恕长厚之风，托迹于公，而原其本心，实以合党图私，甚可恶也。中书门下，其采端实之士，明进诸朝，察辨矫激巧伪者加，放绌焉。」呜呼！宋仁宗可谓仁矣。此三代以下，风俗之美，所以前称汉文帝，后惟宋仁宗也。

权御史中丞王畴又言：「国家开广言路，任用台谏官，比年士大夫乃有险徼之人，挟己爱憎，依其形势，以造浮说。奔走台谏之门，鼓扇风波之论，幸言者得以上达。推原其情，本非公正，止于阴借权力，取快私意。当言之人，率务举职，既所传耳目稍异，则岂敢遂无论列？万一有爱憎不中之论，荧惑紊挠人主之聪明，岂不为听断之累哉？」帝嘉纳之。余谓：王畴之言，切中后世言官之弊，其托迹于公以合党图私者，毋论矣，即有忠爱致身之君子，而惑于小人浮说，因之爱憎不中、轻发公论者，亦不可不慎察之。

富郑公

富郑公将殁，遗书谏神宗曰：「去岁纳边臣妄议，大举以讨西戎，师徒溃败，两路骚然。当举事之初，执政大臣、台谏侍从，苟能犯颜极谏，则圣心自回，祸难自息矣。臣不知是时小大之臣，有为陛下力争其不可者乎？令久戍未解，百姓困穷，岂讳过耻败，不思救祸之时？天地至仁，宁与羌夷较曲直胜负，愿归其侵地，休兵息民！朝廷之事莫大于用人。夫辅弼之任，论议之职，皆当极天下之选。被贪宠患失，柔从顺媚者，岂可使之？事一出于上，则下莫任其责，小人因得以为奸。事成则下得窃其利；不成则君独当其咎。岂上下同心一德之谓耶？」

嗟乎！富公此言，洵千古之金鉴也。从来小人持禄保位者，于国家之是非利害，岂必尽不知哉？其意以为边疆之臣，既有启事之言，上方向用，而吾沮之，成败未形，上下不知吾之是，且以吾为有忮心，万一其事有成，则彼独享其功，而吾有失言之咎。惟一切将顺而微助之，事败咎归主议者，决断自上，吾可免责；设侥倖事成，则吾有赞襄之美，亦得分功，而上益信我。岂尝计国家用兵成与不成皆受其祸哉？小人之术愈工，而人主之事愈危矣！然人主始终受其欺而倚为贤，莫有悟其奸者，此千古所同恨也。仁宗时，辽人闻宋兵屡败于元昊，欲大举南下。富公使辽，说辽主曰：「北朝与中国通好，则人主专其利，而臣下无所获；若用兵则利归臣下，而人主任其祸。劝用兵者皆为其身谋，非国计也」。辽主惊问之，公曰：「胜负未可知，就使其胜，所亡士马，群臣当之欤，抑人主当之欤？若通好不绝，岁币尽归人主，群臣何利焉？」辽主大悟，首肯者久之。此虽使命之善辞，理实如此。

韩缜

宋神宗既崩，宣仁后以韩缜为尚书右仆射兼中书侍郎，司马光为门下侍郎。明年以光为左仆射代蔡确，缜如故。苏辙为司谏，言：「陛下用司马光为相，而使韩缜以屠沽之行，与之同列。以臣度之，不过一年，缜之邪计必行，邪党必胜，光不获罪而去，则必引疾而避矣。去岁北使入朝，见缜在位，相顾反臂微笑，缜举祖宗七百里之地，无故与之。闻契丹地界之谋，出于耶律用正。今以为相。彼以辟国七百里而相用正；朝廷以蹙国七百里而相缜，臣愚所未谕也」。余谓韩缜蹙国而相，当时羞之，犹盛时事也，乌知后世复有明知卖国大奸如秦桧者，非但相之，而且畏而防之，日置匕首于靴中哉！

帝尧薄葬

《墨子》：尧北教乎八狄，道死，葬巩山之阴。衣衾三领，榖木之棺，葛以缄之，既泖而后哭，满陷无封，已葬而牛马乘之。舜西教乎七戎，道死，葬南已之市。衣衾三领，榖木之棺，葛以缄之，已葬而市人乘之。《吕氏春秋》：「尧葬于穀林，通树之；舜葬于纪市，不变其肆。」《皇览》：尧冢在济阴城阳。《山海经》：狄山，帝尧葬于阳，帝喾葬于阴。

余按：墨子言薄葬，如帝尧之事似乎近之。葛以缄之者，以葛缠棺也。陷者坎也，古者不封不树，尧不封而树之，已渐变矣。「泚」即「氾扫」之「氾」字，谓既敛而扫氾也。舜既禅位而苍梧，尧既禅位而北狄，所以避天子也。葬者，藏也。既藏之矣，岂复识之使后世知其处哉？祭而受享者，魂气也。形魄无受享之理，故古无墓祭，墓祭始于春秋战国之间，孟子所谓「东郭墦间之祭」是也。

大舜短身

《宋书·符瑞志》：「舜黑，身长六尺一寸。」余按：《帝王世纪》：「尧身长十尺，禹身长九尺二寸」。《孟子》：「文王十尺，汤九尺」。此言大舜独六尺一寸，毋乃太短乎？虽帝王圣德，不在长身，然此等世俗所传，有无信否，皆不可知，固大贤通儒所不必言矣。

禹贡

《禹贡》：兖州，「厥贡漆丝，厥篚织文」。青州，「厥贡盐絺，海物惟错，岱畎丝枲，铅松怪石，莱夷作牧，厥篚檿丝」。徐州，「厥贡惟土五色，羽畎夏翟，峄阳孤桐，泗滨浮磬，淮夷蠙珠暨鱼，厥篚玄纤缟」。扬州「厥贡惟金三品，瑶琨篠簜，齿革羽毛惟木，岛夷卉服，厥篚织贝，厥包桔柚锡贡」。荆州「厥贡羽毛齿革，惟金三品，杶干栝柏，砺砥砮丹，惟箘簵楛」，「包匭菁茅，厥篚玄纁玑组，九江纳锡大龟」。豫州「厥贡漆枲、絺纻，厥篚纤纩，锡贡，磬错」。梁州「厥贡璆铁，银镂砮磬，熊罴、狐狸、织皮」。雍州「厥贡惟球琳琅玕」。冀州以王畿无贡。

余按：禹治水作贡，正尧舜之时也。茅茨土阶，俭风犹在，而定四方之贡已如此，未必无所用而但藏之。观于衮冕十二章之服，则他物可知，孰谓圣人必以朴陋为贵乎？但不如后世之奢侈无度耳。璇玑玉衡以齐七政，玉藻垂旒，圭璧五瑞，无非珠玉之用也。

编发

本朝龙兴之地，于古为肃慎氏，余既详之矣。《尚书大传》言：殷高宗武丁内反诸己，以思先王之道，三年，编发重译来朝者六国。意肃慎氏当在六国之中。盖自殷世已通中国，不始于周初也。《史记·西南夷传》：自滇邛都外，「西自同师以东，北至楪榆，名为嶲、昆明，皆编发。」余至藏中，自打箭铲外，妇人至今编发，而回妇亦然，意皆古编发之国也欤？

九江

《竹书纪年》：周康王十六年，「王南巡狩，至九江、庐山」。详此文盖先至九江，后至庐山也。似古之九江在庐山之北，故自周南巡，先至九江。《水经》言：「九江在长沙下儁西北。」蔡仲默引之注《书》，谓今岳州巴陵县，即汉之下隽，洞庭正在其西北，而以洞庭当九江。莹按：夏禹至宋季已三千年，水之变迁多矣。《九丘》之书既亡，古时方域山川，已难确指其处。洞庭虽潴众水为一泽，而蔡氏所指沅水、渐水、沅水、辰水、叙水、酉水、沣水、资水、湘水，亦止八水，导江文明言：东至于澧过九江，是澧在九江之外，不得并为九江，且去庐山已远，皆在其南。恐《汉志》以九江在庐江郡之浔阳县者为近之。《竹书纪年》古事虽多诬谬，然是战国以前古书，地名、形势似尚不妄。《史记·黥布传》：「项王封诸将，立布为九江王，都六。」又汉王谓随何曰：「孰为我使淮南，令之发兵倍楚」，下文又称布为淮南王。盖六在淮南，故称之也。淮南既为九江，则九江地极远至番阳止矣。秦汉去古未远，若九江在今洞庭，则何得越千余里而名其地乎？然则《汉志》谓九江在浔阳者未可非之。唐人云「江到浔阳九派分」，是其时九江犹如故也，特自来皆以庐山为扬州之域，而《禹贡》系九江于荆州，则其说为不可通耳。然《禹贡》言「淮海惟扬州」，则扬州分域宜止淮南、淮北，东尽于海；庐山去淮海已远，必谓扬州分域至此，果确否？俟深于地理者详之。汉定天下，剖符封布为淮南王，都六，九江、庐江、衡山、豫章郡皆属布。盖六即九江郡地，故九江在庐江以北，而九江、庐江皆得被以淮南之称，即并衡山、豫章称为淮南，亦无不可者。

《诗》言：「蠢尔蛮荆，大邦惟仇。」又云：「荆舒是惩。」以荆舒连言。春秋时，群舒皆属楚。余疑江以北，群舒之地，皆《禹贡》荆州之域，今之安庆、舒桐一带皆是也。桐城西去潜山、望江，与湖北之蕲、黄接，形势亦合，其隔江以南，乃扬州之域耳。周《职方》、「九州荆州，其川江汉，其浸颍湛」，以颍水为荆州，则其地域可想矣。虞夏之时，三苗「左洞庭、右彭蠡，负其险阻」，是彭蠡正古三苗之地，即后之荆蛮也。而《禹贡》叙彭蠡于扬州，岂以其地在江之南，介荆扬之间，而入于扬州乎！安知舜「肇十有二州」之时，彭蠡不在荆州也。禹省并十二州为九江，而虞舜从之，其所变革必多矣。

东陵未知所在，蔡传以巴陵当之，曰：「今岳州巴陵县也。地志在庐江西北者，非是。」余按：《史记·楚世家》：「襄王二十年，秦将白起拔我西陵。」徐广曰：「属江夏。」以地势言之，江夏在西，所属既为西陵，则岳州在东，以巴陵为东，似矣。然亦臆说，未见确否。又《白起传》：「一攻楚拔鄢、邓五城。其明年，攻楚拔郢，烧夷陵，遂东至竟陵。楚王亡去郢，东走徙陈。秦以郢为南郡。因取楚，定巫、黔中郡」。今之长沙府，即秦黔中地。战国时竟陵，即今正陆府属天门县地，古属荆州，盖郢子国也。古地以陵名者众矣。其地大约皆平衍而有冈陵，则以名其地。至易古地名为今名，则疑皆秦始皇为之。自是以后，古今地名乃混淆不可辨矣。萧何所收秦之图籍具在，《汉志》皆有所本，非后人臆说可比也。

古帝立子不必嫡长

帝王传世，必以嫡长，此三代法，前此固不必尔也。《世本》帝喾元妃有邰氏之女曰姜嫄，生后稷；次妃，有娀氏之女曰简狄，生契；次妃，陈酆氏之女曰庆都，生帝尧；次妃，訾娵氏之女曰常仪，生帝挚。帝喾卜其四妃之子，皆有天下。《帝王世纪》同《世本》说。后稷，既为元妃之子，乃不得立，而立末妃之子，是古帝立子，不必嫡长也。或挚最长故立之乎？即夏商传世，其嫡长与否，亦不可知。然则嫡长之法，自周公制礼乃定。故太王舍泰伯，文王舍伯邑考，当时不以为异，尧舜则并舍其子。学者于此可以观古矣。世人习见周以后事，乃反以古事为异，岂其然哉？《大戴礼记》：陈酆作「陈隆」，《史记》作「陈锋」，「訾陬」作「陬訾」，则诸本之异文也。

周太史伯

《史记》：郑桓公为幽王司徒，谋于太史伯曰：「吾欲居西方，何如？」太史伯曰：「其民贪而好利，难久居。」余按：周之西则秦晋西戎也，秦晋已分封，则桓公欲居者，其谓西戎乎？西方之人好货，内自山西、陕西、甘肃，外自回疆、西藏以至西洋诸国，至今犹然。太史伯之言远矣。释氏书亦云：「西方货主」，信哉言乎！

李克

魏文侯问相于李克。克曰：「君不察故也。居视其所亲，富视其所与，达视其所举，穷视其所不为，贫视其所不取，五者足以定之矣。何待克哉？」文侯定相魏成子。翟璜不服，李克曰：「子安得与魏成子比乎？魏成子食禄千钟，什九在外，什一在内。是以东得卜子夏、田子方、段干木，此三人者，君皆师之。子之所进者五人，君皆臣之，子恶得与魏成子比也？」翟璜拜服。魏特一侯国耳。此一事也，文侯之明，魏成子之贤，李克之智，不待言矣。翟璜之进贤服善，亦岂后世为相者所能及哉！

老子

《史记》载老子送孔子之言曰：「聪明深察而近于死者，好议人者也；博辨广大危其身者，发人之恶者也。为人子者毋以有己，为人臣者毋以有己。」余按：《老子本传》告孔子之言微异，盖互见也。夫为子臣者，既不有其身，则不计死，危矣。前后之言，岂相刺谬哉？盖老子之道，以藏身为术，而所以藏身，固将有为，非苟藏己也。即庄子「善刀而藏」之意耳。《易》曰：「藏器于身，待时而用」，非后世孔光、张禹、冯道之徒所得藉口也。子长于《孔子世家》著此数言，其旨深远矣。孔老之徒，互相非毁，孔子曷尝非毁之乎？

《史记》言「老子之子名宗，宗为魏将，封于段干。宗子注，注子宫，宫玄孙假，假仕于汉孝文帝。而假之子解为胶西王卬太傅，因家于齐焉。」按自宗至解，仅八世，上溯老子九世耳。据年表，孔子殁于周敬王四十三年甲子，至汉文景间，历周元王八年，定王二十八年，考王十五年，威烈王二十四年，安王二十六年，烈王七年，显王四十八年，慎靓王六年，赧王五十九年，秦始皇三十七年，二世子婴三年，汉高帝七年，惠帝七年，高后八年，文帝前十六年、后七年，凡三百有六年。老子子孙才传八世，计其人皆不得永年也。子长作诸表，既皆有据，老子世系历数之，岂妄哉？但未言其人年岁耳。《孔子世家》则云：「伯鱼生伋，字子思，年六十二。尝困于宋。子思作《中庸》。子思生白，字子上，年四十七。子上生求，字子家，年四十五。子家生箕，字子京，年四十六。子京生穿，字子高，年五十一。子高生子慎，年五十七，尝为魏相。子慎生鲋，年五十七，为陈王涉博士，死于陈下。」「鲋弟子襄，年五十七。尝为孝惠皇帝博士，迁为长沙太守。长九尺六寸。」「子襄生忠，年五十七。忠生武，武生延年及安国，安国为今皇帝博士，至临怀太守，早卒。安国生卬，卬生驩。」自武以下，皆不著其年。计自伯鱼至驩凡十五世。子长作《史记》在武帝太初四年之后，继文帝后七年，为景帝前七年、中六年、后三年，武帝建元六年、元光六年、元朔六年、元狩六年、元鼎六年、元封六年，至太初四年，共五十六年。上溯孔子卒，凡三百六十二年，子孙著系者，已十五世矣。

舒六潜巢

《伍子胥传》：吴阖庐立三年，兴师与伍子胥、伯嚭伐楚，拔舒。四年吴伐楚，取六与潜。六年，楚囊瓦将兵伐吴，使伍员迎击，大破楚军于豫章，取楚之居巢。注曰：「豫章在江南。」

余按《本传》上言：楚平王以其边邑钟离与吴边邑卑梁氏俱蚕，两女子争桑相攻，吴使公子光伐楚，拔其钟离、居巢而归。钟离地在淮北。盖当时吴境北至淮，南至江。今之泗洲为楚境。扬州、池州皆吴境也。前拔居巢未取，及伍胥乃取之耳。居巢在东而六在西，未取，六不能有居巢，及六潜既取，故此时乃取居巢矣。潜之西为豫章。既进取潜，故迎击楚军于豫章。然则此时并已取舒，特史未言之耳。

孔子弟子

《史记·孔子世家》称孔子以诗书礼乐教，弟子盖三千焉，身通六艺者七十有二人。如颜浊邹之徒，颇受业者甚众。」此文甚明也。及为《仲尼弟子列传》则称孔子曰：「受业身通者，七十有七人，皆异能之士也。」又称「自子石已右三十五人，颇有年名，及受业闻见于书传；其四十有二人，无年及不见书传者纪于右」（此右字似是左字之误，或作后字），而赞之曰：「《弟子籍》出孔氏古文，近是。余以弟子名姓文字，悉取《论语》弟子问并次为篇，疑者阙焉。」

莹按：《列传》与《世家》不同，盖当时传者不一；子长固亦疑之，莫能定也。故以为出孔氏古文，近是。孔氏古文者，壁中书也。子长从孔安国问故，故通古文，以此籍为定，足正诸家传说之非。而七十二人、七十七人，则仍两存之。盖慎之又慎，非子长之疏也。后儒纷纷妄议，陋矣。

田文

《孟尝君传》：「文承间问其父婴曰：『子之子为何？』曰：『为孙。』『孙之孙为何？』曰：『为玄孙。』『玄孙之孙为何？』曰：『不能知也。』文曰：『君相齐，至今三王矣，齐不加广，而君私家富累万金，门下不见一贤者。文闻将门必有将，相门必有相。今君后宫蹈绮縠，而士不得短褐；仆妾余粱肉，而士不厌糟糠。今君又尚厚积余藏，欲以遗所不知何人，而忘公家之事日损，文窃怪之。』」文能为此言贤矣。异日好客养士之志，盖已蓄于此矣。世但言孟尝君养士，而忘此事，故举而出之。为厚积馀藏，以遗所不知何人者告焉！虽然，孟尝君死竟灭父所受之薛而绝嗣，岂五日生子，果不利其父母乎？曰：子善聚积，更大于父业者多矣。不旋踵而覆宗绝嗣者，且倍多于文，而负不肖名，其于文也果孰优乎？所可异者，世有同时显贵为相，亲见其子之不肖，而犹黩货不已，日增益之，其愚亦可哀也哉！

春申君

《春申君传》：「楚封春申君，赐淮北地十二县。」后十五岁，黄歇献之，「请封于江东。考烈王许之。春申君因城故吴墟，以自为都邑。」八年，以荀卿为兰陵令，今常州府地也。是时楚都陈，既而去陈徙寿春。而秦徙卫野王，作置东郡，逼近于楚都。春申君由此就封于吴，行相事，盖克相楚在王都，是时乃就国也。春申君所封，盖兼今苏、常二郡地。其献淮北封地者，以地边齐，惧受兵，故献之而请封吴：乃楚腹内，而越则皆楚地，可远害也。当时自谋之情事，盖如此。

谒刺

《史记·郦食其传》：郦生谒，沛公谢未暇见。生「瞋目按剑叱使者。」「使者惧而失谒，跪拾谒，还走。」又《高祖纪》「乃绐为谒曰：『贺钱万』。」注：「谒，谓以札书姓名，若今之通刺。」《释名》：「谒，诣也，诣告也。书其姓名于上，以告所至诣者也。」《说文》：「札，牒也。」《尔雅·释器》疏：「古未有纸，载文于简，谓之简札。」《中庸》「方策」注：「简，札，牒，毕，同物而异名。札，木简之薄小者也。」余按：方策、简，古人以载典故之书札；牒，以通情事之文；谒刺仅书姓名以通告见，不得谓之同物异名。

石庆

《万石君传》：石庆为丞相，「是时汉方南诛两越，东击朝鲜，北逐匈奴，西伐大宛，中国多事。天子巡狩海内，修上古神祠，封禅，兴礼乐。公家用少。桑弘羊等致利，王温舒之属峻法，兒宽等推文学至九卿，更进用事，事不关决于丞相，丞相醇谨而已。在位九岁，无能有所匡言。」

「元封四年中，关东流民二百万口，无民数者四十万，公卿议请徙流民于边。上以为丞相老谨，不能与其议，乃赐丞相告归，而案御史大夫以下议为请者。丞相惭不任职，上书乞骸骨归，避贤者路。「天子曰：『仓廪既空，民贫流亡，而君欲请徙之，摇荡不安，动危之而辞位，君欲安归难乎？』以书让庆。庆甚惭，遂复视事。」

余按：天下方多事，诚非宰相告归之时，独恨其在位无所建明耳。若以天下不安，辜职请罪，谁曰不宜？贪鄙庸人，计不出此也。后世为宰相如石庆者，何可胜道？吁可叹矣，然如武帝者，方喜其谨顺无违，虽居相位，可以惟吾欲为，不挠吾事也。此固聪明自喜之主，不屑委过于下，正所以自讳其过之情也哉。

商时四裔方献令

《汲冢周书》：汤谓伊尹曰：诸侯来献，或无牛马之所生，而献远方之物，事实相反，今吾欲因其地势所有献之，其为四方献令。伊尹于是为《四方令》曰：「臣请正东符娄仇州，伊虑沤深，九夷十蛮，越沤鬋发文身，请令以鱼支之鞞，口鲗之酱，鲛瞂利剑为献；正南瓯乡桂国，损子产元濮九菌，请令以珠玑、玳瑁，象齿、文犀，翠羽、菌鹤、短狗为献；正西昆仑狗国，思亲枳已，中耳贯胸，雕题离邱漆齿，请令以丹青、白旄、纰罽、江历、龙角、神龟为献，正北空同、大夏、莎车，姑他旦略貌胡戎，翟匈奴、楼烦、月氏，孅犁其龙，东胡请令以橐驼、白马、野马、騊駼、駃騠、良弓为献。余按：此四方诸国多见《山海经》。而匈奴、大夏、月氏、莎车诸国，名已见于此，而以为正北不在正西者，汤时都亳，自王都言之，非如后世之都于燕秦诸地也。

「鬋发」之「鬋」字，《广韵》、《集韵》皆云：「子仙切」。《说文》：「女鬢垂貌。《曲礼》「不早鬋」，注：「鬋鬓也。疏剔治须发也」。《释文》：「鬋，子浅反，」然则古云鬋发即今之剃发也。今东三省人自古即剃发矣，于此可见。意古惟鬋发，又云被发，后更编之。《尚书大传》所言「编发」在殷高宗时，固在汤后也。正南桂国，盖其地产桂，即后世之交趾耳，百濮在今云南。

张丞相传

《史记·张丞相传》：后叙列为丞相者至元帝时匡衡为丞相，而未言其死，盖其时衡犹在也。子长作《史记》，事尽于武帝之年，何得及元帝时匡衡为相？盖褚先生之言也。本传后「太史公曰」云云，至「殆与萧、曹、陈平异矣」。子长所作止此；「孝武时丞相」云云，以下皆褚先生所补耳。

大戴礼

大小戴《礼记》皆杂取周秦诸子、儒家之言，各为一篇记之，固多七十子之徒所说，而亦不尽然也。其稍近醇粹者，则《小戴》所记为多，故康成作注，至今遵用。《大戴》所记可取者甚少，然究是周秦古书，自可与诸子并存，若以等诸圣经，则大不可。乃近世妄人，厌故喜新，不问精粗醇驳，反以为胜于《小戴》诸记，何异盲人道黑白乎？厌弃朱子则尊郑康成，以驾乎其上，此近世汉学诸贤之所弊也。此则并康成所说而亦厌弃之，欲驾《大戴》于《小戴》，总由厌故喜新之一念为之，人心陷溺，而不自知也。譬如厌布帛者，喜尚绫锦，既又尊尚红毛之哔羽而厌弃绫锦，此本豪侈俗子之情，稍晓事者皆知非之，乃读书人亦复如此，岂不哀哉！

天道

周秦之际，天道诚有不可知者。始皇杀父，以诈强并六国，而得天下。冒顿亦杀其父，以诈强并东胡月氏而大匈奴。始皇传二世而亡，犹曰天道有在也。冒顿子孙竟数十世，岂天以禽兽畜之，道不行于其地耶？天为中国笃生圣人，自黄帝尧舜以来，接迹不已，夷狄亦人也，胡独禽兽蓄之，不使圣人生其地而化其俗耶？此则地气之故，天固有无可如何者矣！夷狄之地，垅瘠斥卤，或不生水草，故土风刚劲，人物蠢浊，清淑之气不存焉。俊秀之民，犹且难之，圣哲贤智之生，虽中国不能常有，况夷狄哉！

夫上古之世，中国之人，弱肉强食，愚蠢无知，亦犹之夷狄也。天地之气磅礴亭毒久之，不知几何年矣，然后圣人出焉，何况夷狄？然则地之产人物，必待清淑之气至焉，然后灵秀所钟，挺生贤智。其风气之开，后于中国常数千年，而终莫能及中国，理固然也。天何容心于其间哉！然则天道可知矣。恢恢大圆，其气滂浃，无所不周，无所不至，而有先后迟速不同，蠢者有时而灵，高者有时而下，一行乎自然之气，气必运而后至，不可强为也。昭昭矣，人之私智何能以测究之哉？

角端

《史记》司马相如《上林赋》：「兽则麒麟角端。」注：郭璞曰：「端，音端，似猪，角在鼻上，堪作弓。李陵尝以此弓十张遗苏武也。」

余按：角端，未知即元太祖所见之角端否？诸书皆作角端，未有作端者，岂未见《上林赋》耶！然如郭说，则亦常兽耳，故可用其角作弓。若元太祖所见，则神物矣。李陵得此弓于匈奴中，盖北方之物；元太祖所见，乃西域外，地近五印度，似非一兽，第不知相如所称，果如郭说否耳。

后 记

姚莹，字石甫，号明权，晚号展和。桐城派主要作家姚鼐侄孙。他既是一位正直勤勉、颇富政绩的官员，又是一位杰出的散文家、诗人和学者。在台湾道任时，他「保岩疆，挫强敌，反遭谗谴，然朝廷未尝不谅其忠勤，海内引领望其再用。」（《清史稿・姚莹传》）正由于他「却敌台湾」，「守御有方」，因而虽遭谗谄，卒被起用，乃至「名节播宇内」。这位名焕史册的近代著名人物，「不务经生章句」，注重「经世致用」的学问，「指陈时事利害，慷慨深切。」但一生境遇坎坷，屡遭挫折。

一八四三年姚莹出狱后，于当年十月以同知知州用被发往四川。他在蓬州任中，因「地僻事简」，更重要的是在「崎岖世路怅离群」的愤愤下，目睹「满眼关河暗暗云」（《世路》），无可奈何地伏案读书，成《寸阴丛录》四卷。又因僻处山城，消息闭塞，虽洞悉「英夷窥藏，蓄心已久」，深忧「为患于藏者不已」。（《与余小波言西事书》）但地僻官卑，空有御敌之情。因而将十多年前的读书随笔鏊理付梓。诚如陈方海所言：《识小录》这部书，「大者可以正人心，明学术；次亦足以广异闻，纪掌故。」对立身、接物、经世等均有借鉴意义。

姚莹，这位博学弘通的学者、作家，他在十八岁时，因诗文俱佳，才华出众，致使同辈焚稿。

当他到五、六十岁时写下这些读书笔记，就更见其成熟和深邃了。

首先，《识小录》和《寸阴丛录》这两本著作，论辨精卓，详考学术源流，对后人颇多启发。姚莹赞美朱熹「通材宏智，博学多能」，认为他不仅明治乱之道，至于天文、地理、「九流」、三氏、诗文、词赋、训诂等学问，「未尝不孜孜考索，征实辨谬。」其实，姚莹本人也正是如此。在他的著述中，对人物、地理的论述，道学、佛理的探究，文章、诗词的辨证，文字、语言的训诂，都有自己的见解。亦如陈方海所说的「明学术」。真正做到「单词孤证」，也「义皆绍开」。有的则是对全书的评品：如《「新序」多与「说苑」异》、《关尹子近释氏》、《朱子易经本义》等，均能提出自己的新解。还有，如对唐代大诗人李白、杜甫、李商隐及其本家姚惜抱等人的评述，议论精辟，并提供了有价值的材料。

同时，这两本著作，还做到「广异闻，纪掌故」，给读者拓开视野，增长见识。姚莹在他的读书笔记中，时而聊记一说，录以备考；时而借物发端，略抒己见。有一些笔记还为后人提供了有价值的历史材料。如对《释氏经卷》、《道书》的详细记载。尤其是关于佛学的记述：《佛教传授源流》、《佛名解略》、《西域二十七祖》，对研究佛经、佛理提供了不少可供参考的资料。还有，对《帝尧薄葬》、《大舜短身》，以及少数民族妇女的《编发》，都有生动的记载，确能增广读者的见闻。对乾隆四十七年定的《天下兵额》，嘉庆二十三年的《安徽积欠》等情况的记述，更具一定的史料价值。至如对《地气寒热》，星象变化的记载，则具有一定的科学意义。

再有，在这两本书中，姚莹还指责时弊，揭示了作者对现实的不满，也即起到「正人心」的作用。在《寸阴丛录》中论析吕夷简其人，姚莹赞扬贤德的宰相，能「下安黎庶，进贤任人，黜退不肖。」客观上有利于人民。而吕夷简之流则是「凭权怙宠，排挤正人」，为嫉贤妒能之辈。姚莹对官大者贪污受贿，官小者「偷惰取容」（《王台甫》）是深恶而痛绝的。对「赏善罚恶，不阿亲戚」，「贵廉洁，贱贪污」（《贡禹》）的廉吏，则给予热情的称颂；对南朝何尚之的「官当图人，人安得图官」之说，则深深赞许。无论是对现实的指斥，抑或是借古以讽今，均反映了作者对时弊的指责，对统治者昏庸腐朽的极大不满。

特别值得注意的是：书中表述出作者忧愤外族的入侵，反映其鲜明的爱国思想。姚莹曾抱着「海外诸夷侵凌中国」，「海疆大吏受其侮辱而不敢较」的余恨，「冀雪中国之耻，重边海之防」的爱国愿望，留心海外时事夷情，「喋血饮恨」，于一八四六年写成了《康輶纪行》。而在鸦片战争之前即已成书的《识小录》中，姚莹概述了蒙古、新疆、西藏等地的历史、地理、政治等情况，反映了对入侵者的仇恨和抵御的决心。在《俄罗斯通市本末》一文中，对俄人经常偷袭中国的边防哨卡，抢劫中国商人的物资，破坏边境的安宁，给予坚决而有力的回击。但又能做到有理有节，在维护民族尊严的基础上，同意给予通市。姚莹这种对外族入侵的严正立场，是久蓄于胸中的爱国思想的鲜明表露。当然，这两部著作也有一定的历史局限性，特别是作者对农民起义所流露出的错误观点，是应该予以批判的。

本书有清道光本、同治本两种版本，这次点校是以道光本作为底本的。在点校过程中，发现由于当时作者身边资料匮乏，仅凭记忆引用古语，难免有不准确之处。如云「《急救篇》成帝时黄门令史游作。」查《汉书·艺文志》是「元帝时」而非「成帝时」。又如「『官当图人，人不当图官』，此《南史》何尚之语也。」查《南史·何尚之传》「不当」应为「安得」。又如《可也简》篇中引「孔子见子桑伯子」一段话注明出自《说苑·杂言篇》，查《说苑》实出自《修文篇》。再如《关尹子近释氏》篇中引文有「人病」，「人之梦各异」，查《关尹子》，原文为「人之病日」，下句为「人人之梦各异」，紧接着有「夜夜之梦各异」，凡此均查对原文，予以必要的补充和订正。至于明显刻误，如干宝刻为「千宝」，常璩刻为「常据」等，均径自改正。由于个人水平有限，本书之整理难免有错误，恳请专家和广大读者批评指正。

黄季耕

定本莊子故
康輶紀行　東槎紀略
北山樓集
疑庵詩
方望溪遺集
識小録　寸陰叢録
東萊詩詞集
明太祖集
王侍郎奏議
朱楓林集
敬孚類稿
施愚山集（全四册）
吴敬梓吴烺詩文合集
張孝祥詞箋校
竇山公家議校注
翠微南征録北征録合集
阮大鋮戲曲四種
老子注三種

杜詩説
朱書集
論語解注合編
郭祥正集
皖人詩話八種
續學堂詩文鈔
唐詩評三種（上下）
鈍齋詩選
老子注譯
莊子詮詁
説文假借義證（全五册）
劉銘傳文集
包世臣全集（全三册）
田間易學
莊屈合詁
田間詩集
田間文集
古事比（上下）
安徽出土金文訂補

道聽途説
蘭茗館外史
青泥蓮花記
秋崖詩詞校注
舌華録
明語林
夜雨秋燈録（上下）
包拯集校注
毛詩後箋（上中下）
壹齋集（上下）
孟子講義
楊仁山全集
不得已（附二種）
歙事閒譚（上下）
惜抱軒詩集訓纂
張孝祥詩文集
吴汝綸全集（全六册）
青溪集
藏山閣集

田間詩學（上下）
俞正燮全集（全三册）
皖人戲曲選刊　鄭之珍卷
詠懷堂詩集
所知録
文選箋證（上下）
七頌堂集
程瑤田全集（全四册）